快
古龍自署

上官鼎與武俠小說

在武俠小說發展過程中，家人同心，戮力於武俠創作的拍檔，頗不乏其人，父子後先創作的，有柳殘陽及其父親單于紅；兄弟檔的有蕭逸、古如風及上官鼎，可以說都是武壇佳話。相較於柳氏父子、蕭家兄弟的各別創作，上官鼎兄弟三人合力共創同部作品，而又能水乳交融、難以釐劃的例子，則是迄今武壇上相當罕見的。

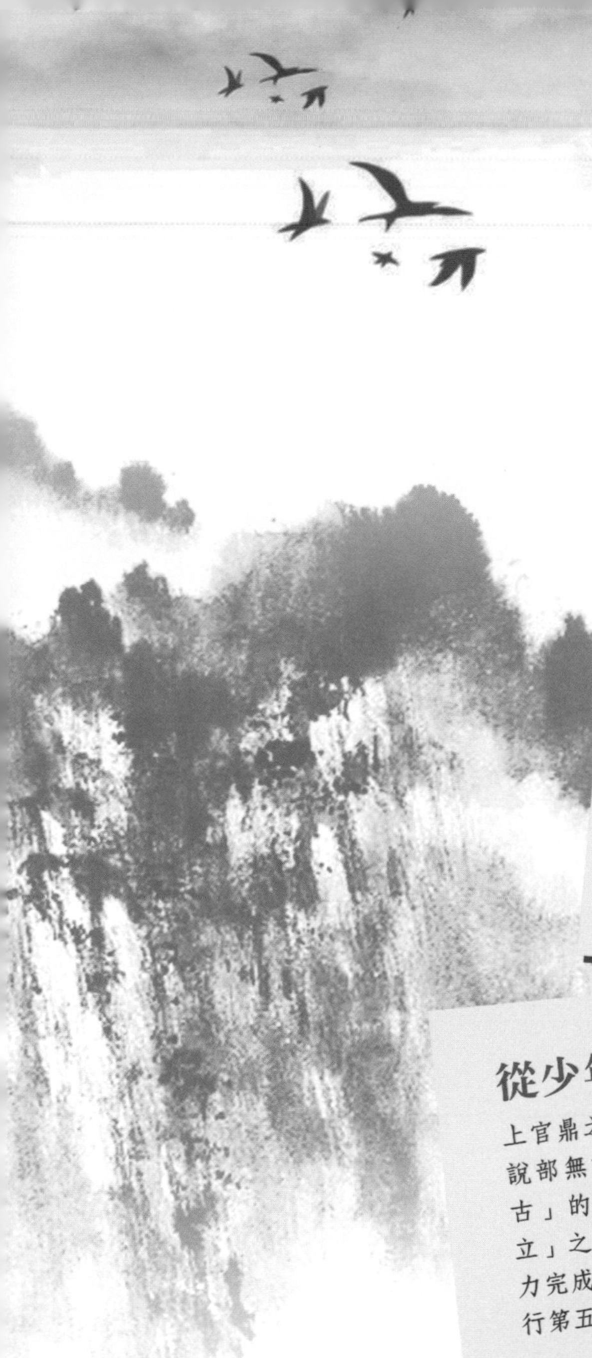

三兄弟協力，鼎取三足之意

上官鼎之名，為兆藜、兆玄、兆凱三兄弟協力共創小說的筆名，鼎取三足之意，大凡故事劇情、人物設定、重要情節，皆三兄弟於課餘閒暇商量討論而定，然後各負責其中章節，大抵兆玄擅於思想、結構，兆藜長於寫男女情感交流，兆凱則優於武打橋段，各有所長。

從少年英豪到調和鼎鼐

上官鼎之名，「上官」複姓源自於武俠說部無論是作者或書中角色刻意「摹古」的傳統；「鼎」字則取「三足鼎立」之意，暗示作品實由劉家三兄弟協力完成的。劉家三兄弟，主其事者為排行第五的劉兆玄。

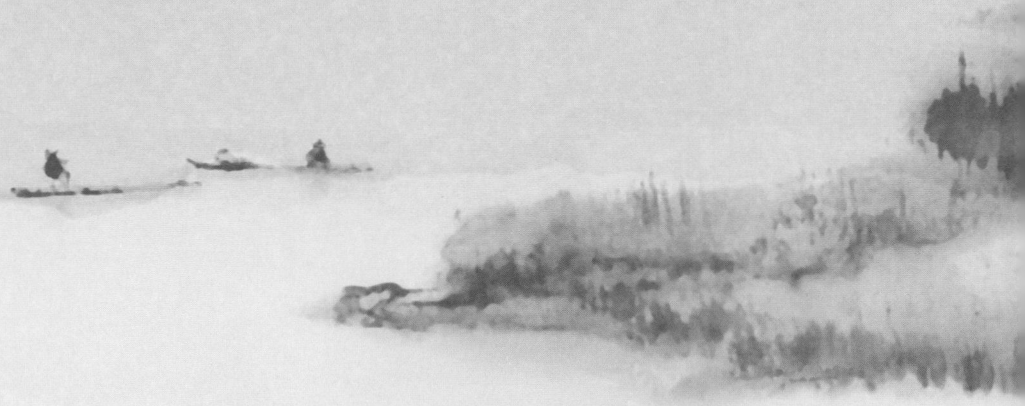

劉兆玄和大多數的武俠作家一樣，
他喜愛武俠文學，
也投入武俠創作的行列，
或者，他只是將武俠視為他的「少年英雄夢」，
而成長之後，還有更重要的夢想該去達成。
上官鼎的「鼎」，尚有「調和鼎鼐」的功能，
與他之後所擔任的職務，或可密合無間了。

林保淳

上官鼎
武俠經典復刻版
15

俠骨關

（四）

星峽傳說

上官鼎——著

俠骨關（四）

星峽傳說

目錄

四七　深壑枯骨

曙光劃破黑暗，這時，白鐵軍悠悠醒了過來。

他長吸一口真氣，在體內運轉一周，立刻他發覺自己內傷雖然嚴重，卻還不致要了他的命，於是他忍不住長吁了一口氣。全身筋骨痛得好像要裂開一般，但是精神還很旺盛。

白鐵軍心中暗忖道：「這地方似乎是個絕無人跡的隱秘處所，我索性在這裡多待幾天，等傷養好了幾分再尋出路。」

想到這裡，立刻便想道：「既是作此打算，便要尋些可吃的食物清水，否則豈不要活活餓死？」

他支撐著疼痛的身軀爬了起來，一陣清風吹來，只見四周雲霧茫茫，自己彷彿置身仙境，想起昨天一場生死血戰，不禁打了一個寒噤。

他沿著樹林緩緩向前走，只見兩邊都是些不知其名的大樹，也找不到什麼可吃的果子之類，天空雖有些飛鳥，但此時白鐵軍全身虛弱無力，比一個不會武功的常人更不如，哪有力氣來射獵鳥獸？

又走了一程，忽然聽到淙淙流水之聲，他便循著聲音找去，不一會便走到一條清澈小溪的邊上，溪水清可見底，連溪底一些小魚游來游去都能看得清清楚楚。

白鐵軍走到溪邊，低頭一看，只見水中自己倒影被潺潺溪水拉曳得顫顫閃閃，忽然之間，他想起那個神秘的小姑娘「菊兒」來了。

想到菊兒，他立刻悚然一驚，暗忖道：「她臨走時在地上留的字，叫我不要走這條路，難道她已先知道北魏要伏襲於我？」

想到這裡，他不禁呆住了，再想道：「她怎會知道？她是什麼人？」

白鐵軍愈想愈是糊塗，他分析道：「那菊兒若是敵人一邊的人，爲什麼要警告我？若不是的話，憑她一個小女孩，怎能知道北魏要襲擊我的陰謀呢？」

他想了想不得其解，便不再去想，蹲下身來，在清涼的溪水中捧了一些水洗了個臉。

他低頭看看自己這付模樣，又想到現在的處境，回憶起自己死命硬接北魏的那一掌，不禁搖頭嘆息。

白鐵軍忖道：「自己落在絕谷之中，怎麼出去呢？若不尋個生路，被活活困死於此，師父之恩又如何報答呢？若是出不去，又將以何物維生呢？只好到處去尋，說不定能尋著山徑，脫谷而出……」

心念正轉動間，忽見前面樹枝上有隻奇小無比的小白猴，正坐在枝上，拿著鮮紅果子吃著。

白鐵軍心念陡轉，指著小白猴手中的果子問牠：「你從那裡摘到這果子的？」

那猴子似乎懂得他的話，知道他在問牠手中美味的果子何處來，便順手丟了一個給他。

白鐵軍伸手接住，放在口中一吃，只覺鮮美甘甜，入口滿嘴芳津，脫口讚聲：「好！」

小白猴似乎知道他在讚美那果子美味，不禁更是得意，就嘻嘻笑了起來。

白鐵軍向牠比了半天，總難把意思比個明白，也就罷了，他索性坐在那棵大樹下盤膝運功療起傷來，那小白猴一會兒跑掉，一會兒又捧著幾個果子回來，忙得不亦樂乎，白鐵軍運功一周天後，他的身旁又已堆滿各種各樣的果子。

白鐵軍呼出一口氣，只覺真氣已能暢通不少，心中不禁大慰，抬頭一看，那小白猴正坐在上面的枝上俯望著他，他招招手，小白猴居然並不怕他，一跳落在他的臂膀上。

白鐵軍摸了摸小白猴的頭，那小白猴吱吱叫了兩聲，忽然又跳起身來，坐在地上，雙腳盤起，學著白鐵軍盤膝運功的模樣，白鐵軍不禁莞然而笑，那小白猴卻一本正經的打坐，動作熟練之極，白鐵軍看了一會，不禁驚得呆住了。

只見那小白猴三花聚頂，五心向上，一派正宗內家高手修練的模樣，白鐵軍暗想道：「今天是遇到什麼邪門了，天下哪曾聽過猴子會練內功的怪事？」

他拍了拍小白猴的腦袋，小白猴翻起眼來望了他一眼，忽地跳起身來，拉著他的衣角便往前跑，白鐵軍覺得這隻小猴大是古怪，存心探個究竟，便跟著牠向前走去。

小白猴帶著他熟悉無比地穿來穿去，走過許多隱秘的小道，最後到了一個有著那人工斧鑿痕跡的石洞前。

白鐵軍暗暗忖道：「這裏原來有人居住。」

他向洞裏一探看，只見洞裏靜悄悄的，完全不像是有人住的樣子，正疑惑間，那小白猴忽然一跳向前，指著牆壁吱吱叫了兩聲。

白鐵軍走近去一看，頓時嚇了一大跳，只見牆角上盤坐著一具死屍，想是年代已久，只剩一副白骨。

白鐵軍再走近一些看去，只見那具骷髏的骨架極是魁梧，生前倒像是個彪形大漢的樣子，那骷髏盤膝坐著，一手放在胸前，另一手卻半舉靠在牆上。

洞內十分幽暗，白鐵軍拿出火摺子來點燃一枝枯枝，藉著火光看過去，牆上密密麻麻原來刻滿了圖畫文字。

他又驚又疑，連忙湊近一些細看，只見牆頭上刻著一個個入定的人像，全是寥寥數筆勾劃而成的，但看上去卻是頗為生動，細看時，發現原來是用手指運金剛指一類的功夫刻上去的。

只見頭一幅刻劃著的入定的人像，正就是方才那小猴裝模作樣比劃的架式，白鐵軍暗笑道：「原來這小猴是從這裏模仿去的。」

他依次看下去，看到第十幾幅的時候，忍不住驚咦了一聲，看到二十幅時，臉上已流露出無比驚佩之色，看到三十幅時，便禁不住盤膝坐下來，照著牆上刻畫的模樣演練起來。

白鐵軍練了一會，忽然長嘆一聲站起身來，他喃喃地道：「天下之大，高人奇士之多，這牆上所刻的內功心法似較之天下任何正宗心法絕不遜色，許多地方猶有過之，可惜我只從這些刻圖上揣摩，難以窺其堂奧。」

他依著牆上的刻圖繼續練下去，到了第七十幅圖上，只見所刻愈來愈淡，就沒有下文了，後面是幾行淺弱的字跡。

白鐵軍細細讀著，只見那字跡刻得既不清晰又復潦草，往往一字要上下推敲半天才能認識，看了數行，只見寫著：「憶昔年吾師兄弟二人為一言意氣之爭，相偕離寺……」

白鐵軍望了望那具骷髏，暗道：「原來這人是和尚。」

再看下去，牆上刻著：「……吾師兄弟二人避世苦修，原想以二人之力苦參武學上乘真理，別創一脈神功，數十年來，古洞中不識寒暑春秋，但知頷下長鬚由黑而花，由花而白，青春年華盡葬於斯，思之不免黯然……」

白鐵軍暗道：「由方才那一串圖看來，這兩人的確創成了一派高深絕頂的內家功夫，兩人犧牲終身幸福，也有代價了。」

繼續看下去，字跡愈來愈淺：

「……皇天不負苦心之人，吾兄弟二人一生心血，終得參悟大道，其中最深奧之處必須身體力行而後知之，吾靜坐七十二日，忽然走火入魔，從此下身殘廢，不能行動，而最深奧處之訣妙終亦為我深悉，我雖終生殘廢，然吾道終得完滿，是亦堪慰……」

白鐵軍看到這裏，似乎能想像得到這終生苦研武學真諦的人，最後徹然大悟的快慰模樣，忍不住又望了那骷髏一眼。

且看下面刻道：「……是夕吾將心中所悟之道告訴師兄，師兄依吾言試練之，一年之後，果達至高境界，吾雖為一廢人，然師兄終於從此無敵天下，快慰無比，殊不料當晚師兄忽然離洞，棄我而去，吾一殘肢廢人何能獨立出此絕境？惟有空守古洞，以待大限之至，師兄師兄，你我相處一生，吾未料汝為一狼子野心之人，嗚乎痛哉……」

白鐵軍看得悽然，到這裡牆上的字已模糊難辨了，必須湊得十分近才能一字一字勉強猜認：

「……吾本想將一生苦參內功真諦刻於牆上，以待後人有緣者得之，奈何一則圖簡意奧，難以表達，二則大限已至，力不能逮，今吾死矣，惟覺滿腹猶有不平怨氣，修行數十年，終不能勘破嗔含，亦可謂愚昧之至者矣……」

下面還有幾個字，就怎麼也認不出來了，想是垂死時刻上去的。

白鐵軍看完這一篇文字，不禁呆住了，他轉過身去，對著那幾十幅圖畫，一幅幅重新參研，漸漸他覺得愈是參研，每一幅圖似乎都能給他更多啓示，一時間，他渾然忘了一切，只是對著那一幅幅圖像呆想，直到天黑，猶不自覺。

忽然他感到有人在扯他的鞋子，不禁吃了一驚，低頭一看，原來是那隻小白猴不知什麼時候又跑來了，伸出一隻小手，不斷地扯著白鐵軍的鞋跟。

白鐵軍問道：「什麼事？」

小白猴向後指了一指，白鐵軍回首一看，只見身後堆著一堆鮮果，看看洞外，天色已經黑了，他莞然笑道：「不錯，是吃晚飯的時候了。」

他揀了一個最大最紅的果子遞給小白猴，小白猴吃完之後便不再吃了。

白鐵軍笑道：「你食量小得緊。」

他飽餐一頓之後，又全神貫注在牆上的圖畫中，點燃一堆枯柴，火光映在壁上，白鐵軍只覺從那些圖形中似乎能尋到無盡的妙用，可惜的是只靠簡單而殘缺不全的圖畫，始終難以進入最深奧的境界，雖是如此，對白鐵軍這種高手來說，已經受用無窮了。

一個晚上，他參研了十幅圖，到第十幅圖上，他專心專意地盤膝運功，不覺渾忘一切，這時火光一暗，那一堆枯柴已燼，洞中一片黑暗。

次日晨光初現，白鐵軍又開始參研牆上武功，一連五天皆是如此，終於把那幾十幅圖形盡最大力量吸收了進去，雖覺意猶未足，但領悟之處已足以令他傾倒，看完最後一幅圖畫，白鐵軍不禁起立長嘆，暗忖道：「可惜未能窺其全貌，雖然領悟了不少絕妙真諦，卻是無法將之歸一運用。」

他望著那一具白骨，心中忽生無限敬意，便上前去恭恭敬敬地拜了三拜，就在洞中掘地把白骨埋了。

那隻小白猴一直守在旁邊，望著他把最後一勺土堆在墳上，忽然流起淚來。

白鐵軍暗嘆道：「這隻小白猴已通靈性，必是此人生前收養的，禽獸通靈，尚且重義，那背義自私的『師兄』真比這小白猴都不如了。」

他俯身抱起那隻白猴，深深呼吸一口氣，自覺內傷已經好了大半，走到那牆邊，忽然看到那牆上所刻文字的最後幾個字，始終沒有認出來，便點了火走近去仔細再認，用手輕撫，視覺觸覺齊用，終於被他認出來，原來刻的是絕筆年月日，白鐵軍一面摸，一面默唸道：「大明正統十四年正月……」

他重覆唸了一遍，忽然有一個奇怪的念頭閃過腦海，他喃喃驚道：「正統十四年……不正是土木之變那一年嗎？」

忽然間他有一種靈感，彷彿覺得這跟土木堡之變有著某種關係，但是究竟是怎樣他不知道，這個靈感使得他糊裡糊塗地呆想了半天，終於他失聲笑道：「正統十四年有什麼稀奇，我真是胡思亂想了。」

他抱著小白猴，緩緩走出石洞，這幾天來他寸步未離此洞，這時對這石洞竟有些莫名其妙的留戀起來，他回頭望了望那昏暗的洞裡，噓了一口氣，轉身緩緩離去。

穿過了幾叢林子，還是靠著小白猴的指路才使他走回原來憩身的地方。

白鐵軍仰首看了看天空的浮雲，心中暗忖道：「現在該是找條出路離開這絕谷的時候了。」

他繞著四周仔細看了看個幾遍，卻始終找不到一個可以攀登上去的途徑。

他心中盤算道：「那牆壁上的字，分明說那個無義的『師兄』棄師弟殘廢於不顧，而離開了此地，可見這裡必然還是有條出路的。」

他繞了幾周，卻依然找不出一個所以然來，不禁覺得十分失望，走回原來的地方，只見那隻小白猴正抱著一個小果子在吃。

白鐵軍坐在小白猴的身旁，看牠吃得津津有味，那小白猴除了外形是個猴相以外，其他動作姿態一如人類，牠吃完果子後，把果核向後一摔，雙手在樹皮上揩了一揩，衝著白鐵軍一笑。

白鐵軍道：「你笑什麼？」

小白猴眨了眨圓眼，忽然伸手向後指了指，拖著白鐵軍就向後走。

白鐵軍暗道：「看你又要弄出什麼花樣來。」便跟著牠向後走去。

小白猴領著他左轉右轉，忽然又向下走去，也不知走了多了路，穿過一片林子，向對面一指——

白鐵軍抬目望去，只見對面矗立著一片陡壁，山石全是灰白色，十分美麗，他低頭問小白猴道：「指這塊壁給我看幹什麼？」

那小白猴吱吱叫了兩聲，又指了指陡壁。

白鐵軍仍然不能意會，搖頭道：「我不懂你的意思。」

小白猴叫了幾聲，舉起雙手來，一隻伸平，另一隻手作勢從上面翻過去。

白鐵軍一面比手勢，一面道：「你是要我翻過這石壁，就能走出去？」

小白猴連連點首，高興得笑了起來。

白鐵軍望了望那石壁，光滑筆直，毫無落足借力之處，便搖頭道：「不可能，這石壁翻不過去。」

小白猴一直點頭，並不斷比劃那個手勢。

白鐵軍忽然靈機一動，一面比手勢，一面問道：「你看過有人翻過去嗎？」

那小白猴不住點頭。

白鐵軍忖道：「小白猴既是看過有人翻出去，必就是那負義而去的『師兄』了，他能出去，我為什麼不能出去？」

想到這裡，他已經決心去翻攀那光溜的石壁了，他望了望那石壁，又望了望小白猴，問道：「小白猴，你跟我一起出去吧？」

那小白猴搖了搖頭，眼中忽然露出黯然傷別的神色來。

白鐵軍道：「你跟我一道出去有什麼不好？我帶你走遍天下好玩的地方。」

小白猴只是搖頭。

白鐵軍看牠那模樣，忽然想到一事，便啊了一聲道：「妳是要留在這裡陪故主？」

小白猴點了點頭。

白鐵軍想了一想，忽然往衣袋中拿出一個烏光閃閃的指環，這原是丐幫大堂主以上的重要分子才能佩戴的，只是僅有幫主的才會如此閃閃發光，卻正好套在小白猴的手腕上。

白鐵軍笑道：「武林中人看見你，只要看見這隻鐵環，包險他不敢動你一毫一毛。」

小白猴摸了摸那隻「手鐲」。

白鐵軍道：「既是如此，咱們就分手了，我以後一定來看你。」

他揮了揮手，猛可施展輕身功夫，如一縷流星一般直奔向那片陡直峭壁。

跑到峭壁下，才發現那石壁雖然平滑，倒也不是絕無落足之處，只是要爬上去，萬分困難，回首看那小白猴，還站在那裡呆望著自己。

白鐵軍再揮了揮手，猛一提氣，整個身形如同騰雲駕霧一般飛了起來，一直飄達數丈之高，忽然極其巧妙地在一個微微突出的石角上一點足，身形又快如閃電地直沖而起。

白鐵軍目光如鷹，每一起足，已看準下一步落足借力之點，好幾次借足之點距離過遠，若非他一身功夫已達爐火純青地步，簡直不可能堪堪到達，如此數次起落，身形已在數十丈上，終於落在一個稍微寬大的突出石柱上。

他反首俯望，只見下面一片模糊，小白猴已經看不見蹤影，高處山風正勁，吹得他衣裳獵獵作響。

他暗暗忖道：「幸好今日是個好天氣，否則雲霧茫茫，我多半得粉身碎骨了，那個負義而去的『師兄』黑夜攀此陡壁，那功夫可真駭人。」

仰首看處，上面還不知有多高，他看準了第二次落腳的地方，提氣再度騰起。

如此數次，估計自己已達全程大半，一連提氣屏息猛縱，不覺有些氣喘起來，心想道：「我的內傷未痊癒，如此狂奔上去，怕要大傷元氣，我且多歇上一歇。」

他休息了一會，便在那僅可旋身的突石上四面眺望了一下。

忽然之間，他發現三丈高有一條石縫，正是最好落足之處，正在想如何一口氣多上一些時，忽然一陣風吹過，那石縫中飄出一物，一晃而過，又被吸入石縫中，看上去倒像是衣服的一角。

白鐵軍吃了一驚，心想：「這個地方，怎可能有人的衣角出現？」

他凝目再看，等了好半天，才又有一陣風過，把那一片東西吹出來在空中飄動了一下，這一次白鐵軍已有八成把握認定那是衣角，他心中忽然忐忑緊張起來，暗中忖道：「我若躍將上去查看，那裡面若是藏著一個人，突然給我一掌，我豈不完蛋？」

但他終究忍不住好奇之心，心中暗暗盤算好如何避敵，如何搶有利位置，如何必要時設法回到原來立足之地；他盤算既定，便騰身一躍而起。

他身形宛若一支疾矢一般，一射高達三丈，經過那石縫之時雙掌護身，抽眼往裡一看，身形雖然是仍繼續上升，在這匆匆一瞥之間，已經看清楚那石縫中躺著一個人體。

白鐵軍心中疑念大起，這時他身軀已開始下落，經過那石縫時，他的雙腳忽地一蕩，整個身子一橫，巧妙無比地立在石縫緣上，只要他雙腳一落實，哪怕是距崖邊只有半寸，天下也沒有人能在數招之內逼動他一分一毫！

他站穩身形後，俯身看那躺在地上之人，原來竟也是一具白骨骷髏！

白鐵軍吃了一大驚，看那骷髏的情形，分明是已死了許多歲月，衣服也破碎不堪，連形式都分不出來。

他仔細把那具白骨看了一遍，想要發現一些什麼，卻是什麼異處也看不出來，忽然想到：「這具骷髏莫非就是那負義而去的『師兄』？」

四八　血洗武當

且說左冰邁開腳步前行，仰頭望天，天上是一片晴朗。

他一路上行雲流水般走著，那荒野空曠，空氣又是新鮮又是寒冷，忽然前面一片棗樹林，生得好生茂密。

左冰輕輕閃入林中，才一入林，只聞一陣輕脆笑聲，一個尖嫩的少女聲道：「大哥，反正你與那些人的約會還有個多時辰，咱們便在這林中休息可好？養足氣力好廝殺。」

另一個少年男子的聲音道：「妳說得也不錯，便依妳啦！」

那少女聲音道：「這才是聽話的好……好…孩子。」

那少年男子道：「小梅，妳再敢佔我便宜，小心我呵妳。」

那少女呸聲道：「喲，希罕麼？你不做我好孩子，我自己難道不會……不會……不會生一個？」

那少年似乎一怔，半晌道：「小梅妳說得也不錯，咱們成了親自會生孩子。」

那少女一時說漏了口，這時大窘，便如做錯事的小女孩，羞得頭都抬不起來，但少女天性最會強詞奪理，羞澀一過，立刻啐道：「誰要跟你這傻蛋成親了？你真想得美！」

那少年的聲音忽然鄭重起來道：「小梅，妳這是什麼意思？我……唉，我原本是配妳不上的。」

那少女格格一笑道：「真是傻大哥，我……我不嫁你還……還能嫁給誰？」

那少年道：「小梅，這事萬萬開玩笑不得，妳可知道剛才我心中是如何難受？」

那少女柔聲地道：「大哥，算我錯了，我這就向你賠禮總成了吧！」

那少年忽的幽幽嘆口氣道：「小梅，我只要有妳十中的一分聰明就好了，可是卻一分也沒有，妳的心事我一點也不懂，總是惹妳生氣，倒是我該向妳賠禮才是。」

那少女柔情款款地道：「大哥，我就喜歡你這傻樣又怎的？」

那少年又嘆口氣道：「我總怕有一天會惹妳生氣，不理我了，我人笨，說不定惹下滔天大禍還不知道哩！」

那少女堅決地道：「我總是不會怪你，你想想看，這一路來，你惹我生氣還不夠多麼？我可真不理過你麼？」

那少年無限感激地道：「這我就放心了，小梅，妳真好。」

那少女輕輕一笑道：「喲！大哥，你頭髮又長又亂，我替你梳理梳理。」

那少年喜道：「那真是太好了，其實我自己也會梳，但總是梳不平，這些日子來，有妳替我梳，更不願自己動手啦！」

那少女笑啐道：「好小賊，我還道你是老實人，原來是故意把頭髮弄亂，好要我……

我……唉，你真是我命中魔星，氣也不是，喜也不是，不知要怎樣對付你才好。」

那少年心中喜悅，他爲人拙樸木訥，最不喜巧言令色，一時之間也找不出適當的話來回答。

那少女從懷中取出小梳子，輕輕地替他梳理起來。

左冰只覺這一男一女甚是有趣，不由駐足聽了好半天。

那青年男女相悅原是天地間至情，左冰正當青年，耳聞如此深情款款對話，心中不禁一動，一時之間，忽然想到許許多多往事來。

首先他想到巧妹那幽怨的目光，接著又想到那卓大江女兒卓蓉瑛的爽朗親切，最後想到胡小梅。

「胡小梅，胡小梅……對了，那聲音不是和這林中姑娘相似麼？她也叫小梅，難道便是胡姑娘？」

他想到此，一種激烈的欲望要他想要瞧個明白，胡小梅對他溫婉情摯的種種事情都浮上腦海，左冰突然有點不自在起來，心中想道：「我可不希望這姑娘便是胡小梅，她本性淑嫻，如何能和野小子胡纏廝混？」

但他轉念又想：「便是胡姑娘我又能怎樣的，別人自己要和誰好，我卻管得到麼？」

他這人天性最是灑脫，想到此不由啞然一笑，置之腦後，正要舉步離去，忽聽那少女又道：「大哥，你轉過頭去，讓我好好替你梳梳。」

那少年男子道：「小梅，妳真……好……妳……妳……」說到一半，語氣又急起來。

左冰心中一怔忖道：「這是怎麼一回事？難道那少女暗算傻小子不成？聽她適才一往情深地說話，如果暴然突下毒手，那這女子真是心若蛇蠍，令人不寒而慄了。」

他正要邁步走進去瞧，忽聽那少女自言自語地道：「唉，傻大哥，你一個如何是別人對手？那五、六個蒙面人個個功夫都在你之上，你與他們訂約決鬥，這豈不是自找死路麼？」

左冰心中一怔，那少女喃喃地道：「好好睡一覺，等明天約會過了，你再怪我氣我，也是過去了，唉，男子漢怎麼都是這麼好強好鬥，明知不敵也不躲避，唉！」

她聲音愈說愈低，左冰恍然大悟，心中忖道：「這傻小子不知死活，好勇愛鬥，那是他個人的事，天下男子極多，豈會個個如他這般魯莽？這小姑娘也太不知事了。」

他正沉思，忽然遠遠傳來一陣腳步之聲，那聲音極是飄忽輕盈，左冰輕功好極，當下凝耳一聽，心中大大吃一驚，忖道：「這……三、四、五、六……這荒郊之地怎麼一刻間來了六個蓋世輕功的高手？」

他心中一凜，只聞前面樹叢中一陣刷刷之聲，忽的人影一閃，只見一個少女抱著一個少年男子飛身而出。

左冰一瞧，那少女正是數次邂逅的小梅，他心中忽地一陣異樣感覺，正要迴避，那少女也已瞧見了他，兩雙大雙睛睜得大大的發癡了。

左冰吸了口氣，定神緩緩地道：「姑娘別來可好？」

小梅臉色一陣蒼白，立刻紅暈升起，低垂著頭，似乎無地自容，半晌說不出一句話來。

左冰心中忽覺不安，那憐惜之情大起，柔聲道：「這些人便是和他定約的麼？」

小梅慌亂地道：「只怕便是。」

左冰沉吟道：「來人身手極高，妳趕快躲開為妙。」

小梅點點頭，抱著那少年快步走了。

左冰望著她的背影隱匿在樹叢之中，心中大感不是味道，暗自想道：「她一心維護這傻小子，根本不曾替我想到目前我處境之艱，我……我也一走了之，何必樹此強敵？」

但想到此，心中又覺鬱鬱，忽然一聲清朗嘯聲，逼風直傳而來。

左冰身有要務，卻不知為甚麼，忽然只覺精神一振，豪氣陡生，他心道：「會會這批高手也是好的，打不贏難道不會跑麼，這些人便算武功絕頂，輕功也要讓『鬼影子』一門幾分。」

他長吸一口真氣，撮口發嘯，聲音未完，只見人影連連閃爍，一排走來六個蒙面人。

左冰打量眾人，半晌道：「小可左冰，不知各位有何貴幹？」

那為首一個蒙面人冷冷地道：「你與那姓烏的是什麼關係？」

左冰微微一笑道：「什麼姓烏的，在下可是不知。」

那為首蒙面人冷冷道：「那麼閣下快閃開，此間事不關你，你留此徒自喪命，快走快走，老夫也不為難你。」

左冰道：「在下有一句不知深淺之言，尚祈各位不要見怪。」

他見那為首黑衣人說話極具氣度，當下又道：「彼此都是武林一脈，閣下等何必逼人太甚？」

他此言一出，那為首蒙面人似乎極不耐煩，一揮手道：「老夫行年望六，倒要你這後生小輩來教訓了，真是有趣得緊，哈哈！五個短命的當家，你們瞧好笑不好笑？」
那其餘五個人哈哈大笑，似乎是遇見生平最有趣之事，左冰被他們奚落得心中發火，他適才並不一定要和這批高手分高下，此時激起少年人要強天性，當下心中盤算已定，今日非要大戰一場了。
那六個蒙面人笑聲一止，那爲首的人道：「老夫生平未起善心，這暮年未免婆婆媽媽起來了，告訴你，老夫見你生得清秀不令人厭，再放一條生路，老夫數到三如你不走，那便走不成了。」
左冰心中冒火，口中道：「我要走要留心中自有主張，不必諸位費心。」
那爲首蒙面人道：「好勇氣，好勇氣，我心中著實不討厭你，小夥子，你定是會幾手『三腳貓』功夫，便自視通天之能了，唉，這豪氣正當是少年人所具特質，老夫也曾少年過，只是小夥子，你弄錯場合，哈哈，真是不倫不類。」
那其餘五人又是捧腹大笑，似乎對於左冰所言所行，覺得是世間再也沒有如此荒謬之事了。
左冰便是泥人，也自有三分土性，當下沉聲道：「我要走便走，誰也阻攔不住。」
那爲首的蒙面人沉吟半刻，似乎陷入回憶之中，過了好半天，才緩緩地道：「這話有人能說得，但絕對不是你這小夥子，而且也不是一個人敢說的。」
左冰一怔道：「什麼？」
那爲首蒙面人道：「要在咱們六個人面前來去自如的人，天下只有二位，而且要合兩人之力才能辦到，哈哈！小夥子，你可別誤會了，再怎麼樣也輪不到你來出鋒頭呀！」
他又說又笑，那五個人自然是捧場到底，跟著叫囂。
左冰這時聽那蒙面人語氣不惡，似乎真心誠意關照自己，那適才一點氣憤便自淡了不少，他問道：「那兩人是誰？有這大本事？」
那爲首的蒙面人仰首看看天色，喃喃地道：「說出來你也不知，今天算你命大！老夫不想殺人，小夥子，咱們回頭再見。」
左冰道：「在下還是那句話……」
他尙未說完，那蒙面人忽然大怒道：「那裡來的這麼囉嗦的小夥子？婆婆媽媽地沒有一點男子氣，喂！你爹一定早死，是你娘養大的吧！」
他此言正和左冰身世相反，但他出言辱及左冰父親，左冰再也忍耐不住，叫道：「看你一大把年紀，怎的出口如此下流？」
那爲首的蒙面人又柔聲地道：「唉，小夥子，我一定講中了你的心事，你莫灰心，老夫也是自幼喪父，今日還不是練成了這身功夫，爲人但須自勵，自會有朝一日出人頭地。」
他語氣又是懇摯，又是親切，左冰被他說得哭笑不得，一時間發作不了。
那爲首的蒙面人道：「兄弟們，咱們走啦！」
左冰雙手一錯道：「諸位與那姓烏的有約，衝著在下來便是。」
那六個蒙面人原本作勢欲起，這時一聽左冰之言，忽的一轉身形，六個人站在六個不同方位。

那為首的人厲聲叫道：「小子，那姓烏的逃走不敢赴約了？」

左冰搖頭不語，那六人似乎甚是焦急，那為首的人手一伸，直抓左冰胸前大穴，左冰見他身形不動，手指顫顫已及胸前，心中一寒，腳下自然倒飄數尺，堪堪閃過。

那蒙面人冷哼一聲道：「小夥子果然有點門道，我若三招之下打不倒你，你便自去罷了。」

他說完又是長臂平伸，這次抓向左冰面門，左冰只覺對方掌影飄忽之極，簡直令人無所防範，他一凜之下，對方勢子已到，當下雙腳一併，身子便如強弩之劍，暴射而起，斜飛出三丈多，才一落地，只見那蒙面人第三招已自攻到。

左冰眼看閃無可閃，那才落地的身形，又筆直就地彈起七八尺，身形一側，竟是斜飛而去，那姿態美妙已極，便如燕子剪尾、流星墜地一般快速，待到落下身形，已自離開原地七、八丈之遙。

那蒙面人垂手而立，冷冷地道：「原來是左白秋的傳人，難怪如此大膽妄為，『穆王神箭』的輕功果自不凡。」

他揮手示意左冰離去，左冰見對方一出手自己簡直無從招架，心中也自駭然，正在沉思應付之法，那蒙面人又道：「九華山巔，你去問你師父去！」

左冰怔道：「什麼九華山巔？」

那蒙面人道：「能突破我六人合圍的，左白秋是第三人，但他當年在九華山上受了點傷，不算全身而退。」

左冰愈聽愈是心驚，暗自怔道：「這人氣度不凡，分明不是說謊造謠之人，那麼連爹爹都討不了便宜，這幾人之厲害是可想而知的了。」

當下沉吟不語，那蒙面人似乎急於要尋那姓烏的少年，不再理會左冰，身形一起，正要離身而去，忽然人影一閃，那小梅俏生生地站在林中。

小梅道：「我來幫你。」

左冰心中暗暗叫苦，這姑娘當真少不更事，這危險當兒顯身而出，只有更增麻煩。

那蒙面人一見小梅，陰森森地道：「喂，妳那相好的逃到哪裡去了？」

小梅自忖將那姓烏的少年藏得極是隱秘，當下漫不在乎地道：「你有本事便去找，問我作甚？」

那蒙面人乃是大有身分之人，他雖是心中發怒，終究不能和一個小姑娘家動手，當下一比手勢，那另外幾個蒙面人飛身走了。

左冰低聲問道：「這幾個人非同小可，妳那朋友藏身之處妥當麼？」

小梅低聲道：「你放心，便是找翻了整個林子，也是無法找到。」

那爲首蒙面人道：「不出半個時辰，如果不能將那小子生擒到手，老夫自刎你兩人之前如何？」

小梅一扁嘴道：「老伯伯逗我們小輩玩的。」

那爲首蒙面人哈哈笑道：「老夫言出如山，豈能在妳一個黃毛丫頭面前食言？妳等著瞧吧。」

小梅回頭一望左冰，只見左冰也在看她，兩人不禁都有憂色。

那爲首蒙面人道：「喂，小夥子，左白秋那老鬼還活著麼？」

左冰哼了一道：「六位不先走，家父怎能僭越，這豈不是不知禮數麼？」

那蒙面人絲毫不氣，又大笑道：「好好！虎父無犬子，原來你是左白秋的兒子，我更不好意思爲難你了，哦對了，待會將那小子擒來，你便帶這小姑娘走罷，哈哈，有道是『大難不死，必有後福』，能在老夫手下超生之人，日後只怕萬事如意，再無凶險的了。」

他口氣極大，左冰適才領教過他那鬼神不測的功夫，心中倒不敢怠慢，只是哼聲不語。

那蒙面人又道：「多年前左白秋便是施展這招『穆王神箭』，逃過我六人彌天劍網，這些年來他功力雖是長進，但要再逃過六個一等一的高手，只怕是大大不可能之事。」

他雖是大言不慚，但對「鬼影子」左白秋語氣中仍是譽多於毀，想來昔日一戰，那當真是驚天動地，令這六人大大心服的了。

左冰再也忍耐不住：「江湖上的好漢講究單打獨鬥，你六個人狼狽爲奸，還好意思大吹大擂？真是令人齒冷。」

他邊說邊自準備，生怕惹怒此人暴然出手。

那蒙面人不怒反倒滿臉得色地道：「小夥子，天下事難就難在這裡，你可瞧見六人一般武功高手，能夠同心一意。不生意見做事麼？哈哈、這正是老夫等六人長處，你懂得些什麼？」

左冰一怔，心中暗想道：「這人說得一點不錯，天下正派高手，都是自立門戶，往往爲了一點小隙，形成門戶之爭，還談什麼同心協力，以成大事？」

那老者見左冰不語，心中大是得意道：「小夥子，你道如何？」

左冰點點頭道：「你說得不錯，但我如能找出六個朋友同心協力，便可和你們一爭長短。」

他口中雖是如此說著，心中卻只想到一個「白鐵軍」白大哥，以他高強身手才能成事，其餘的四個人連影子也沒有。

那老者搖頭道：「太難了，太難了，如果勉強湊上六個人，一定有幾個功夫不成，如果功夫全成，又一定有幾個愛出風頭，亂出主意，那還談什麼成事？」

左冰啞然無語。

那小梅看時間慢慢過去，那五個蒙面人並未回來，心中不由略放。

又過了一會，小梅道：「已過了半個時辰，你……你瞧著辦吧！」

那蒙面人搖頭道：「我心中默數了三千一百五十下，還有四百五十下才是半個時辰，小姑娘，妳別使奸。」

左冰心中忖道：「這人一臉從容，他和我邊談邊說，心中猶能記數，數到數千下不亂，心智之強，實在令人佩服。」

小梅還要混賴，那蒙面人大怒道：「老夫一生從未錯過一次，妳再胡賴，小心老夫出手要教訓妳了。」

他話才說完，忽然腳步聲起，一刻間那五個蒙面人全回來了，這回手中多了一人，正是那姓烏的少年，他被小梅點中穴道，至今猶是未醒。

那為首蒙面人道：「能逃過我兄弟眾人『天羅地網』搜索大法的，只怕是大羅神仙，金身菩薩了，哈哈！小姑娘，咱們打的賭怎樣了？」

小梅關心心上人，無暇和他鬥口，當下苦思解救之法。

左冰自知要憑自己之力出手搶救這少年，那真是萬萬辦不到，如果爹爹在身旁，再加上白大哥、錢老伯，那才能稍握勝算。

他沉吟無計，心中暗道：「這當兒我還有這種無聊想法，目下既是只有我單身一人，便得想單身一人的辦法。」

那為首蒙面人雙袖一抖，口中道：「『天羅地網』，羅天下之奇，網宇中之珍，哈哈，真正是天下無雙，天下無雙。」

他話才說完，忽然背後一個蒼勁的聲音道：「那倒不見得。」

為首蒙面人飛快一轉身，呼的發出一掌，這一掌是他平生功力所聚，端的是攻無不中，戰無不利，但他身子轉定，只見背後杳無人影。

那其餘五個蒙面人也是震驚無比，只因敵人發話便在身前，眾人卻連敵人身形都沒有看見，這六個人何等身分，心中一寒，暗自蓄氣於胸，準備一戰。

四周靜悄悄的只有風動勁草，過了一刻，又一個不同聲音在眾人不遠處道：「西川六怪怎的愈混愈沒出息？替人跑起腿當差起來，老夫只道六位叱吒天下，怎又料竟晚節不保？唉，可嘆，可嘆！」

那為首的人沉著氣道：「閣下是誰，請現身一見！」

那起先發言的蒼勁聲音道：「卅年前東海七巧山一別，諸位還記得麼？」

那六個蒙面人一聽此言，齊聲道：「原來是董氏昆仲，咱們後會有期，自會前去東海拜望。」

那蒼勁的聲音又道：「好說好說！」

他話聲一止，驀然身形一展，二條人影凌空而起，直似沖天而去，而六個蒙面人也是疾起而去。

左冰回顧小梅，只見她臉上又是羞澀又是感傷，那一對眼睛深深凝注自己，目光中充滿了懇求和自責。

左冰一時之間，忽然心境開朗起來，他走上前輕輕拍著小梅秀肩，柔聲道：「妳放心，我們永遠還是好朋友，過去的事想它作甚，妳好好珍重。」

他說完了，只覺手背一涼，小梅豆大眼淚潸然而下，左冰長舒一口氣，邁步走了。

且說左冰匆匆上路，急急忙忙地向武當山趕去，他離開了小梅等人，心中有一種說不出的感覺，但是他寧願不去細想它，因爲他知道隨便想多麼久，總是沒結果的。

他拋開了亂七八糟的思維，盡快地趕路，當天晚上就趕到了武當山上，那時，月正偏西，他走到解劍岩下。

解劍岩上兩個武當的弟子喝令左冰止步，左冰停下身來道：「晚輩左冰，有要事求見天玄道長。」

他一面答話，一面舉起雙手把佩劍放在解劍岩上。

那兩個武當弟子商量了一番，其中一個年紀較大的出面道：「敝觀掌教師尊修行期中，請施主過三日再來。」

左冰道：「在下實有十二萬分火急之事，萬請二位通融。」

那道人打量了左冰一番，然後道：「實不相瞞，施主即使此刻上山入觀，也得三日之後方才見得著觀主。」

左冰暗暗心焦，但他忖道：「不管一切，先到了純陽觀再作道理。」於是他對那道士道：「無論如何，在下請求此刻立即上山。」

那道士顯得有些不耐，便道：「施主多說無益，還是三日以後再來吧。」

左冰又急又火，轉念想道：「看來只有偷偷潛入純陽觀了。」

他心中主意已定，便向兩個道士點點頭道：「既是如此，在下三日以後再來也罷。」

他說著伸手拿回佩劍，轉身便走，走出半里路後，四面打量了一下地勢，暗思道：「我翻過左面兩座山，再向右下來，大約就該是純陽觀所在之地了。」

他忽地施展輕功，從左面山上直奔上去，黑夜之中，左冰有如一條灰線，沿著山勢蜿蜒而上，快得無以復加。

當他翻到第二座山峰時，忽然黑影中一聲暴喝：「什麼人？止步！」

左冰心中暗道：「要想上去，只怕要硬闖了。」

他並不答話，只是加足輕功，飛快地向前奔去。

黑暗中那人一掌猛然遞到，左冰略一側身，忽然一轉身，整個身軀似乎在空中打了一個圈子，實際上卻是速度絲毫未減地闖了過去。

那黑暗中之人大喝道：「止步，否則要鳴鐘了！」

左冰猛然一震，身形也停了下來。

但他隨即一想：「鳴鐘就鳴鐘，正好。」於是他理也不理，轉過身來就繼續往上闖。

那黑暗中的人並未鳴鐘，只是拚命地追上來攔截，左冰輕功何等厲害，那人愈追愈遠，便大聲叫起來。

前面果然又出現兩人攔截左冰的去路，左冰實在不願與武當弟子動手，便施出絕頂輕功，硬從那兩人頭上高空飛過。

那兩人見左冰忽然騰空而起，就像天馬行空一般往他們頭上越過，實是可望而不可及，其中一個罵道：「他媽的，這小子好厲害的輕功。」

左冰聽了這一句話，心中疑念大生，暗忖道：「武當弟子怎會口出粗話？」

他忍不住呼的一聲落了下來，仔細看去，只見三個人雖然都是道士打扮，但那一身江湖氣卻是怎樣也掩蓋不住，左冰不禁大爲疑惑。但他心急如焚，卻也無暇細思，只是繼續往上闖。

這時純陽觀那邊忽然升起一道照明火箭，左冰不解其意，回首看時，只見那三個人都不繼續跟蹤，而且全都散跑了。

左冰不禁又疑又奇，他匆匆趕上山去，這一上去，直把左冰驚得大叫出聲！

只見純陽觀內內外外地上躺著全是武當道士的屍體，顯然遭到了敵人殺害，他強忍住滿腹驚駭，仔細把四周看了一遍，純陽觀內內外外竟然沒有一個活人。

左冰忖道：「那解劍岩上的兩個道士，還有剛剛攔截的三個道士，必然都是敵人化裝了把風的了。」

他把地上的屍體一個一個認過去，沒有發現天玄道長在內，心中稍安，但是突然遇上這個變故，確不知道該如何處理。

他想了一想，覺得還是先下山去看看比較妥當，他施展輕功離開了純陽觀，奔到解劍岩時，果然不出他所料，岩上那兩個道士已經不見了。

左冰暗道：「如今之計，無論如何還是要先找到天玄道長才是辦法。」

他沿著山路，又走回純陽觀，方才走近那片死屍，忽然一個沙啞的聲音喝道：「什麼人？」

左冰向聲音來處望過去，只見從那斜坡上蹣跚地走下幾個道士來，爲首的滿身浴血，正是武當掌教天玄道長。

左冰心中大喜，連忙施禮道：「晚輩左冰，拜見道長。」

天玄道長手中仍握著一支長劍，道袍上全是斑斑血跡，分不出來是他受傷流的血還是殺別人時沾上的血。

天玄道長見是左冰，一手用劍支地，一手揮道：「你快快起來，你是何時來的？」

左冰道：「剛剛到達。」

天玄道長長嘆一聲道：「武當百年威名完了……」

左冰道：「是誰幹的？」
天玄道長咬牙切齒地道：「北魏！」
左冰道：「爲什麼？」
天玄道長道：「唉，一言難盡。」
左冰道：「道長方才是追敵去了？」
天玄道長點了點頭，其他那幾個道士全都含著淚在安頓那些死屍。
左冰道：「晚輩奉父親之命，來請道長出手救救銀嶺神仙薛老前輩一命的。」
天玄道長驚道：「什麼？救銀嶺神仙？」
左冰點了點頭道：「薛老前輩被人偷襲了一掌，性命只在旦夕之間，是以要想請道長出手救他一命。」
天玄道長道：「有這等事？是誰下的手？」
左冰道：「那人功力深不可測，下手前後如驚鴻一瞥，瞬即不見。」
天玄道長仰首觀天，想了許久，喃喃地道：「殺死薛大皇，莫非是想滅口？」
左冰道：「家父亦是如此猜測。」
天玄道長道：「你父親現在何處？」
左冰道：「他抱著薛老前輩去尋錢伯伯。」
天玄道長道：「錢百鋒？」
左冰道：「不錯。」

天玄道長道：「令尊的意思是要咱們合三人之力方能救得薛大皇？」

左冰道：「正是此意。」

天玄道長沉吟不語，左冰知他不願見錢百鋒，連忙道：「家父說，昔年土木之變的許多不可解之事故，薛老前輩正是關鍵所在，所以……」

天玄道長苦笑一聲，打斷他的話道：「你也看到的，武當山現在成了什麼樣子，我怎能走得開？」

左冰道：「薛老前輩命在旦夕，若非道長的玄門正宗心法，只怕……」

天玄道長揮手道：「我知道，我知道！」

他仰首沉思了好一會，忽然抬起頭來道：「好，我這就馬上動身。」

左冰忙謝道：「道長惠允，救得薛老前輩，昔日武林大謎不難真相大白，實乃武林之福。」

天玄道長嘆道：「罷了罷了，土木之變的事一日不解決，你以爲我能安心麼？」

他轉過頭去對其他幾個道士叮囑道：「武當遭浩劫，是咱們弟子對不起祖師爺，咱們只要留著三寸氣在，這個仇是必報不可的，你們好好料理一下後事，此去至多一月必返。」

眾道長應諾，天玄道長便跟著左冰走下了武當，這時東方天色已白。

左冰和天玄道長匆匆離開了武當山，日夜兼程地趕回去和左白秋會合。

天玄道長滿懷心事，只是默默地趕路，很少開口說話，左冰也不去打擾他，只是不時指些奇妙風景處引他說話，但是天玄道長總是眉頭難展，雙目淒然。

這時，他們趕到了一個小市集，正是黃昏之時。
左冰道：「道長，您看咱們是不是先尋個地方歇歇？」
天玄道長點了點頭道：「也好。」
左冰和他走到市集的中心，選了一家不大不小的酒店，走了進去。
左冰向店家要了一份素麵給天玄道長，他自己要了一籠蒸餃，便坐下來開始吃將起來。
左冰道：「再有一日的路程，便能到了。」
天玄道長低頭吃麵，左冰偶一抬頭，忽然看見一個人牽著馬從門外街上走過，左冰陡然之間便怔住了，他不住地喃喃自問：「他是誰？他是誰？我在什麼地方看見過？」
忽然他猛一放筷子，啊了一聲道：「是了，是了，他是那原來和薛大皇一起說話的那個老頭兒！」
左冰一念及此，連忙對天玄道長道：「道長稍待，晚輩出去一下馬上回來。」
他匆匆走出店門，只見那老頭兒牽著馬正走在前面。他連忙從人叢中繞到前面去看個仔細，的確是那老頭。
左冰心中暗道：「這個老頭多少有些可疑，那日銀嶺神仙遭襲受傷，我和爹爹拚力急救之時，他就悄悄一走了之，卻不料今日在這個地方被我碰見，我一定要跟下去查他一查。」
他略一考慮，便快步趕回店中。
天玄道長問道：「什麼事情？」
左冰道：「晚輩發現一個十分可疑的線索，想要跟下去查它一查，道長請先上路，晚輩隨後就趕來。」

天玄道長點了點頭，匆匆吃了素麵，先行離去。

左冰匆匆趕出來，追了一程，遠遠便看見那老頭牽著馬仍然慢吞吞地踱著，左冰不敢走得過近，怕他看見認出。

那老人走到市集盡頭，來到一家客棧前，左冰站在不遠處一個屋簷角的陰影下盯著他，只見一個店小二出來，接過馬匹行李，便請那老人入內。

老人指著馬說了一些話，大約是要小二好好餵飼的意思，便進入店內去了。

左冰在屋簷等了許久，未見任何動靜，這時天色已黑，華燈初上，那客棧門一開，那老頭又走了出來。

坐在門口的店小二上去侍候，左冰藉著黑暗掩護，繞到較近的一角，仔細聽他們說些什麼。

那小二道：「老先生要出去溜躂一下？」

那老人點了點頭道：「隨便走走，啊！對了，老夫倒要向小二哥打聽一樁事。」

那小二道：「老爺有什麼事？」

那老人道：「聽說洛陽金刀駱老爺子親自護送的鏢隊明早要經過這裡，不知這消息確實不確實？」

那小二道：「不錯不錯，大約明早吃早飯的時辰差不多會到啦，老爺有什麼事……」

那老人道：「沒什麼，那鏢局裡有個夥計是老夫家鄉人，咱們有十多年不曾見過了，聽說這次他也隨隊來此。」

那小二道：「老先生的貴友尊姓什麼，讓小的打聽打聽。」

老人道：「謝謝，不需要如此，明日等鏢隊來了，老夫自去尋他。」

左冰暗暗納悶，心想：「這老頭顯然是要找金刀駱老爺子，他找駱金刀幹什麼？」

那老人向前走了兩步，回頭道：「我那房間門好像沒鎖，麻煩小二哥替我鎖一鎖。」

那店小二道：「老先生住的是第幾號房？」

老人道：「左廂第三房。」

那小二道：「是，是，老先生慢走。」

那老人緩緩散步去了。

左冰心想：「若要知道這老人的來歷，只怕要潛入他房中去查一查。」

他輕輕一蹤，藉著黑暗掩護，如一隻貓狸一般翻上客棧的屋頂，從左廂數起，到了第三房的屋頂上，靜靜地伏著。

過了一會，只見那店小二走了過來，替那老人鎖好房門，便轉身走了，左冰見那門上的小窗還開著，只是廊上燈火甚明，無法下去。

等了一會，他回顧無人，忽然一縱而起，整個人如同一顆彈丸一般直接從屋上穿過那小窗，輕飄飄地落在屋內。

他不敢點燈，只藉著廊上傳進來的燈光打量了房內一遍，只見床上放著一袋行李。他輕輕打開布袋，只見裡面全是書卷，隨手拿起一卷看看，只見卷首下寫著：

「公明珍藏」四個字。

左冰頓時呆住了，他喃喃自語：「公明？難道這老人就是周公明？」

四九　瘋癲和尚

另一方面，白鐵軍駭然望著那具骷髏，心中暗忖道：「莫非這個人便是那背義而去的『師兄』？」

他仔細查看了那具骷髏，但是什麼也沒有發現，不僅面目不辨，便是衣服也都腐化不全，他想了一想，又忖道：「如果這人便是那師兄，他怎會死在這裡？」

白鐵軍想了半天，也不得其解，他想道：「不管這人是誰，我還是先設法翻上這崖壁再作道理。」

他休息了一會，便緩緩爬出那石縫，猛然施展上乘輕功，如一隻大鳥一般節節上躍。白鐵軍小心翼翼地躍上了崖頂，當他站穩了腳步，仰首看天，只覺白雲悠悠，俯首下望，薄薄的一層雲霧把崖下的景色襯得不知其深，他心中只覺得一種說不出的暢然，直要放聲長嘯。

他坐在崖邊上，調息運行一番，自忖內傷大半已痊，這一陣拚力躍縱，倒也沒有什麼大礙，心中覺得頗為安慰，便沿著山坡，緩緩走了下去。

此刻白鐵軍心中一直在想著一個問題：「北魏不惜用卑劣手段暗算於我，定要置我於死地，這絕不只是因為怕我在武林的力量逐漸壯大，必然還有一個隱衷。」

他從來不知道畏懼是何物，但是此刻當他想到北魏無時無刻不在設法毀掉他的性命，而北魏那神出鬼沒的功夫和無堅不摧的神掌，白鐵軍心中竟有一些惴惴然了。

於是，他忽然想到一個問題：「我怕他嗎？我是不是畏懼著北魏？」

雖然他極不願承認，但是他心中仍然不得不承認，的確是在畏懼著，而且是深深地畏懼著。

白鐵軍被這個問題困擾著，他漫無目的地踱著，也不知走了多遠，忽然一聲刺耳的狼嚎聲震破他的沉思，舉目一看，只見不遠處一隻灰色的野狼和一隻山貓對峙著，那野狼比山貓大出許多，那山貓瞪著眼，聳著脊肯上的毛，口中噴著白泡沫，那野狼一時竟是不敢發動攻擊。

白鐵軍望著那隻勇敢的山貓，心中忽然醒悟了，他默默地想道：「我雖然怕他，但是當我面對著他，他一步步走近我要取我性命的時候，我就不怕他了，就像這隻小山貓一樣，此刻牠就不會怕那野狼了。」

那隻野狼終於沉不出氣，一聲怪嚎撲了過去，白鐵軍伸手抓起一截枯木，抖手對準野狼擲去，那一截小小的枯木輕若無物，但是白鐵軍這一擲出，卻把那隻野狼打得慘嚎一聲，躍起數尺之高，立刻夾尾竄走。

白鐵軍想通了心中的問題，忽然就覺得高興起來，輕快地沿著山坡走入林子。

他才一走入林子，立刻就覺到一種不對勁的感覺，他極其自然地閃身一棵古樹後，只聽得林子旁發出沙沙微響，像是有人走過來的樣子，白鐵軍隱身林後，忽然之間，那沙沙之聲就沒有了，緊接著，一條人影無聲無息地出現在三丈之外。

白鐵軍這一驚非同小可，那沙沙之聲顯然就是這個人所發出的，那時他必是以爲此處荒僻無人，是以沒有施展輕身功夫，白鐵軍不過是略一閃身這麼一點動作，竟已讓此人警覺，是以沙沙腳步之聲立刻消失，最可怕的是，那沙沙之聲至少當在二十丈外，這人忽地就到了眼前，這種功力直叫白鐵軍口呆目瞪了。

那人弓著身軀四面察望著，白鐵軍一動也不敢動，那人緩緩向著這邊移過來，忽然之間，草叢中一陣響，跑出一隻野兔來，飛快地又鑽入草中，那人嘿然輕笑了一聲，帶著釋然的表情，向前走開了。

白鐵軍暗忖道：「這隻兔子倒是出來的是時候，省我許多麻煩。」

他仔細打量那人，只見那人穿著一身不倫不類的長袍，三分像是女人的裝束，倒又有七分像是和尚的僧衣，頭上卻戴著一頂奇形怪狀的大草帽，一直遮壓到耳邊，除了覺得他年紀十分蒼老以外，也看不清楚眉目面貌。

白鐵軍暗忖道：「這怪人不知是什麼來路，好一身驚人的功夫，我倒要沉住氣看個究竟。」

那人緩步走出林子，向前眺望了半天，只是一言不發，白鐵軍不知他在搞什麼名堂，卻是不敢稍動分毫。

過了好半天，那人忽然長嘆一聲道：「青山依舊，絕崖無恙，師弟師弟，你也怨不得爲兄……」

白鐵軍聽他說什麼「師弟師弟」，不由得陡然一驚，只見那人對著那絕崖呆立有若石像，足足有數盞茶時間，全然一動也不動，白鐵軍正不耐煩間，忽然那人哇的一聲，放聲大哭起來。

白鐵軍暗忖道：「這個人多半是個瘋子。」

卻聽那人哭了一會，低聲道：「師弟呵師弟，愚兄真對不起你。」

白鐵軍暗道：「莫非這人就是絕崖底下那具白骨的師兄？天下哪有那麼巧的事？如果是的話，那麼崖壁半中腰石縫裡的那具白骨又是什麼人？」

那怪人重三覆四只是哭著說著這兩句話，過了半天，他止住哭聲，喃喃地道：「師弟呵，你還在人間麼？兩三年來每次我都想跳下來尋你，但我卻又情願你已死掉，我怎鼓得起勇氣再見著你的面孔？」

白鐵軍想起崖下的「師弟」已經死去十多年，這負義的師兄還說什麼「這兩年來每次都想跳下去尋你」的話，不禁在心裡冷笑一聲。

那人繼續喃喃地道：「師弟師弟，我怎樣也鼓不起勇氣下去尋你，你……你可聽得見愚兄的聲音？」

白鐵軍暗罵道：「見你媽的大頭鬼，你師弟要是聽得見你的聲音，做鬼也要來找你了，還用得著你來尋他麼？」

那人哭號了一陣，終於長嘆一聲，不再說話。

白鐵軍正想悄悄換個位置，可以看清楚那人的面目，豈料方才一動，那人已呼的一聲轉過身來。

白鐵軍心中驚駭無比，只是伏在那裡不動。

那人的聲音忽然變得冰雪一般：「什麼人，乖乖地滾出來吧！」

白鐵軍暗道：「我就不出來，倒看你能怎樣？」

那人又說了一遍：「什麼人，快給我滾出來！」

白鐵軍仍是不動，那人忽地冷笑一聲，猛一抬手，一股強勁無比的掌力向著白鐵軍藏身之處直撲過來，取位竟是其準無比。

白鐵軍暗裡驚出了一身冷汗，但他只是沉著無比地舉起身邊一塊斷木，暗暗把內力全力貫注，同時飛快地彈出三顆石子，分向三個不同的方向飛出。

白鐵軍運足上乘內功，那塊斷木的一端抵在古樹的巨幹上，把那怪人的掌力全部移到古樹巨幹上，那古樹粗達數圍，竟也被震得一陣亂晃，而白鐵軍手中那半腐的斷木竟是絲毫無損。

這正是正宗太極門的內功道理，白鐵軍此時運用之妙，只怕當今山西太極門的最高手也未見得能辦得到，他同時彈出的三個石子這時發出三聲響來，那怪人身在亮處，自是不查，只見他身如旋風般同時發出三掌，向著三顆石子落處擊出，嘩然一聲暴響，不知擊斷多少樹枝。

白鐵軍知道再藏不易，哈哈一笑跳了出來，大聲道：「在下仍然在這裡哩。」

那人似乎也料不到被白鐵軍戲耍了一番，他向著白鐵軍凝注了半晌，冷冷地道：「你敢走出來麼？」

白鐵軍聽了這句話，又不知畏懼爲何物了，他大步走了出去。

那人等白鐵軍走了出來，打量了好半天，然後道：「小子你今年幾歲？」

白鐵軍道：「這個你管不著。」

那人一言不發，忽然一伸手，對準白鐵軍打了過來，白鐵軍舉手一擋，竟然連退三步，他心中驚駭已達極點。

那人試了白鐵軍一掌，臉上也流過一絲驚訝之色，他冷冷一笑道：「你是白鐵軍？」

白鐵軍見他居然叫出自己的名字，心中雖驚，卻也有幾分得意，便答道：「不錯，白鐵軍就是在下。」

那人搖了搖頭輕嘆道：「名不虛傳，名不虛傳。」

白鐵軍道：「敢問……」

他話尙未說完，那人冷笑打斷道：「你想跟老夫動武，那就還差得太遠了。」

白鐵軍怔了一怔，哈哈笑道：「這個自然，這個自然。」

那人似乎沒想到白鐵軍居然客氣起來，脫口問道：「你說什麼？」

白鐵軍道：「老前輩若是還勝不了小子，那麼扣去二十七歲，多出來的歲月豈非都是白活了麼？哈哈。」

那人料不到無緣無故被諷刺了一頓，心中極是憤怒，白鐵軍平日絕不是逞口齒之利的人，但是他一想到眼前這人就是崖底那棄師弟於死地負義而去的人時，忍不住就變得刻薄起來。

那人望了望白鐵軍，目中怒氣忽然消失，和聲道：「說得有理，說得有理，老實說，老夫還蠻看重你這小子哩。」

白鐵軍故意道：「在下對老前輩那一身神功確是欽佩得很。」

那人道：「以你的年齡和武功，若是能得老夫指點一二，保險叫你終生受用無窮。」

白鐵軍道：「老前輩你是說要收我作弟子？」

那人道：「不說什麼收弟子，老夫看得上眼的，忍不住要想錦上添花造就他一番，看不上眼的，便是跪在老夫面前磕一千個頭，老夫也不理他。」

白鐵軍道：「老前輩不怕麼？」

那人奇道：「怕什麼？」

白鐵軍道：「老前輩不怕傳授在下幾招以後，在下忽起歹心，害了老前輩以後撒手就走麼？」

那人厲聲喝道：「小子，你說什麼？」

白鐵軍也大喝道：「老前輩你放心，白鐵軍還做不出那等事來哩！」

那老人暴喝一聲，忽地伸手向白鐵軍抓來，白鐵軍揚目看時，只覺漫天是他的爪影，他心中一寒，呼地倒退半丈。

他腳跟才落地，那人忽然暴進半丈，爪影又罩著白鐵軍頭頂抓了下來。

白鐵軍自忖內傷未痊癒，絕不能與他硬碰，他滴溜溜一轉身，竟從那人身旁擦身而過，反而到了那人的後面。

這一招喚做「物換星移」，乃是佛門迷蹤身法中最精微的功夫，白鐵軍一個俗家人竟能把這最上乘的佛門絕學運用得圓潤無比，實是因爲白鐵軍天賦異秉，更兼嗜武學若狂，只要碰見精好的功夫，無一不用心學習，是以年紀輕輕，竟成了相容數家精華的大高手，否則縱然南魏魏若歸學究天人，悉心調教，也絕難造就出這麼一個少年高手來。

那人身法之快，簡直令人不敢置信，他招式還不曾落空，身形已經轉了過來，但是卻並未繼續發招，只是陰森森地注視著白鐵軍。

白鐵軍一面納氣丹田，一面把全身功力集聚起來，準備隨時應變。

那人瞪了白鐵軍一會，忽然道：「小子，你識得老夫我麼？」

白鐵軍道：「不識得。」

那人又道：「你從何處學得佛門絕學？」

白鐵軍笑道：「自然是從少林寺學來的。」

那人逼近了一步，聲音也變得出奇的緊張嚴厲，他一字一字地道：「你跟少林寺有什麼關係？」

白鐵軍看他那樣子，心中暗暗驚駭，但他表面仍十分從容地道：「沒有什麼關係。」

那人道：「那你從少林寺何人處學得佛門絕學？」

白鐵軍見他雙目牢牢盯著自己，那模樣十分可怖，忖道：「他對這一點追問那麼緊迫幹什麼？這其中必然另有原因。」

他口中又輕描淡寫地答道：「這個麼？在下見過幾個少林門人施過這身法，就私下揣摩著學學練練，也就會了，本來嘛，天下武學道理總是差不多的，不是嗎？」

那人聽他這麼說，倒像是鬆了一口氣的樣子，只是啊了一聲，淡淡地道：「不錯，你這小子大概悟性不錯。」

白鐵軍愈想他的態度愈是可疑，忍不住試探著道：「老前輩您也精通佛門絕學？瞧在下自己練的可還對麼？」

那老人一聽，臉色陡然一變，喝道：「胡說！佛門絕學算得了什麼！哼」

白鐵軍忽然想起崖底那具白骨是個和尚，心中恍然，暗道：「原來這兩個師兄弟都是少林寺的。」

那人見白鐵軍沉吟不語，便道：「小子你在想什麼？」

白鐵軍冷冷地道：「在下正在想你老人家究竟是什麼人。」

那人凝目盯著白鐵軍，忽然目中又露出了殺氣，他一步步逼近，白鐵軍和他碰過一掌，著實有幾分寒心，但他卻是絲毫不退，那人忽然大喝一聲，舉掌緩緩拍出一招。

白鐵軍身猶在丈外，但他已覺到一種極其古怪的感覺，彷彿覺得全身上下，四肢百骸無一不在對方掌力控制之下，似乎要想找個空隙逃避一下，都成了絕無可能的事。

白鐵軍自弱冠出道，數戰成名以來，會過天下名門各派的高手，甚至連北魏這等一代宗師的手下也曾遞過招，但是此時這種感覺卻是前所未有的，他望著對方這一招飄忽不定地攻了過來，直是手足無措，不知該如何是好。

忽然之間，一個異樣的靈感飄過白鐵軍的腦海，他忽然想起前幾日在崖底那山洞中石壁上所刻的幾十幅圖形來，霎時之間，白鐵軍彷彿醍醐灌頂大開其竅，他猛吸一口真氣，雙掌一開一合，左手掃出，右手一記百步神拳輕輕地拍出。

兩股力道一觸之下，立刻各生其變，霎時之間變幻百生，轟然相撞了十幾下，方才漸漸消去，奇的是兩股力道所產生變化竟是大同小異。

那人臉上神色一片灰白，他指著白鐵軍大喝道：「你究竟是什麼人？」

白鐵軍冷笑道：「在下是白鐵軍，前輩不是認得嗎？」

那人厲聲吼道：「你是從崖底下上來的？」

白鐵軍道：「是又怎樣？」

那人的聲音忽然軟弱了下去，有氣無力而抖顫著道：「我……我師弟教你的功夫？」

白鐵軍傲然道：「一點也不錯！」

那人道：「他收了你做徒弟？」

白鐵軍冷笑道：「管他有沒有收我做徒弟，他要傳我功夫你還管得著嗎？這套奇絕天下的功夫難道是你發明的不成？」

那人一聽到這句話，忽然彷彿像是被刺了一針似的，呼的一下對著白鐵軍一掌拍來。

白鐵軍舉掌就架，不料那人攻出一半，忽地自動收招，用一種近乎可憐的聲調向白鐵軍道：「我師弟他……他可安好？」

白鐵軍忽覺怒將起來，他冷笑一聲道：「好呵，他老人家當然好得很。」

那人絲毫沒有聽出白鐵軍話中刺意，只是長噓一口氣，喃喃地低聲自言自語道：「師弟師弟，老天保佑你還在人間……」

忽然，他雙目圓睜，盯著白鐵軍喝問道：「你既有這一身功力，爲什麼不幫著我師弟把他弄出絕崖來？」

白鐵軍仰天大笑，笑聲如雷鳴，足足半盞茶時間之久、笑聲依然蕩漾空中不絕。

那人道：「你笑什麼？」

白鐵軍道：「是我學會了武功以後，就忘恩負義偷偷棄他於不顧地逃出來了。」

那人氣得臉色發青，但居然仍舊忍著沒有發作，卻用懇求的眼光望著白鐵軍道：「告訴我，我師弟究竟怎麼了？」

白鐵軍本想說：「你自己下去看吧。」

但他一接觸那人的目光，忽然覺得自己做得太過份，他沉聲道：「你的師弟早就死了。」

那人聽到這句話，卻忽然大笑起來，白鐵軍一愣。

只聽得那人大笑道：「死得好，死得好，今日你這小子是逃不了啦，老夫非宰了你滅口不可。」

白鐵軍見他忽然滿臉得到解脫的樣子，心中一寒，暗道：「這人好壞的心術，今日他只怕是非取我性命不可了。」

果然，那人笑聲才完，已經對著白鐵軍發動了攻勢。

白鐵軍環目四顧，他心中怯意又生，自己有自知之明，即使沒有內傷，也不會是這人的對手，更何況此刻內傷尚未痊癒？

白鐵軍自成名江湖以來，立刻威震天下，然而近來一連被天下頂尖的高手逼著要取他性命，把他打得九死一生，這時竟然有了怯戰的感覺，對白鐵軍來說，實是不可思議的事情。

他心中雖然這樣想著，手上可是絲毫不敢遲緩，只見他雙掌並舉，一虛一實，施出極其怪異的招式。

白鐵軍掌式才出，那人招式又變，白鐵軍一面出招，一面揣摸著把洞中習得的內功緩緩用上，同時竟然忙裡抽暇注意對方的運勁提氣之道。

那人瀟灑自如地攻出幾招，都被白鐵軍勉強躲過，到了第十招上，白鐵軍竟然依著他的樣子從百忙之中反攻出一招來。

白鐵軍在洞時雖然研究了幾日，但對那些殘缺不全的圖形只能做到神悟的地步，卻是無法運用，這時在那人相逼之下，一面硬用這套內功勉強拒敵，一面竟從對手出招之間悟出許多道理，居然還手反攻出一招來，這不能不說是武林的奇才了。

那人怒喝一聲：「小子敢爾！」

雙掌一封一旋，一股古怪之極的力道隨之而出，雖是奇異之極，但卻絲毫沒有邪氣，竟是一派玄門正宗的風範，白鐵軍大膽一接，忽然一聲大叫，整個人彷彿掉入漩渦之中，隨著那人的掌力轉了一個圈。

那人冷笑一聲，緊接著痛下殺手。

白鐵軍身在危境中，但頭腦依然清醒萬分，他忘了對方功力在他之上，也忘了自己內傷未癒，只是單掌斜劈，一口真氣逆向一沉，右掌如推窗望月一般向上一點！

只聽得「哧」一聲異嘶，那人掌下所發出之古怪力量竟然控制不住白鐵軍這一指，他封掌一收，退了半步，脫口叫道：「好一招『仙人指南』！當年楊陸赫赫威名之時，也不過如此！」

這一招「仙人指南」乃是昔年丐幫幫主楊陸平生絕學之一，白鐵軍一聽到他這句話，心中忽然靈光一閃，猛可想到一件事，他收招問道：「你和楊老幫主交過手麼？」

那人正想回答，忽然似乎警覺了一下，便道：「楊陸是什麼東西，他配與老夫交手麼？」

白鐵軍不理他，只是繼續問道：「可是在星星峽交的手？」

那人一聽到這句話，忽地臉色大變，他厲聲喝道：「小子，你胡說！」

白鐵軍不理，仍是自顧自地道：「敢問那時兩大高手決鬥，閣下贏了還是輸了？」

那人喝道：「你休胡說，今日老夫絕不讓你活著離開。」

他說著又攻了過來，這一次，才看出這怪老人的真功夫來，只是幾十招內，白鐵軍已經無法招架，他邊打邊退，不知不覺間，又退到那絕崖邊上。

白鐵軍心中忽然想起一個念頭，他一面勉力招架，一面緩緩向崖邊退，他心中暗忖著：

「但願我沒有記錯，經這裡跳下去，大約五十幾丈便該是那個石縫的所在，但願我沒有記錯……」

他退到方才上來的地方，便不再退，那人雙掌擊出，力可開山，白鐵軍猛然俯身抓起兩把泥沙，對著那人撒了過去。

雖是兩把泥沙，但在白鐵軍內力貫注之下，一粒細沙不啻一顆鋼珠暗器。

那人長笑一聲，閃身躍開兩丈，但那一股掌力依然絲毫不偏地沿原方向直撲白鐵軍。

這簡直是不可思議之事，人已離開，掌力居然照舊，白鐵軍半推半就一聲不吭，翻身跌落崖邊。

他頭下腳上地翻跌下去，身體卻是貼著崖邊不超過一尺距離，這時他全身功力運足，雙目凝視那石縫所在，堪堪將飛過那石縫之時，他忽然猛一伸手，五指就如同五根鋼爪，噗的一聲插入石壁，石屑紛飛，足足劃了半丈長五道深痕，落勢已滅，只見他一個翻身，身子正好落在那石縫之中。

那怪人在崖上躲過兩把泥沙，一掌把白鐵軍打落崖底，他走到崖邊向下看去，只見雲霧茫茫，白鐵軍的影子都不見了，他冷笑一聲，喃喃自語道：「這小子被我這一掌多半打成肉泥了。」

崖下不知其深，他呆呆望了一會，忽然像個瘋子一樣大笑起來，笑聲漸遠，只見他幾個起落，穿過叢林而去。

白鐵軍躲在石縫中，面對著那一具不名身分的骷髏，心中暗忖道：「我在這裡一面休息，等個一天一夜再上去，那人多半走了。」

他閉目休息，到這時才感到全身疲乏之極，不知不覺間，竟是昏昏睡去。

五十　少女菊兒

白鐵軍醒來之時，天已黑暗，也不知是什麼時辰，白鐵軍努力運功調息，天亮之時，體力已經恢復。

他沿著原路小心翼翼地跳上崖來，只見景色依舊，他自己卻是兩世爲人了。

他飛快地繞過叢林，向南走去，正走著之時，忽然聽見前面水聲淙淙，不聽水聲也罷，聽到水聲就覺得口渴起來，於是他便循著水聲的來源走去。

沒有多遠，便看到一流清溪，水流十分湍急。

他正待下去痛飲一陣，忽然瞥見溪邊坐著一個人，背著自己這邊，看那模樣似是正在沉思，白鐵軍就先隱身在一棵樹後，觀看動靜。

從樹後望過去，只見那坐在溪邊的人，黃衣黃裙，一頭長髮披在肩上，又烏又黑，身材十分嬌小，白鐵軍忽然想起一個人來，他暗暗驚道：「這人不是那菊兒嗎？」

他施展輕功緩緩走了過去，那女子絲毫不覺地坐在溪邊，不時把手浸在水裡玩玩溪水。

到了十步之內，只聽見那女子忽然長嘆了一聲，接著低聲道：「唉，找遍了整座山，什麼也沒找到。」
白鐵軍聽她的聲音更加斷定她是菊兒，他心中忖道：「這個鬼丫頭又在找什麼東西？」
卻聽得那女孩子喃喃道：「他這人也真怪，我明明要他不要往這條路走，他偏偏要走這條路。」
白鐵軍吃了一驚，暗道：「原來她是在找我？」
想到這裡，立刻無名之火又冒了上來，他暗忖道：「哼，找我？大概是在找我的屍體吧！」
忽然想起那日北魏一定要得到自己屍體之事，他暗中恍然大悟，心想：「是了，這小妖女必然是和那北魏有什麼關係，大約北魏發動所有的手下，直到現在還在搜尋我的屍體。」
那菊兒又自言自語道：「師父是愈來愈不喜歡我了，我說的話他根本聽也不聽，唉，菊兒啊菊兒，誰叫妳沒爹沒媽呢？」
她說得很是淒苦，說到最後已是哽咽。
那菊兒輕聲又嘆了一口氣，伸手拾起一根樹枝，在地上胡亂地不知畫些什麼。白鐵軍輕飄飄躍上一棵樹，居高臨下，只見地上劃著一些歪歪斜斜的字，仔細看去，只見全是「白鐵軍」這三個字。
白鐵軍不覺一怔，那菊兒兀自不曾發覺背後有人，她望著流水低聲道：「只要能再見他一面，只要見一面，要我怎麼樣我全甘願的。」
白鐵軍越聽越不對勁，心驚肉跳之下，免不了腳登樹枝，發出了一點聲響。

他連忙索性躍下樹去，但是已遲了一步，那菊兒已如一陣風一般轉過身來。

她乍見白鐵軍，驚喜得幾乎要張嘴大叫，紅紅的臉頰，微張著一張鮮紅的小口，那模樣真可愛極了。

白鐵軍緩緩走近去，菊兒只是喃喃地道：「你……」

但是忽然之間，菊兒的臉上一沉，立刻整個臉上彷彿罩了一層嚴霜，她冷冷地道：「你竟還沒有死麼？」

白鐵軍不禁一怔，心想：「這算那一門子事呀？」

菊兒見他那愕然的樣子，臉色更是難看地道：「上次你欺侮我，這筆帳該怎麼算？」

白鐵軍心中存滿了疑問，待要問問這個刁蠻姑娘，但是被她這樣一弄，什麼都暫時忘記了。

白鐵軍聽她說起上次那筆帳，頭腦比較清醒了一些，他冷笑一聲道：「用蒙汗藥的下作手法，這筆帳也還沒有算呢。」

菊兒急叫道：「什麼蒙汗藥，人家……」

她說到這裡，便說不下去，眼圈一紅，像是要掉落眼淚一般。

白鐵軍看她這模樣，又有些糊塗了，他暗忖道：「只能妳找我算帳，我便不能找妳算帳麼？」

菊兒掉過頭去，過了一會兒又轉過頭來，臉上換了一種不屑的表情，冷冷地道：「其實呀，就算是用蒙汗藥對付你，也算不得是什麼下作的事。」

白鐵軍怒道：「妳說什麼？」

菊兒道：「對付你這種臭叫化頭兒，當然也用不著什麼高尚的法子。」

白鐵軍怒道：「妳再敢胡說……」

菊兒拍手叫道：「臭叫化。」

白鐵軍道：「妳再敢說一句……」

菊兒望了他一眼，只見他氣得面紅耳赤，一時竟說不出話來，悄悄低下了頭。

但是她才一低下了頭，立刻又抬起頭來罵道：「臭叫化。」

白鐵軍忽然暗裡啞然失笑，心想自己一個堂堂大丈夫怎麼跟一個小女兒家鬧起口角來了，他微微一笑，便不再理她，轉身走開。

菊兒見他不氣又不怒，只是默默走開，心中又羞又急，脫口叫道：「你到那裡去？」

白鐵軍看了他一眼，並不答話。

菊兒瞪著一雙大眼睛，毫無顧忌地凝視著白鐵軍，忽然之間又怒氣沖天地道：「你要走就快走，我才不管你到那裡去哩。」

白鐵軍見她好好的又火起來了，不由得摸不著頭腦，暗忖道：「本來就不要妳管嘛，妳發什麼火？」

他正要開口說聲再見，回頭看時，菊兒忽然低著頭哭了起來。

這一來白鐵軍可真被弄迷糊了，他轉過身走回去，菊兒好像沒看見他走回來一樣，只是一味低著頭哭，白鐵軍呆了一會兒，不知說什麼話比較恰當。

菊兒哭了一會，看也不看白鐵軍一眼，白鐵軍心中有氣，心想：「我是大可一走了之的，只是留下這麼一個小姑娘在這裡哭哭啼啼，有些不好意思。」

菊兒仍是在哭，白鐵軍心中盤算道：「讓我來逗逗她，這個丫頭小孩子氣重得很，多半是一逗就能叫她破涕爲笑。」

他隨手指了一指天空，便叫道：「咦，奇怪奇怪……」

菊兒低著頭在哭，但終於忍不住好奇之心，便往手指縫中向外偷看了一眼，天空什麼也沒有，耳中卻聽到白鐵軍仍在不厭其煩地嘖嘖稱奇，心中不禁暗罵一聲：「傻子。」

白鐵軍見這個計策不生效，心想：「換個花樣試試。」

低頭一看，只見地上寫著好多字，寫的卻全是「白鐵軍」這三個字，有正楷的，有行書的，有草書，還有簡單字的，他靈機一動，便嘻嘻笑了起來，口中道：「喲，是誰在這裡練習簽我的名呀？咦，寫得還真不錯哩。」

菊兒一聽之下，臉色陡然變得鮮紅，她哭聲立刻停止。跳起腳來叫道：「走開，走開，誰叫你來的……」一面拚命用腳把地上的字擦去。

白鐵軍慌忙攔道：「擦去幹什麼，這幾個字寫得漂亮得很。」

菊兒發嗔道：「你這人怎麼這樣討厭？」

白鐵軍道：「我雖討厭，卻是不會哭著撒嬌使賴。」

菊兒臉紅過耳，低頭道：「誰使賴來著？」

白鐵軍存心逗她，是以口齒就顯得流利起來，他哈哈笑道：「我問妳，妳在地上寫我的名字是什麼意思？」

菊兒怒道：「你怎知是我寫的？」

白鐵軍道：「是我親眼看見的，怎麼不是妳寫的，我在妳後面站了好半天了。」

菊兒驟然想起自己方才一番自嘆自怨的話必然已被他聽去了，霎時之間，只覺羞得無地自容，跳起身來，罵道：「你這壞蛋！」同時舉掌便向白鐵軍臉上刮過來。

白鐵軍吃過她的苦頭，知她隨時會下毒手，連忙一運內力，閃身一個拋手施出。

卻不料菊兒這一掌刮過來絲毫未用功力，她被白鐵軍這麼一帶，一聲哎喲，整個身軀直向左邊飛跌出去，摔在地上。

白鐵軍驚得愕住了，彷彿像是闖下了什麼滔天大禍一般，一時不知所措。

直到他看見菊兒抱著腳踝爬不起來，這才趕快跑過去、伸手扶起她來，正想努力說出一句道歉的話來，菊兒忽然「啪」的打了他一個耳光，恨恨地叫道：「走開，誰叫你來碰我？」

白鐵軍有生以來還是第一次吃一個女人的耳光，他臉上五條指印熱辣辣的，心中忽然火了起來。

菊兒打了他一記耳光，自己也呆住了，忽然之間，像是受了千萬種委屈，哇的一聲倒在白鐵軍肩上哭起來。

白鐵軍原來正在發火，被她這麼一哭，心又軟了下來，卻也不知道該說些什麼，便輕攬著菊兒的細腰，讓她伏在自己的肩上哭。

菊兒哭了一會，自己悄悄地止住了，她把頭埋在白鐵軍的身上，也不怕白鐵軍的衣服有多髒，把眼淚擦在白鐵軍的肩上，緩緩抬起頭來。

白鐵軍對她的脾氣已經略爲摸得清一點了，他心中暗暗緊張，忖道：「只要她一哭完，看見我這樣摟著她，只怕又是一巴掌過來，這次我究竟還是不架？天曉得她會不會又夾著一把毒針飛過來。」

豈料菊兒只是靜悄悄地抬起頭來，睜著一雙大眼睛望著白鐵軍，目光中的野性消得一點影子也不剩，紅紅微腫的眼簾下射出的目光竟是出奇的溫柔和美麗，白鐵軍和她的目光接觸了一下，竟是不敢直視。

菊兒緩緩地伸出了手，撫摸著白鐵軍臉上的指印，白鐵軍不自覺地把她抱緊了一些。

兩人都靜靜地沒有說話，過了好久，白鐵軍總算想起一句話來：「妳……妳的腳還痛嗎？」

菊兒一聽到這句話，馬上就在白鐵軍的懷中跳了起來，她瞪著眼嚷道：「你還不放下我？」

白鐵軍實在有點寒了她，慌忙把她放在樹下坐好。

菊兒怒目瞪著他，恨恨地道：「你把我的腳摔斷了。」

白鐵軍吃了一驚，連忙湊過去探看，菊兒把腳輕輕收了一收，皺著眉道：「痛死了，一定是斷了。」

白鐵軍道：「妳試試看還能不能轉動？」

菊兒動了一動，白鐵軍道：「還好還好，大約是扭傷了筋。」

菊兒嗔道：「還說『還好』哩，我痛得動也不能動了。」
白鐵軍只好道：「是我不好，對不起得很。」
菊兒深深望了他一眼，低聲道：「你還氣不氣我？」
白鐵軍哈哈笑道：「我這麼大個子幹麼要跟小孩子生氣？」
菊兒怒道：「誰是小孩子？」
白鐵軍笑道：「咱們不說這個。」
菊兒道：「那天我叫你不要走這條路，你爲什麼偏偏要走？」
白鐵軍笑道：「我怎知妳安的是什麼心？」
菊兒笑道：「你不聽我話，結果吃了大虧吧，命沒送掉真算你造化呢。」
白鐵軍聽了這句話，忽然輕輕冷笑了一聲。
菊兒道：「你笑什麼？」
白鐵軍道：「沒什麼。」
菊兒追問道：「不行，你一定要說。」
白鐵軍看她那嬌憨的樣子，忽然覺得開心起來，他微微笑了一笑道：「我笑妳方才說的最後一句話。」
菊兒想了想方才自己說的話，覺得沒有什麼可笑的，便問道：「這又有什麼可笑？」
白鐵軍的嘴角浮過一個極其飄忽的微笑，他淡淡地道：「除了老天爺以外，沒有人能要得了我的命。」

這是多麼平淡的一句話，但是白鐵軍此時講出來，卻像是至理名言，沒有人能推翻的定律一般，菊兒在這一句話中感受到一種奇異的感覺，她怔怔地看著白鐵軍，芳心怦怦地跳著。

這是白鐵軍生命的信念，在白鐵軍來說，沒有什麼東西能比生命的信念更切實具體而堅強的了，他從生下來就註定是個強人，這兩次的九死一生，更使他堅信了這個信念，除了老天爺，沒有人能叫白鐵軍死！

白鐵軍望了望坐在地上的菊兒，忽然問道：「菊兒，我們是朋友吧？」

這是今天白鐵軍第一次叫她「菊兒」，她聽得有一種昏眩的感覺，茫茫地點了點頭。

白鐵軍道：「但是，我怕我們不是哩。」

菊兒睜大了眼，不解地望著白鐵軍，白鐵軍正色道：「告訴我，妳跟北魏是什麼關係？」

菊兒眨了眨眼睛道：「他是我師父……」

白鐵軍側首想了一想道：「妳師父要殺我，咱們豈不也變成敵人了？」

菊兒奇道：「我師父和你是敵人，與我有什麼關係？」

白鐵軍道：「譬如說妳師父要妳也來殺我，妳怎麼辦？」

菊兒道：「我從小就沒聽過師父什麼話，譬如說上次，他要在這條路上堵殺你，我卻通知你叫你別走這條路……」

白鐵軍微笑著點了點頭，並不多講。

菊兒道：「聽說江湖都在傳說，你已經被銀嶺神仙薛大皇謀害了，現在南魏已經去尋銀嶺神仙的晦氣去了。」

白鐵軍吃了一驚道：「我？我被薛大皇害了？」

菊兒點頭道：「一點也不錯。」

白鐵軍忖道：「怎麼會把我和薛大皇扯在一塊？這是什麼陰謀？」

他想了又想，卻是想它不通，便搖頭道：「沒道理，沒道理。」

菊兒笑道：「怎麼沒道理，才有道理哩。」

白鐵軍道：「妳師父如此造個謠言，不過想要我師父去尋薛大皇罷了……」

菊兒道：「這還不算是有道理麼？」

白鐵軍搖頭笑道：「我那師父有一樁好處，若非看著了我的屍體……呵，我的屍體，我的屍體……」

白鐵軍講到這裡，忽然腦海靈光一掠，他喃喃地自言自語道：「怪不得，怪不得他們一定要得著我的屍體，那就可以把我的屍體弄成像是被火焰掌打死的模樣，然後交給師父看……」

白鐵軍搖了搖頭，仍是想不通，暗忖道：「既是沒有看見我的屍體，師父他老人家是決不會輕舉妄動的，但為什麼傳言中師父已經去尋薛大皇的晦氣去了？」

他怎料得到北魏棋高一著，只要武林中人知道白鐵軍遭襲身死之事，他便化裝南魏去結果了薛大皇，讓天下人都以為薛大皇殺死了白鐵軍，魏若歸殺了薛大皇。

白鐵軍想了一會，便笑道：「管它是怎樣個傳說法，反正我還沒有死就是了。」

菊兒忽然幽幽地道：「其實你若是死了，倒也還不錯……」

說到這裡，她忽然臉色暈紅，住口不言。

白鐵軍看她那嬌羞的樣子，再笨的人也知道這句話不是詛咒的話，他笑道：「爲什麼？」

菊兒低著頭道：「不告訴你。」

白鐵軍道：「我若是死了的話……」

才說到這裡，他立刻哈哈一笑改口道：「我怎麼能死掉了？我要做的事還多得很哩！」

白鐵軍從來沒有被個刁蠻的小姑娘咕咕呱呱地纏個沒完，想到自己一整天跟這個女娃兒胡扯，不禁連自己都覺得奇怪了。

他抬頭一看，天色竟已很晚，心想要走，卻不能抛下菊兒不顧，他爲難地望了望菊兒的腳。菊兒知他心意，小嘴一嘟，嗔道：「看什麼？被你摔傷了，走也不能走。」

白鐵軍搖了搖頭只好道：「我抱著妳走吧。」

他彎下腰去抱她，心中暗暗提防著又是一個耳光過來，奇的是菊兒居然溫馴地讓他抱起。

白鐵軍抱著菊兒緩緩離開那小溪邊，菊兒伏在他懷裡，乖得像一隻小貓，白鐵軍暗忖道：「這小娃兒可真難對付。」

菊兒悄悄抬起頭來，看見白鐵軍的嘴角上掛著一絲隱隱的笑容，便問道：「你笑什麼？」

白鐵軍道：「笑妳的花樣太多。」

菊兒聽了這句話，忽然不再言語了，雙目凝視著，好像是在看著極遠的地方，過了好半天，卻是忽然輕嘆了一口氣。

白鐵軍低目望了她一眼，她低聲道：「不自己弄出許多花樣來，我的日子怎麼打發？」

白鐵軍聽了這句話，心中吃了一驚，他萬料不到像這樣一個刁蠻淘氣的女孩，竟會說出這樣充滿了寂寞哀傷的話來，不禁怔住了。

菊兒卻像是完全不覺，只是低聲自言自語地道：「師父對我很好，師兄們也都很怕我，我要的東西他們總會想辦法替我弄到，可是，可是……其實我什麼都不要，什麼都沒有。」

白鐵軍停下身來，輕聲地問道：「妳該是過得無憂無慮，快快活活的呀？」

菊兒道：「有的時候我真的很快活，可是那只是一會兒，過了一會兒，我又沒辦法叫自己開心了。」

白鐵軍道：「我不懂妳的意思。」

菊兒輕輕地道：「你不會懂的，你不會懂的。」

白鐵軍聳了聳肩膀，心中想道：「妳這樣刁蠻的小姑娘，我怎能懂？」

菊兒過了一會兒道：「方才我說其實你死也不錯的話，你氣不氣？」

白鐵軍答道：「我問妳爲什麼，妳又不肯說。」

菊兒道：「你現在要到什麼地方去？」

白鐵軍見她有些語無倫次，只好答道：「先走出這山脈，找到醫生看看妳的腳。」

菊兒道：「然後呢？」

白鐵軍道：「然後我就要走了。」

他說到這裡，雙目凝望著遠處的黑暗，涼風迎面吹來，使得他精神爲之一爽，於是，他繼續說下去：「千千萬萬的事等著我去做哩！」

菊兒深深望了他一眼，沒有說話，過了一會，她忽然道：「你怎會有那麼多的事？是朋友的事嗎？」

白鐵軍道：「可以這麼說。」

菊兒道：「你怎會有那麼多的朋友？我從小到現在，一個也沒有。」

白鐵軍奇道：「一個也沒有？」

菊兒道：「從小時候起，我沒有爹媽，師父師兄他們對我雖好，我不喜歡跟他們玩，有些一起玩的女伴，她們都笨死了，她們想的事我根本不要想，我想的事，她們都不懂……其實我也不懂，我跟誰去做朋友？」

白鐵軍見她說話的時候，雖然帶著淡淡的微笑，但是眼睛裡卻流出無比的淒苦和寂寞，白鐵軍在忽然之間，似乎覺得十分瞭解她了，對她過去那些刁蠻不講理的舉動，在白鐵軍的心中，全都能原諒了。

他想說什麼，卻又不知道怎麼說，只是拍了拍她的肩。

菊兒抬起臉來望了他一眼，繼續地說：「我跟誰去做朋友？我跟誰去做朋友？」

白鐵軍故意用玩笑的口吻道：「妳沒有朋友，我的朋友雖多，卻也沒有像妳那麼體面的，咱們兩人就做個好朋友吧。」

菊兒睜開喜悅的大眼睛道：「你說的是真心話？」

白鐵軍道：「自然是真心話，咱們約定好，永遠是朋友，不會互相殘害。」

菊兒伸出一個小指頭來道：「勾一勾。」

白鐵軍也伸出一個粗壯的手指和她勾了一勾。

菊兒笑靨如花，喜孜孜地道：「我們是好朋友了，我該叫你什麼？」

白鐵軍望著她那漂亮可愛的臉，喜氣洋洋的模樣，忽然憐愛地道：「菊兒，妳沒有爹娘，我也沒有，妳就做我的小妹妹算了。」

菊兒喜道：「真的？那我可以叫你哥哥？」

白鐵軍點頭道：「當然。」

菊兒在他的懷裡，輕輕地仰起上半身，伸手抱住白鐵軍的頸子，低聲地叫了聲：「哥哥！」白鐵軍只覺得一種從未有過的溫暖，他輕撫著菊兒的頭髮，怔怔地說不出話來。

菊兒忽然扯了扯他胸膛的衣襟，低聲道：「哥哥，你走錯路了，該是右邊這條。」

白鐵軍好像猛然醒轉一般，啊了一聲，轉向右邊。

菊兒道：「我要睡了。」

白鐵軍道：「妳睡吧！」

他抱著菊兒靜靜地走，不多時，菊兒便睡著了，白鐵軍只覺得抱著的身軀又溫暖又柔軟，髮項間散出一種少女身上特有的清香，他低目望了望她的臉孔，只覺得美麗可愛得有如天仙，但那稚氣猶存的眉目間卻流露出一種嬰兒般的無邪，白鐵軍忽然情不自禁地低下頭去，在她的臉頰上輕輕吻了一下。

他對自己默默地說道：「這不代表愛情，因爲她是我的小妹妹了。」

五一　學士斷魂

左冰心中如起巨浪。他的雙手不住地顫抖著，不能自己，他喃喃地道：「他就是周公明？這個老頭兒就是周公明？」

忽然間，他發現了這一個驚人的線索，反倒是呆住了，他只是不住地思索著：「如果這老人是周公明，那麼他和銀嶺神仙在一起，好像是老朋友的樣子，這又是怎麼一回事？」

他想了一會，漸漸冷靜下來，把當前的重點分析了一下，然後決定道：「天玄道長趕去爹爹那裡，路上一定不致出什麼岔子，倒是我這邊這一條線索萬萬不可放過。」

正尋思間，忽然聽得外面有人走近的聲音，他連忙把一切恢復原狀，悄悄地躍了出去。

過了一會，他看見那老人緩緩走回房來，開門進房，又關上了門，左冰這才施展輕功潛出客棧之外，然後裝著投宿的模樣，也住到這客棧中。

左冰打發走了店小二，便悄悄躺在床上休息，他心中盤算道：「這周公明乃是關鍵人物，難得我今日誤打誤撞，居然找到這麼一條有力線索，一定要查個水落石出。」

時間很快地過去，不多時已是夜深人靜，左冰依然沒有入睡，他怔怔地望著黑暗中，心中思考著許多謎一樣的問題。

忽然，窗外傳來一陣奇異的聲響，左冰側耳側聽，卻又再聽不到什麼，過了一會，窗外又傳來一聲輕微的異響，左冰輕輕地爬起身來，他屏息閉氣把身體貼在木板牆上。

這時屋外月光皓潔，屋內黑暗如漆，左冰從低窗上看到了兩個人影。

左冰悄悄退到門邊，輕輕推開屋門，走過廊道，從廊底靠天井的小窗爬了出來，反繞到那兩個人影所在地的後方屋頂上，靜靜地伏著不動。

只見那兩人站在院中指指點點低聲交談，也聽不清楚他們在說些什麼，其中有一人忽然向左邊指了一指，左冰暗吃一驚，忖道：「他們指的那間房子，正是周公明住的。」

那兩人似乎又商量了一陣，便悄悄走向左邊，走到周公明所住的那間房子外，停下身來。

左冰暗暗緊張，不知這兩人是來幹什麼的，他弓著身軀，像一隻狸貓那麼輕快地從房屋頂上繞過去，也到了周公明那間房子的屋頂上，靜靜窺看。

只見那兩人打了一個手勢，其中一人忽一躍而起，身在空中一個滾翻，已經輕巧地倒鉤在窗簷上，他伸手弄破了一塊紙窗，右手掏出一個長圓形的東西來。

左冰暗道：「這兩人莫非是來行刺的？我可得小心了。」

他伸手提起一片瓦來，緊緊握在手中，只要情形不對，立刻出手救人。

只見那人舉起手上那個圓形的東西，似乎是晃了一下，緊接著一團亮光隨之而起，左冰暗道：「原來是照明用的奇門傢伙。」

過了片刻，那人一抖手，又恢復了黑暗，左冰正在暗中忖道：「看來這兩人不像是來行刺的，莫非是來盜財的？」

那人忽地一個翻身，又飄落下來，底下那人立刻走上前來，輕聲問道：「如何？」

那翻身落下的聲音十分蒼老，他搖搖頭道：「難說得很。」

底下那人道：「怎麼難說法？」

那蒼老的聲音道：「沒有把握。」

底下那人道：「瞧不清楚麼？你可以走進去瞧個仔細呀！」

那蒼老的聲音道：「瞧是瞧真切了，只是事隔多年，這人的面目似乎變得蒼老得出乎意料。」

底下那人道：「到底像不像呢？」

那蒼老的聲音道：「像是像的，就是比我想像中老得多，是以無法決定。」

底下那人道：「看來咱們還是得進去仔仔細細搜一搜，也許在他的行李裡可以找出點什麼名堂來。」

那蒼老的聲音道：「不錯，我也是這般想法。」

底下那人道：「你替我把風，讓我進去。」

那蒼老的聲音道：「依我看，要搜屋子還是明天白天來比較妥當，只要老頭兒一離開出去吃飯散步什麼的，咱們就可以動手，再說……」

底下那人道：「你說右邊五號那小子？」

左冰聽了這話，又是大吃一驚，暗道：「右邊五號房？那不正是指我？原來這兩人早已注意上我了。」

那蒼老的聲音道：「不錯，那小子形跡有點扎眼，還不知道是那一路的人物，咱們夜裡行事耽擱得太久總是不妙，莫要讓他疑了心察覺。」

底下那人道：「老哥你這種顧慮大有道理，咱們就這麼辦。」

兩人輕聲說完，便悄悄繞道而退，左冰索性潛身不動，瞧瞧這兩人究竟到哪裡去，只見那兩人繞過廂房，先後躍上房屋，落入天井。

左冰暗忖道：「他們既上了那邊屋頂，只消輕輕一躍就能出去，但是他們跳落天井中，可見這兩人也是落腳住在這客棧裡的。」

想到這裡，左冰不禁搖頭嘆道：「唉，到底薑是老的辣，我只是一投這店，人家可就立刻注意上我了，而他們就也住在這店中，我卻完全不知道。」

一想到這裡，他忽然想到一事，頓時大大緊張起來，暗忖道：「這兩人若向東走的話，一定會經過我那房間，說不定會偷看我在不在房中，我要趕快從外面繞回去！」

他輕飄飄地躍落地上，快若閃電地斜裡一縱，整個人已到了三丈之外，再一起落，已到了那房門臨外的牆角下。只見他略一飛身，伸手抓住了屋簷，輕推簷下小窗，一點聲息也沒有發出，已經到了屋內。

他方才扯開被褥睡好，走廊上已傳來輕微的聲響。

左冰暗笑道：「經驗沒你們老到，輕身功夫可比你們要高明一籌。」

過了一會，那兩人聲音遠去。左冰暗忖道：「他們方才在外面商量的分明是想斷定那周公明的身分，如此說來，莫非他們也是在尋找周公明？」

想到這裡，左冰又有些不解了，他暗中思索了一番，想道：「看這兩個人武功未見得特別高明，周公明又是個完全不懂武功的老人，怎會跟普通的武林中人扯上關係？」

左冰想了想，得不到什麼答案，便不再想它，索性好好睡一覺，醒來時，天已大亮。

他匆匆梳洗完畢，走出房來，正好看見昨夜那兩個漢子迎面而來，左冰仔細打量了一下，只見一個是四旬左右的矮小漢子，滿面透著驃悍之氣，另一個是六旬左右的老者，一臉橫橫斜斜的皺紋，那兩人瞟了左冰一眼，本來正在談的話便停止不談，左冰若無其事的和兩人擦肩而過。

走到前面，只見那周公明正捧著一包熱氣騰騰的包子回房去，左冰等他走入房內，才走入大廳，胡亂買了幾個饅頭充饑。

吃過早飯以後，左冰又回到自己的房中，他心中暗忖道：「那周公明昨天向店小二打聽洛陽來的鏢隊，只怕就會出去會那駱金刀。」

他半躺地坐在床上，耳目卻是全神注意著四周的動靜，過了一會，街上忽然傳來一陣人聲馬嘶，一個嘹亮的嗓子拖著長音在喝喊著：「威——鎮——四——方——」

左冰暗道：「駱老爺子的鏢隊到了。」

不一會，街道上就熱鬧起來，駱老爺子的鏢隊從這小客棧前經過，走入鎮市中心去了。

左冰輕輕推開門來，漫步走到店門口，然後裝著看熱鬧的樣子踱到路邊，過了一會，只見店門口那周公明也匆匆走了出來。

左冰略爲考慮了一下，他心中想道：「這時候，昨天那兩個傢伙必然潛入周老頭的屋中去搜查去了，我索性不管他們，跟著這老兒去瞧個究竟。」

於是他遠遠地跟著那周公明去，走到市鎮的中心，只見大批馬隊停在一家頗有氣派的大客店前，周公明走到店門口，就有兩個全身綁紮俐落的漢子上來攔住。

左冰遠遠瞧見他們談了數句，有一個漢子進去了一會，想是去通報了，過一會，那漢子又走了出來，便帶著周公明走入店內。

左冰暗道：「看樣子還得想個法子溜進去才是道理。」

他打量了一下四面的情形，覺得從正面進去不太可能，於是他便遠遠地繞到那客店的後側。

那客店的後側是片空地，十幾個工人正在砌一幢磚牆的房子，幾個工人在大樑上面站著，一個工人把一疊一疊的磚往上拋。

左冰走到那空地上，爲了不引人注目，便把衣袖捲起來，長衫的下襬盤紮腰上，外人一眼看上去，倒也以爲他是個工人。

他正在思索如何混將進去時，忽然有在個工人對他叫道：「喂，喂，你是不是新來的工人？」

左冰靈機一動，便答道：「是！是！」

那人似乎是個工頭，只見他喝叫道：「趕快上來做工呀，你沒看見咱們忙得像猴一樣麼？」

左冰道：「是，是。」

他沿著那臨時搭的木梯走到屋樑上的木架，上面的工人叫人道：「接住！」一疊紅磚整整齊齊地飛送上來，左冰伸手輕輕接住，底下那工人翹起拇指讚了聲好。

左冰暗道：「若非我有這麼兩手，不然這工人也不是隨便混得過去的哩。」

他一面接著底下拋上來的磚，一面打量外面那客店屋頂上的形勢，心中暗暗盤算著。

這時，下面忽然有個工人叫道：「注意！」一大疊磚整整齊齊地飛向左冰後面一個工人，左冰忽的一彈手，一粒砂子破空而出，正好擊在那工人的肘脈穴上，那工人不知就裡，只覺得手臂忽然一麻，「哎喲」叫了一聲，那一大疊磚塊便飛落下去。

底下的工人大叫道：「小心啊！」

所有的工人都注意到那一疊失手飛落的磚塊去了，左冰卻在這一霎時之間低著身子一個翻滾，神不知鬼不覺地到了那客店的屋脊上，略一閃身躲在一個煙筒後面，再一讓身，到了屋脊的另一面。

他貼著屋脊一口氣濳到客店屋脊的東首，耳貼著向下窺看。

只見下面一條走廊的首端，一間較大的房間門前插著一面三角形的紅旗，旗上用金絲線繡著一柄大刀。

左冰忖道：「駱金刀大概就在這間屋內了。」

他想躍到對面那房間的屋脊上去，但是他深知駱金刀的功力非同小可，一不小心就會被發覺行蹤，是以遲遲不敢行動。

想了一會，實在沒有別的辦法，只有冒險一試，他先打量了一下，下面並無人影，這才猛一提氣，全身依然躺在屋脊上，就保持著這樣的姿勢忽然騰空而起。

奇怪的是他的身軀躍起極是緩慢，絲毫不像是縱躍而起的模樣，倒像是藉著什麼浮力飄浮而起，緩緩地飄過那天井，落到對面的屋脊上，依然保持著平躺的姿勢，一絲聲音也沒有。

這正是鬼影子左白秋獨創的絕學，武林中所謂輕功高明，無非是在輕靈快速上講求功夫，像左冰這等緩起緩落的功夫，除了輕身功力須達爐火純青之外，還得有極深厚的內家真力，與那些一躍數丈的輕功，實是不可同日而語。

左冰到了對面的屋脊上，貼著耳傾聽，隱隱約約可以聽到一點聲音，他想要尋個更好的地方，但是想到下面是威名天下的駱老爺子，只怕自己稍微一動便會壞事，便伏在那裡一動也不動。

他努力傾聽，只聽得那周公明的聲音：「若非駱老爺肯允應，天下還有誰辦得到……」

駱老爺子的聲音比較清晰，只聽得他道：「此事非是我駱某不肯，實是另有原委……」

那周公明道：「此事關係重大，駱老爺難道……昔年土木堡……」

駱金刀道：「周大人你不是該和薛大皇薛兄有約嗎，爲什麼不找他？……」

周公明道：「若能找薛兄，我也不會來找駱老爺子了，薛兄遭人暗算，命在旦夕……」

駱金刀的聲音提高了一些：「什麼？周大人你說什麼？」

周公明道：「本來我與薛兄已經約好動身，卻忽然來了兩個人，扯住薛老爺子在談些不知道什麼事，忽然之間，薛兄就被人暗算了一掌，倒在地上。」

駱金刀打斷道：「是那兩人下的手？」

周公明道：「好像不是，是有第三者埋伏在附近，突然下手——」

駱金刀道：「你看清楚了那人的面孔麼？」

周公明道：「那人來去如電，我這老朽如何看得見？」

駱金刀沉吟了一下道：「後來呢？」

周公明道：「後來那兩人抱著薛兄施救，我就趁機溜走了。」

駱金刀勃然大怒，大聲道：「好哇，周大人大忠大義，你就趁機溜走了，薛大皇的生死也不顧了，嘿嘿，你那當大官的人眼裡，草芥小民一條命還不是跟一條狗差不多，你自己想想看，為了昔年那事武林英雄自相火併已到了什麼地步，你說得倒是稀鬆平常，老實說，我駱某是個起鏢的商賈武夫，我可不懂什麼國家興亡君臣大義，當年若不是憑丐幫楊陸一言九鼎，我駱某今天替皇帝老兒拚命麼？太笑話了！」

左冰在上面聽他大叫起來，不禁一怔，暗忖道：「怎麼忽然之間罵起來了？」

卻聽那周公明道：「駱老爺子你聽我一言，試想老夫手無縛雞之力，那兩個人雖在替薛老爺子施救，卻是來路不明之人，老夫身上揣著如此重要的東西，除了趕快溜走有什麼辦法？……反正周公明這一條老命是早已萬死猶有餘辜的了！只要把昔年那段公案作個了結，周公明決心自刎以謝天下武林英雄……」

屋內沉寂了片刻，忽聞駱金刀長嘆了一聲道：「你先說說，那抱著薛大皇施救的兩人是什麼模樣？」

周公明道：「一老一少，老的年約五旬，相貌十分清癯出眾，少的年約弱冠。」
駱金刀想了一想，忽然問道：「那少年是否長得極是俊俏瀟灑？」
周公明道：「不錯。」
駱金刀沉吟了一會道：「莫非是……北魏魏定國和他的徒兒楊群？」
左冰聽了暗暗忖道：「你想穿腦袋也想不到那一老一少是爹爹和我。」
且聽得下面駱金刀道：「周大人有一事不知……」
周公明道：「什麼事？」
駱金刀道：「昔日咱們離開落英塔的時候，老夫曾答應那神秘怪人，發誓終生不踏入星星峽半步。」
周公明道：「可是……」
駱金刀打斷他的話道：「駱某畢生斤斤較量者，唯一『信』字，你叫我駱某如何自食其言？」
周公明道：「這件事大非尋常，駱老爺子你……」
駱金刀道：「非是駱某執意不肯，這件事駱某已經沒有臉面再管下去了。」
周公明長嘆一聲，沒有說話。
過了一會，忽聽駱金刀道：「周大人快請起來，大人如此，教駱某如何擔當得起？」
左冰忖道：「想是那周公明在跪地苦求了。」
只聽得周公明道：「駱老爺子不答應，周公明惟有跪地不起。」

駱金刀長嘆一聲道：「周大人你先起來，聽老夫一言。」
周公明喜道：「駱老爺子是答應了？」
駱金刀道：「好，駱某答應你！」
周公明道：「爲受難吾皇，爲蒼蒼萬民，駱老爺子請受老夫一拜。」
駱金刀的聲音道：「不敢，不敢，老夫雖然答應你此事，但是老夫卻不能親自替你做到，不過你可放心，駱某若是答應了這事，那便絕對要設法把這東西替你送到。」
周公明道：「駱老爺子不肯親自出馬，託別人只怕……」
駱金刀道：「這個你放心，駱某將託這人，只會比駱某更加高強，絕不會有誤大事。」
周公明似乎仍不放心地道：「敢問駱老爺子打算轉託何人？」
駱金刀哈哈一笑，然後一字一字地道：「天下第一神劍卓大江，你看如何？」
周公明再拜謝道：「若得卓老爺子肯出手，周某還有什麼不放心的？」
駱金刀道：「咱們午時即將上路，你一切可放心吧。」
周公明道：「萬事拜託，如此則老夫告退了。」
駱金刀送他到房門口道：「爲免被閒人看見，駱某不送了。」
左冰偷偷往瓦脊窺下去，只見周公明長揖倒地，垂淚道：「此事了結，周某將辭人世，駱老爺大恩大德，惟有來世結草啣環以報。」
駱金刀也沒說什麼，只是長揖還了一禮，周公明躬著老邁的身軀緩緩走了出去，駱金刀轉過身來，對著房門前插著的那面金刀紅旗，怔怔然呆望良久，然後輕聲長嘆一聲。

左冰因爲伸首出去窺看，這時偷偷縮將回來，就只這一個動作，下面駱金刀忽然道：「房上的朋友，請下來吧！」

左冰又驚又服，他略一沉吟，只得大大方方地飄身而下。

他一揖倒地，口中道：「晚輩左冰，拜見駱老前輩。」

駱金刀打量了他一眼，道：「起來起來，令尊大人可安好？」

左冰心想自己與左白秋的父子關係大概江湖上都已知曉了，他連忙恭敬的答道：「託駱老前輩虎威洪福，家父身體尙好。」

駱老爺子笑道：「你在上面大概已經不少時候了吧，哈哈，左白秋的兒子還有什麼話說。」

左冰臉上一紅，連忙解釋道：「晚輩因爲跟蹤方才那位周老先生，這才冒昧……」

他尙未說完，駱金刀打斷道：「跟蹤？你怎會跟蹤他？」

左冰道：「駱老前輩有所不知，方才那位周老先生所云的一老一少，正是家父和晚輩。」

駱金刀睜大了眼睛，一手推開了門，對左冰道：「請進，請進，咱們進來詳談。」

左冰只得跟著他走了進去。

駱金刀道：「銀嶺神仙薛大皇現在何處？」

左冰道：「家父抱著他去尋錢伯伯。」

駱金刀道：「錢百鋒？」

左冰道：「正是，可是家父說薛老前輩受傷過重，必須請武當掌教天玄道長來，會同三人之力施救，方始有一線希望，是以命晚輩趕去武當求救。」

駱金刀道：「你去過武當了麼？」

左冰道：「晚輩到了武當……」

他本想說出武當慘遇浩劫的事，但是想了一想，還是先不說爲妙，便繼續道：「請到了天玄道長，正一路匆匆趕回，忽然在這裡發現了方才這位周老先生的行蹤，便一人留下來想探個究竟。」

駱金刀道：「天玄道長自己趕去？」

左冰道：「不錯，晚輩這就準備追上去。」

駱金刀道：「且慢，那偷襲銀嶺神仙的兇手，你可看清了面目？」

左冰便把那前後經過情形略述了一遍，只見駱金刀雙目圓睜，額上青筋暴起，頰邊沁出汗珠來，他雙手按在桌上，一言不發，過了半晌才喃喃地道：「這怎麼可能，這怎麼可能？」

左冰道：「什麼？」

駱金刀又喃喃地道：「當著左白秋的面偷襲薛大皇，又從容而退，連面貌都不讓人看見，世上竟有這等高手？」

左冰道：「家父也是大爲驚駭，他說便是南北雙魏只怕也沒有這等功力。」

駱金刀彷彿沒有聽見，只是自言自語地道：「左白秋的身法是駱某畢生僅見的了，竟有人當著他的面出手傷人，傷的又是銀嶺神仙薛大皇，這簡直是不可思議……」

他緩緩站直身體，雙手從桌面上放開來，只見那楠木八仙桌上竟然留上兩個半寸深的手印，指掌清晰無比。

左冰看得不禁駭然，只見駱金刀站在那裡默默沉思，自己要想趕快趕回客棧去，卻又不好啓口。

駱金刀忽然道：「那周公明住在哪裡你知道嗎？」

左冰道：「就在不遠處一家客棧。」

駱老爺子道：「快去找他來，我還有話要問他。」

左冰道：「晚輩去找？只怕有些不方便……」

駱老爺子伸手抓起一枝筆來，寫了一張便條對左冰道：「你叫店家交給他即可，越快越好。」

左冰匆匆趕回客棧，立刻看見昨夜那兩個漢子所住的房間房門大大敞開著，裡面空無一物，像是已經搬走了模樣。

左冰連忙拉住一個店小二問道：「喂，小二哥，這間房裡的客人搬走了麼？」

那小二道：「剛剛結帳搬走沒多久。」

左冰心中立刻感到不妙，他匆匆走到周公明的房前，只見房門緊閉，裡面一點聲息都沒有。

左冰心中猛跳，強自鎮靜下來。繞道到了天井裡，四顧無人，便輕輕躍上那房間的窗簾上，推開氣窗，飛身而入。

一入室中，左冰瞬時就呆住了，只見周公明直挺挺地倒在地上，身上沒有血跡，但分明已經氣絕。

左冰環目四顧，只見屋中空空如也，周公明的行李包袱全都不見了。

他暗恨自己晚到一步，摸了摸周公明的軀體，只覺上身軟綿綿的，分明是吃最上乘的內家掌力震斷了脊骨。

他暗忖道：「憑昨夜那兩塊料，分明不可能懷內家掌力，莫非又有第三者來到？」

他把全屋仔細查了一遍，沒有發現什麼可疑之處，便偷偷循原路退了出來，走到自己的房前，又拉住一個小二，問道：「方才走的那客官可有什麼朋友來找過他們？」

那小二翻了翻眼，懷疑地望了左冰，左冰連忙掏了一錠碎銀塞過去，那小二這才道：「不錯，不錯，有一個長得很標緻的公子來尋那兩位客官，三個人進屋去談了一會，然後便一起結帳走了。」

左冰道：「向那個方向走的，騎馬還是步行？」

那小二道：「向市鎮中心那邊去了，好像沒有騎馬。」

左冰打發走了店小二，飛快地回屋，到帳房結了帳，匆匆走出客棧，他心中想：「先得去通知一聲駱金刀。」

他停下身來，就在駱金刀那張字條的反面寫道：「周突遇暴死，兇手北逃，在下正追蹤。」

他走到那鏢局落腳的大客店前，那兩個把門的漢子迎了上來，左冰把字條遞過去道：「請二位把這紙條交給駱老爺子，敝姓左。」

那兩人奇怪地打量左冰幾眼，左冰卻是轉身就走，沿著那條官道追了下去。

這時左冰心急如焚。他暗暗忖道：「那三人若是沿著這方向而去，應該走得尚不太遠。」

這時他也顧不得什麼驚世駭俗，沿著路邊展開輕身功夫拚命前奔。

追了不多遠，果然看見前面三個人急急忙忙地走著，靠左邊兩人正是昨夜那兩條漢子，右邊的一人年紀輕輕，卻是十分俊秀。

左冰大叫道：「楊群，你幹的好事！」

那三人同時吃驚回頭，楊群一看是左冰趕來，哈哈大笑道：「姓左的，真是人生何處不相逢了。」

左冰道：「你殺了人就想跑麼？」

楊群道：「奇怪，我殺了什麼人？姓左的你不要含血噴人。」

左冰怒道：「悅來客棧裡你幹的事還想混賴麼？」

楊群道：「是我幹的又怎麼樣？」

左冰道：「今天你休想一走了之。」

楊群冷笑道：「憑什麼？」

左冰道：「你不信就試試。」

楊群臉色一沉，開口罵道：「憑你？」他話聲才出，已經呼的一掌拍到，左冰身體略一側轉，竟然搶偏鋒以攻為守。

楊群掌勢一沉，竟然不惜換招易式，連打帶拿，直取左冰肘腕。

這一招變化精微已極，楊群信手施來，有如行雲流水絲毫無滯，端的是美妙之極，左冰心中暗讚，身形卻如無骨之物，胸腹之間一收而過，一掌仍取敵胸。

楊群駭然還掌，他絕料不到數月不見，左冰竟然練成如此精奇的掌法，他大喝一聲，雙掌連揮，再也不敢絲毫狂妄。

左冰正式習武，雖是最近之事，但他從小鍛煉的一身左氏輕功和上乘內功卻是驚人之極，是以雖然不曾習過拳掌招式，但是練起來卻是一日千里，楊群心中以爲他不懂武功，一試之下竟是大出意料，難怪他要駭然變色了。

左冰雙掌連揮，偶而夾著幾招錢百鋒自創的歹毒招式，雖然配合不上，卻是霸道無比，楊群小心翼翼和他過了五十招，竟是招招守多於攻，不知左冰的深淺。

五十招後，楊群已摸得清楚，他發現左冰雖然出招厲害得緊，卻像是知其然而不知其所以然，每每輕易放過上風優勢，而且招式之間不甚連貫，破綻百出。

於是楊群大喝一聲，攻勢忽然如雷霆萬鈞之勢湧了上來，當今天下武林之中，少年高手除了丐幫幫主白鐵軍，只怕就要算楊群了，他這時放手一打，只見妙招毒式如巨浪滔天，舉手投足無一不是妙極天下的絕學。

左冰與他對了二十招，已經不支，楊群心中默算，再有十招，必可教左冰立斃掌下。

然而奇怪的是，十招過後，左冰依然如故，總是手慌腳亂地招招被逼得逃命，可是楊群就是無法傷著他一肌一毛。

楊群暗自咬牙，默默忖道：「再有十招。你這小子不倒下我就服了你。」

十招過後，左冰被打得狼狽不堪，楊群卻是依然傷不了他，只是看到左冰東歪西倒，潰不成招，然而在緊要關頭，總是被他想出一記又怪又妙的絕招脫險而去。

楊群奮力攻了五十招，依然沒有把左冰怎樣，他漸漸發覺左冰的掌招漸漸是越打越是中規中矩，抵抗之力比開始時強了一倍有餘，楊群又惱又怕，心想：「再一直打下去，他豈不要成神仙了——」

只見他猛一咬牙，決心和左冰內力相拚，這時左冰一掌拍來，楊群突然棄之不顧，運起內力掌擊左冰正胸。

左冰吃了一驚，連忙也運勁相抗，這一來，正中了楊群之計，他掌力暴吐，「嗚嗚」然怪嘯驟起，左冰奮力一推，轟然暴震，竟是不分上下。

楊群掌落掌起，第二掌又到，左冰不料他來得如此之快，慌慌張張相架，頓時被震退三步。

楊群如風捲殘雲一般，第三掌陡然又至，左冰怯意忽生，轉身想躲。

楊群是何等功力，掌力一揮，如網而下，左冰怯意中犯了大忌，竟然抽身而退，楊群的掌力立刻如影附影，左冰在危急中躲無可躲，眼看就得遭殃。

忽然之間，只聽得左冰一聲長嘯，也看不清楚他怎樣作勢用勁，也不知道他從如網掌力中如何縱起，只看到他整個身形如同陀螺一般一陣亂扭，接著便一衝而起，竟然高達五丈，斜落在七八丈外。

左冰死裡逃生，不禁呆住了，楊群也呆住了，他還是畢生第一次看到這等不可言喻的輕功。

楊群一步步逼近，左冰忽然想起白大哥對他說的話：「打不過，逃呀！」他向前跨一大步，猛然大喝一聲，翻身拔足就逃，片刻已在里外。

左冰停下身來，看看後面並無追兵，才放心緩下腳步，默默想道：「打你不過，跑起來你可追不上我。」

他走了數步，腦海中忽然浮起剛才激戰中一個招式，霎時之間，像是一個木偶般呆住了。他眼前清晰地浮現著那一個對招從頭到尾的情形，只是當時是電光火石的一剎那，然而此刻在他的眼前都是緩緩然清清楚楚的慢動作，他想了一遍又一遍，忽然像是看到了什麼寶貝一般叫了起來：「是啊，是啊，我原應該這樣的，我原應該這樣的……」

於是他的眼前又浮現了另一個招式，漸漸地，他又徹悟了這一個招，於是左冰像是著了魔一般，呆呆地坐在草地上，方才那場激戰的經過情形，一招一式重回到他的眼前。

不知過了多久，左冰從如癡如狂中醒轉過來，他不自知自己在這一場幻夢中武學增進了多少，他只是喃喃地自語道：「楊群，楊群，再碰上你，可沒有那麼容易被你打敗了。」

他站起身來，忽然發覺日已偏西，他簡直不敢相信自己竟在這裡呆坐了大半日。

他暗自忖道：「此刻快些趕到爹爹那裡去了。」於是他施展開輕身功夫，飛快地向北而去，不一會走上了一個山坡。

當他登到山坡頂上時，他看見了一件奇怪的事，幾乎令他當場狂叫出來。

只見遠處有一個人飛快地從山坡下狂奔而過，那速度快得令人駭然，但是那身形姿態，他卻是認得清清楚楚，那人竟是銀嶺神仙薛大皇！

他大叫一聲：「薛老前輩！」

但是那人早已如箭一般消失在薄暮中，左冰連忙趕了下去，但是再也找不到那人的蹤跡，他忖道：「薛老前輩不是受了重傷麼，他怎會在這裡出現？我方才絕不可能看錯的，難道武當天玄道長趕到爹爹那裡，那麼快就已治好了他的傷？」

他想，天玄道長先他而去已經兩日，這個可能性倒也並非沒有，但是問題是，如果是如此，爹爹他們呢？

左冰趕快趕向和左白秋約定的地方，月正中時便已達到，但是到了那裡，一間茅屋空空如也，爹爹、錢伯伯、天玄道長沒有一人在，也沒有留下一字半語。

左冰站在茅屋當中，滿腹狐疑，風吹著半掩的竹門，咿呀之聲令人聽了覺得神秘中帶有幾分恐怖。

他百思不得其解，只有緩緩地走出來，這時明月當空，四周如死般寂靜。

左冰喃喃地對自己道：「總得先找到爹爹他們才是道理。」

於是他回到茅屋中留了一行字，拖著疲乏的身子走上了路，走了兩三天，並未發現三人蹤跡，他素知爹爹之能，倒也並不擔心，心想一路尋去，一定能探出個究竟，他盤算既定，便又若無其事一般北去。

五二　名將初生

左冰邁步而行，日頭愈來愈暗了，他心中盤算，再趕半個時辰，如果找不到客棧投宿，今夜又只有露宿了。

夕陽完全沉沒下去了，向晚涼風，寒氣漸漸沉重起來，左冰一提氣，望著前面是茫茫無盡的路，忽然心中感到孤單起來。

忽然遠處林中一陣淒迷的歌聲飄來：

「鵝兒喲雙雙併蹼水中嬉，雁兒啊成對比翼天空飛，人兒啊！遠遠在天那一邊，不知伊人何日歸！」

那林中歌聲反來覆去唱著，左冰聽了一會，心中更是索然無味，只覺全身懶洋洋的，連路也不想走了。

他駐足而立，那歌聲漸漸近了，竟是一個低沉的男音，但卻唱得淒迷迴腸，令人心底酸觸，左冰心想此人多半是思想亡妻，感觸極深而流露出極端傷感，左冰心中不由同情起來。

左冰本來是個正當熱情的少年，只因他天性灑脫，那情愛之事倒並不視為必須，但是每當夜闌人靜，或是獨行原野、無人作伴聊天時，那心裡深處便會隱隱生出感應，這時左冰不由又想起小梅，還有那西子湖畔朝夕相待自己的巧妹。

左冰呆呆出一會神，忽然抬起頭來一看，遠遠地平面上走來一個人影，天上光線愈來愈弱，那人身形面貌已是模糊瞧不真切，過了半晌，那人漸漸地走得近了，左冰輕咳一聲以爲招呼，那人卻理都不理，大步前行。

左冰定神一瞧，只見此人年紀甚輕，確是英氣勃勃，雖是臉上落漠失意，長衫襤褸，但雙目凜然有神，分明像是個叱吒風雲的前方大將，那裡像個落魄漢子？

左冰心中微微詫異，那少年已走過左冰兩三步，左冰回身叫道：「這位兄台，前方數十里內無店無村，小弟一路趕來，也尋不著一個落宿之地。」

那少年聽人叫他，一回身雙目凝視左冰，半晌道：「小弟四海爲家，到處都是吾居，兄台只管前去，再過十里，便有一處村聚。」

左冰忍不住又瞧了他一眼，愈來愈覺此人正氣滿面，卓然不群，心中大起好感，他心想少年喪氣，多半是爲了女子，當下便道：「適才聽兄台歌聲，此刻又見兄台眉間似有重憂，兄台年輕若斯，實不該如此鬱鬱不展，小可有句冒昧之言相問，兄台勿怪。」

那少年呆了一呆，不置可否。

左冰問道：「難道兄台有什麼心事？」

那少年忽然臉色一紅羞窘無比，半晌怒聲道：「各人自掃門前雪，休管他人瓦上霜，兄台自便。」

左冰心念一動，暗自忖道：「我卻激他一激。」當下便道：「男兒生於世上，那吃苦受難之事怎會少了？如果只爲一個區區女子便沮喪終生，那真是枉自父母生我一場。」

那少年果然受激，大聲叫道：「你懂什麼東西？你再囉嗦，小心我動粗，那便無味之極了。」

左冰哈哈一笑道：「要動粗麼，喂，你瞧清楚了！」

左冰伸腳一踢，踢起一粒石子，伸手接在掌中，暗暗用勁，過了一會，左冰張開手掌，那粒石子依然完整如舊，他輕輕一抖，石屑紛紛落下，原來石子早被捏成粉屑，只因他力道均勻，是以石子仍是保持原狀，未曾散開。

那少年似乎也頗識貨，當下眼睛一亮，囁嚅地道：「這是混元功。」

左冰道：「瞧不出你這傻小子倒也頗爲識貨。」

那少年長吸一口氣，沉著地道：「閣下意欲如何？」

左冰一怔，隨即微微一笑道：「如果令你悲傷的人若已遭不測，那是無可奈何之事，如果尚在人間，小可倒可助你一臂。」

那少年又是大窘，臉色漲成豬肝色，雙手不斷亂搖，半晌才迸出一句話來道：「她……她……怎麼會是……那天仙一般的女子，我……我這窮小子有此思想，便是……不得好死了。」

左冰見他急成這樣子，好像一說那女子便如褻瀆她一般，心中暗暗好笑，問道：「那麼這女子是誰？使得你如此神昏顛倒？」

那少年低頭半晌，口中喃喃地道：「我……我難道是神昏顛倒了麼，我怎敢……怎敢有此念頭，我……我只是要報答她那天高地厚的恩德。」

左冰道：「那姑娘救了你性命麼？」

那少年點點頭，忽然兩顆淚珠掉了下來，他泣聲道：「那姑娘為了救我，自甘陷身於刀山火窟之中。」

左冰道：「這姑娘情深一片，的確令人感動。」

那少年搖搖頭道：「事實上，我當時只不過是她所僱船上的一名小廝，她卻為了要救我一命，竟答應隨倭寇而去，像這樣冰潔玉雪的姑娘，隨那些惡如狼虎的倭寇去，那後果不用講，也想得到了。」

左冰點點頭道：「捨己救人，端的是可敬可佩，你受此深恩，難道每天頹廢傷心，便是作為報答那姑娘的恩惠麼？」

那少年忽然一抬頭，目中威光四射，令人肅然起敬，他抗聲道：「我如不報得那董姑娘之仇，今生今世永不瞑目。」

左冰一拍他雄壯的肩膀道：「這才是好男兒！」

那少年忽道：「閣下請隨小人到一處去，小人有事相告。」

左冰點頭隨他而行，走了半盞茶時間，走進前面林子，那少年對這林中路徑極熟，轉來轉去連轉了好幾大彎，只見前面林木深處，一所小小茅屋，隱藏在高高草叢當中，不注意者，根本便瞧不出來。

那少年走進茅房，推開木門，左冰只見裡面收拾得倒是頗爲潔淨，一絲不亂，心想此人粗細兼俱，異日只怕也是個大大豪傑。

那少年燃火烹茶，左冰見那爐中全是爐灰，那少年生火生了半天，卻是燒將不著，他歉然對左冰一笑，笑容中顯露出可愛的稚容來，左冰看得心中大是舒暢。

那少年用鐵鏟將殘灰剷去，生燃了火，回身坐在左冰旁側，不好意思地笑道：「我本來以爲這一走便不再回來，卻想不到又會坐在這裡，這燒完的地輿圖也未清理，倒教閣下好笑。」

左冰問道：「什麼地輿圖？」

那少年長嘆一聲道：「那姑娘捨身相救我一個萍水相逢的小廝，我枉爲一個男子漢，難道卻不能保護她，我難道便如此受辱麼？」

左冰點頭道：「所以你便悉心研究破敵之計了。」

那少年道：「我自小生在海上，那東南海岸礁石、險關激浪之處，早就印在心上，我獨居此半年，將心中所記都畫在圖上，又從圖上推敲各處用兵之道，總算略有所得。」

左冰道：「小可聞近年來倭患甚巨，東南一帶人民流離失散，死傷極眾，難得兄台是有心人，咱們今夜爐前一番夜話，說不定便是將來破滅倭寇之預機。」

他說得極是激昂，那少年也激奮起來，當下娓娓道來，那東南海岸便如在掌顧之間，炯然可見。

左冰聽他起初說話還有幾分羞澀之態，但愈說到後來緊要精會之處，卻愈來愈是清晰，忖道：「此人年輕如此，將材早已天成，但願他有始有終，實是民生之福，我卻再鼓勵他一番。」

當下左冰道：「兄台一出，倭寇何足道哉？但小可有一句不中聽之話，兄台莫怪。」

那少年一揚首道：「如非小人將閣下看作知己，這推心置腹之話豈能與閣下講了，要知這番話如被歹人得去，那麼東南半壁江山，豈不是要淪落匪手？閣下有話，只管直說。」

左冰忙道：「小可量小眼淺，豈有兄台度量？這倜促天性終是落人話柄，小可奉勸兄台一句，凡是以國爲重，私情次之，兄台以爲然否？」

那少年凝目注視左冰，半晌忽然站起身來，從櫃中翻出一罈白酒來，高聲叫道：「閣下快語，小人豈敢不遵，能識得閣下，實是平生之快，咱們痛飲三杯如何？」

左冰連聲叫好，那少年又找出兩個小碗來，兩人意氣相投，一口氣都喝了三杯烈酒。

那少年卻是毫無酒量，喝到第三杯時，已是目眩頭昏不堪，但他強自支持，高聲談笑，眉間憂鬱漸散。

左冰道：「咱們意氣相投，便結爲兄弟如何？」

那少年大喜，高聲叫好，兩人匆匆忙忙跑出門外，對月跪下，撮土爲香，齊聲道：「我倆結爲異姓兄弟，同生共死，如有違背誓言，天厭之，天除之。」

他兩人也真天真得可以，彼此姓名未通，萍水相逢，這便結成兄弟。

左冰正要詢問那少年姓名，那少年翻身站起，一把抱住左冰，口中喝道：

「上山砍柴劈猛虎，下海捕魚斬蛟龍，世局紛亂只有我，天下澄清端待吾！哈哈哈！不對，不對，世局紛亂只有我和兄長，大哥，你說是也不是！」

左冰見他醉容可掬，但那豪邁之氣卻是怎麼也掩將不住，當下也大聲道：「正是！正是！」

那少年高聲叫好，忽然轉臉問道：「兄台貴庚如何？」

左冰道：「今年廿年有一。」

那少年哈哈笑道：「大哥長我三歲，我這小弟是做定了。」

左冰道：「二弟姓甚名誰，報將上來。」

那少年哦了一聲，立刻笑得打跌，笑完道：「咱們真是糊塗，小弟姓俞，草字大猷。」

左冰道：「爲兄姓左名冰。」

那俞大猷道：「如此良夜，小弟舞套槍法與大哥助興如何？」

左冰拍手道：「正要瞧瞧二弟手段。」

俞大猷從懷中長形包裹中取出兩截槍尖槍桿，藉著月光對準卡簧，卡嚓一聲連好一支長槍。

俞大猷長吸一口氣，一挽槍桿，抖出幾個漫天槍花來，左冰只見他愈施愈疾，漸漸的把整個人裹在一片槍花之中，分不出那裡是人，那處是槍。

左冰此時武學深湛，那俞大猷長槍雖施得疾，但是左冰卻是招招都瞧得真切，只覺這槍法威猛無比，氣勢磅礴之極，雖是偶有破綻之處，但威猛之處卻遠能掩蓋這些弱點，心中忖道：「衝鋒陷陣，出入千軍萬馬之中，正是該施展如此迅猛招式，如果我指點他破綻之處，倒反壞了這槍法精神所在。」

他瞧著瞧著，過了半個時辰，那愈大猷絲毫未見疲乏，長槍更是精神，左冰始終看不出這槍法是何門何派，驀地那俞大猷大叫一聲，一收招持槍而立，左冰正要讚好，便在這一剎那間，那俞大猷忽然一回身，長槍有若一道匹練銀光，脫手而出。

俞大猷身形跟著一起向前疾往前撲，那長槍已深深插入背後三丈外一株古柏之中，俞大猷手握槍桿，一運勁拔了出來，威猛凜人，便如君臨天下一般。

這反身、脫槍、前撲、持槍，幾下動作當是配合得完美之極。

左冰心中恍然大悟，高聲讚道：「好一手回馬槍，楊宗保在世，只怕也難臻此境！」

俞大猷嘻嘻一笑道：「現醜！現醜！」

左冰道：「原來二弟得楊家神槍真傳，今夜大哥真算開了眼界，開了眼界。」

俞大猷被他讚得有點不好意思，半晌道：「小弟祖上是楊將軍家將，先祖父悉心研究此失傳槍法，原意傳給先父，以光門楣，先父卻天生厭武愛文，小弟便得機學到這槍法了。」

左冰道：「二弟有此槍法，千軍萬馬之中，搏殺敵人上將軍，也是易若吹灰，作大哥的好生歡喜。」

俞大猷道：「先父早死，我便流落與人上船作個小廝，唉！前塵若夢，豈堪回首？」

左冰一指他肩道：「只怕光大俞家門楣，便應在二弟身上。」

俞大猷恭敬道：「多謝大哥指教。」

兩人挽臂走入茅屋之中，左冰忽然想起一事道：「我還有一個姓白的大哥，此人雖和我未結金蘭，但情分比起手足只強不差，異日有暇，倒要替二弟引見引見。」

俞大猷道：「那白大哥定也是武學高明之人？」

左冰點點頭道：「此人功力，江湖上已難找對手，比起二弟你來，也只不過大上七、八歲。」

俞大猷好生高興，兩人聊得開心，不覺中夜已過，一壺松子茶早已喝光見底，俞大猷正好加水再燒，左冰推窗看看天色，已近四鼓，當下便道：「二弟明日還須趕路，咱們便此休息。」

俞大猷道：「咱們明日便得分手，再相見不知何年何月？大哥，咱們秉燭夜談如何？」

當下兩人合擠一榻而眠，左冰心中舒暢，不一會便沉沉進入夢鄉。

次晨一醒，只見那愈大猷已是蹤跡杳然，榻上平放一紙，上面寫道：

「小弟平生最恐歡樂苦短，別離之情，總不能堪，此去朝廷招兵之地，自後能奮勇殺倭，護國安民，不敢須臾以負大哥厚望，劫後之身，生死之間更是淡然，馬革裹屍，是小弟之般望也。

臨別匆匆，不敢再事逗留，明晨落淚不能自己，以貽大哥之笑，不如先去。

前程珍重，此小弟與大哥所共應守者，天涯雖大，行見大哥領袖武林群倫，小弟自會前來擾杯慶功酒也。

弟俞大猷百拜頓首」

左冰看著那張素紙，一時之間，竟是恍然若失，他原本是瀟灑不拘之人，自己也想不出爲什麼昨日會一本正經和那英氣勃勃少年談起國家大事來。

他心中默默忖道：「恐怕是二弟相貌出眾，正氣逼人，連我這等隨便之人，也會受到感染吧！」

他爬起身來，匆匆洗梳已畢，又將那小茅屋流覽一番，那小小斗室，設置極是簡樸，但左冰心中卻有一種溫馨之情，久久不能自持。

他輕輕合上了木門，仰望著滿林陽光，心中不禁喃喃地道：「但願二弟此去馬到成功，異日出將入相，是爲我朝之棟樑。」

他長噓一口氣，漸漸地走遠了，那樹林都是參天古木，人行其中，更是渺小不足以道，左冰昔日在巨木山莊伐過木材，見過大木很多，這時倒並不感到稀奇。

走了半頓飯時光，只聽見遠遠一陣腳步聲，過了一會，一個少女尖嫩的嗓子道：「大爺爺，你有把握麼？」

另一個蒼勁的聲音道：「就是沒有把握，也只有出此一途了。」

左冰一聽那少女聲音，心中登時樂了，原來此人便是那異想天開的董姑娘董敏，正要加步趕上前去招呼，忽然另一個聲音又道：「大哥，憑咱倆的力量如果挽之不回，那是天數，唉！天數。」

起先那蒼勁的聲音道：「如今毒入八大主脈，二弟，你我真氣逼入他體內，不知他能支持得住否？」

那「二弟」嘆口氣道：「大哥，如不急急下手，只怕挨不過今晨。」

那少女董敏哭聲道：「爺爺、大爺爺，快救救他，他……他千萬不能死去。」

那「二弟」沉聲道：「敏兒，我有一個問題要問妳！」

那董敏哭道：「爺爺，你快下手，救好了人再問吧！」

那「二弟」道：「如果咱們救他不活，那是天數，無可奈何的事了。」

董敏哭求道：「我知道，爺爺，你快快出手。」

那「二弟」道：「既是天意，咱們誰也不能怪，敏兒……唉！敏兒，妳知道個什麼，妳是真的懂了爺爺的話麼？」

他說到後來，竟是聲音發顫。

董敏尖聲哭叫道：「我真的懂了，我真的是懂了！」

那「二弟」長嘆一聲道：「狼血毒草！這貽害天下數百年之物，至今仍是無人能解。」

左冰一聽到「狼血毒草」這四字，登時眼前一亮，心中暗自忖道：「那『二弟』便是上次出手救李百超大伯的人，正是當代武林神仙人物東海董二先生，那董敏是他孫女兒，難怪氣派不凡。」

他沉吟半刻，飛步走向前去，只見遠遠林中空地，站著兩個老者和董敏姑娘，地下躺著一個青年，臉色臘黃，已是奄奄一息。

那其中一個老者正是董其心，他看了左冰一眼，微微頷首道：「原來是你！」

左冰恭身行了兩個禮，開口便道：「狼血毒草，並非天下無人能解！」

董其心一怔，打量左冰道：「小哥子，你說什麼？」

左冰心道：「狼血毒草，有方可解。」

那董敏只聽得眼睛發亮，她衝上前來，拉住左冰雙手叫道：「喂，你快說出方子來。」

左冰道：「小人有一本『崆峒秘笈』，上載狼血毒草解法，不知管不管用？」

董其心一睜目，神光四射注視左冰道：「你是崆峒派的大悟真人兒子？」

左冰搖搖頭道：「小人家父左白秋！」

董其心緊逼問道：「那你怎會有崆峒不傳之秘笈？」

左冰道：「此事說來話長，前輩知道什麼叫三草三蟲之毒？」

董其心脫口道：「三草乃是指勾吻、斷腸、鬼愁三種草；三蟲乃是指蠍蟲，赤練，烏蟆三種毒蟲，你問這作甚？」

左冰道：「只怕要救這位兄台，便要用這三草三蟲之毒。」

董其心回顧身旁老者道：「大哥，你意下如何？」

董天心點點頭道：「此子說來有理，咱們姑且試試！」

左冰接著道：「以此六毒，焙乾研粉，泡熱水薰之，七七四十九日可凝毒於尾椎穴門，以金針導之，可拔其毒！」

董其心道：「大悟真人昔日受各正派壓迫，不能在中原立足，想不到這些年來埋首深山，倒做出一件這等功德無量之事來。」

董敏關心心上人，當下催促道：「爺爺，咱們便依法治人啦！」

董其心道：「這三草三蟲之毒，一時間也難找得齊全，大哥，咱哥倆再來給他一次推宮過血如何？」

董天心道：「也只好如此，才能替他延上幾天性命。」

左冰接口道：「其實也不必兩位前輩如此大耗功力，只要找到黃茵菇便可。」

董其心喜道：「黃茵菇，這森林之中陰暗之處多的是，咦，那樹後不是生有一大堆麼？」

他手一指，董敏如飛跑去採集，但她身子尚未落地，董大先生已是身形一飄，伸手拉住董敏，口中叫道：「丫頭，妳想死麼？」

董敏睜大淚眼，瞧著爺爺董其心。

董其心邁步而前，手掌一揮，那黃色菌菇紛紛折斷，再受力一激，反射空中，董其心隨手拾了一枝枯枝，手中連點，那黃茵菇竟似生了眼睛一般，紛紛投入樹尖穿住。

董其心道：「黃茵菇菌劇毒，著手爛膚，一直爛到心間，敏兒妳凡事總是魯莽，又有什麼好？」

董敏默然，她此時一心一意都放在心上人身上，哪裡還有餘心抬槓？

當下左冰又道：「黃茵菌搗爛，文火薰之，導入胸前大穴，可保體內之毒不致惡化！」

董其心道：「以毒制毒，這道理原來淺顯，但其中定有相生相剋之至理，左兄弟何不說出，令老夫等一開茅塞？」

左冰道：「那狼血毒草之毒，與這黃茵菇之毒，正是一收一斂，血毒最喜吞食菌之毒，如能導黃茵菇入體內，血毒吞噬不盡，自是無暇內侵。」

董其心撫掌沉吟道：「天下萬物，都自相生相長，左兄弟年輕如此，學識如此豐富，真教老夫欽佩不已。」

左冰忙道：「晚輩也是因緣湊巧。」
董其心凝目注視左冰，半晌回頭對董天心道：「大哥，此子如何？」
董天心點點頭：「秀外慧中，忠厚灑脫，與我那位孫兒正好是一時瑜亮，罕世之選。」
董其心正要說話，那董敏早就從包裹中取出藥杵藥缽來，她一路上也不知服侍過這小冤家服過多少藥，當下流利無比，將黃茵菇搗碎了，高聲叫道：「爺爺，我去生火去。」
董其心微微苦笑，左冰接口道：「前輩之女敏穎過人，真是靈氣所鍾，得天獨厚。」
董其心微微一笑道：「但願她生得笨些倒好。」
左冰道：「晚輩在江湖上早就碰上前輩孫女，但卻不知她身分如何，令孫女每能遇險化夷，前輩何庸擔憂？」
董其心不語，董敏生好火，又上來請示，董其心一彎身將那地下躺著的青年抬起，將藥缽放在支架上，揮手叫董敏站開一旁。
那黃茵菇一碰上熱，慢慢冒出一股輕煙來，董大先生雙掌連開連合，那黃煙漸漸聚集不再散開，過了半晌，那煙聚得濃了，便將那青年俯捧，面向下對著那股濃煙。
董敏究竟不放心，她低聲問道：「喂！姓左的大哥，這煙毒得緊麼？」
左冰道：「常人不消剎那，便是全身潰爛。」
董敏道：「他……他好了以後，會不會爛得成怪相？」
左冰聽她問得天真，不禁好笑，低聲道：「包管還妳一個俏俊郎君來。」
董敏臉一紅，再也說不下去了。

又過了良久，只見董大先生驀然發掌，砰的一聲，地下石土紛飛，裂開一個尺餘洞坑來。

董大先生雙手合張之間，那團黃氣竟似受人指揮一般，直往下墜，在那坑中盤旋，董大先生舉足踢去埋上，只見他額間沁出汗跡，適才一陣顯然是施展全力以赴了。

董其心輕輕放下那青年，舉掌將火熄了，他對董天心道：「黃菌菇之毒雖是厲害，但一入土，便是不妨事的了。」

董敏急問道：「爺爺！他好了點麼？」

董其心不理她，對左冰道：「老夫受你之恩，要有一事相報。」

左冰連忙搖手道：「些微之勞，前輩何足掛齒？」

董其心道：「這是老夫多年心願，能遇上你，雖說是你福緣，但老夫也了一樁心事，豈不兩全其美？」

左冰只是推辭。

董其心回首對董大先生道：「大哥，你道如何？」

董天心道：「我今日助你一臂，他日要你相助，可不能混賴。」

董其心哈哈大笑起來：「大哥想和我講起黑道的規矩來了，大哥有事，小弟敢不盡力？」

董大先生哼了一聲道：「說得倒是好聽！」

董敏、左冰兩人面面相對，不知這天下兩大奇人兄弟在商量一件什麼事。

董其心道：「老夫托大，叫你一聲左賢侄，老夫瞧你臉上洋洋，但卻暗蘊一層潤光，此爲內家功夫中難得境界，三花聚頂光潤自斂，賢侄距此境地已不遠矣！老夫兄弟便助你一臂如何？」

左冰一聽，心中怦然而跳，要知東海雙仙是數十年中江湖上人人傳誦，神仙一般的人物，尋常武林中人終身要想見上一面已是不易，此時這兩人竟答應要助自己練功，饒是左冰素性灑脫，也不禁心中喜心翻倒，露於顏色。

但左冰究竟是系出名門，當下不慌不忙，恭然向東海雙仙深深作了一揖道：「如蒙兩位前輩加恩，異日有事差遣，萬死不辭，如果藉此爲惡，一定五雷轟頂。」

董其心微微一笑道：「如非看你根行俱深，我大哥會答應大費手腳，助你成功麼？這個老夫倒是放心。」

董大先生又哼聲道：「老二，你凡事總是佔乖，得了便宜卻將不是推在別人身上，要知佔人先機好則是好，但冥冥之中卻傷陰德，老二，你自幼如此，到了今天仍是不能稍改。」

董其心嘻然一笑道：「大哥教訓得是，小弟不敢。」

他說完示意左冰坐下，這兩大奇人對望一眼，雙雙吸了一口真氣，一前一後，盤坐在左冰身旁。

董其心開口說道：「左賢侄，你放開全身穴道，當體內寒暑交相之際，便是緊要關頭，千萬摒除雜思，外魔一侵，魔長道消，那便走火入魔，記住了。」

左冰點點頭，也盤膝坐下，眼光湛然望了兩人一瞥，只見兩人目中神光如矩，隱約間自有一種超人力量，令人傾服。

左冰緩緩閉上雙目，只覺前胸後背各有一股洋洋真氣輸入，在自己體內竄行，那兩股真氣先剛後柔，最後渾爲一體，行遍全身毫無阻滯。

左冰知道絲毫大意不得，靈台間一陣清明，不敢胡思亂想，過了一會，兩股真氣在體內運行一周，漸漸地愈來愈柔，無孔不入。

左冰感到體內寒氣漸凜，全身如入冰窟之中，嘴唇都自凍得發白，而且是從體內透寒，毫無抵禦之力，心想便是穿上十幾件狐襖也是枉然，過了半個時辰心中透出一體暖意，那僵寒之氣漸漸地收斂起來。

這暖意傳得好快，只片刻功夫，左冰只覺體內百火俱燃，燒得極是旺盛，額間沁出汗來，那炎氣愈來愈激烈，轉瞬間，全身都汗濕透了，左冰知道到了最後關頭，更是不敢大意，雖欲張口狂跳，以吐暑炙之氣，但身體卻似老樹盤根一般，端立在地，一動也不動彈。

又過了一會，漸漸地暑氣亦消，竟是昏昏欲睡，左冰心知運功即將完畢，他睜開眼睛，才瞧了東海雙仙一眼，只見雙仙面露微笑，臉上一片和詳，左冰正想開口言謝，忽覺眼皮愈來愈重，張口打了一個呵欠，再也無法支撐，甜甜進入夢鄉。

也不知經過多久，左冰悠悠醒轉，只見日頭當天，四周林子卻是一片寂靜，那東海雙仙、董敏及那中毒青年都走了，左冰望望天色，心中暗自忖道：「這一睡幾乎睡了兩個時辰，連對雙仙道謝也未曾有，真是大大失禮。」

他心中大感不安，但轉念又想到：「像東海雙仙一樣的人物，何必以世俗之禮相尊，我倒是多慮了。」

想到此不覺釋然，站起身來，長吸一口氣，只覺胸中充實之極，受用無比，抬起頭來，四周景致盡在目中，竟是覺從未看到如此清晰。

左冰站立了一會，邁步而去，步履之間輕快已極，他輕功原就是一流手筆，此時行將起來，更是行雲流水，毫不費力，舉足之間，彷若飄飄欲飛，左冰心中大喜，暗暗忖道：「爹爹如果看到我，一定不敢相信我進境如此之速，便是白大哥也萬萬想不到的。」

他走了一會，只見前面樹林漸稀，露出幾十幢茅屋來，那一片茅草屋頂，陽光下閃閃泛光，屋前一彎流水繞團而過，真如圖畫一般。

左冰心道：「好好吃頓中飯，休息半天，夜涼正好趕路。」

他大步走出林子，小村已全在目中，村前一群小童正在嬉戲，左冰上前去，那小童正在專心一致玩著瓷彈兒，根本未注意他。

左冰微微一笑，正要走入村中，只見一個孩子歡呼叫道：「又進洞了，你輸了！」另一個孩子哭喪者臉，要待混賴，卻是無從說起，眼睛都急得紅了。

左冰瞧得有趣，不由駐足觀看，那贏了的孩子不斷催促要瓷彈兒，那輸了的孩子萬分無奈，從懷中謹慎萬分取出一個彩色瓷丸，拿在手中看了又看，顯然是他極爲心愛之物。

左冰見這孩子倒也可憐，正尋思解他一圍，那孩子忽然下了極大決心似的，又從懷中摸出一支葫糖蘆來，他口中道：「阿水，我讓你舔三口，總可以了吧！」

那贏了的孩子心腸甚硬，不屑地搖搖頭道：「誰希罕你的臭糖，快把瓷彈子拿來。」

那輸了的孩子央求道：「好，我讓你舔五口總行了吧！」

那贏了的孩子雙眉一挑道：「除非把這糖都給我還差不多！」

那輸了的孩子無奈，委委屈屈的把那棒糖交了出來，那贏了的孩子得意洋洋接過，眾孩子一陣歡呼，七嘴八舌的叫嚷道：「請我舔一口！阿水哥！」

「讓我嘗嘗城裡的糖葫蘆！」

左冰偷眼瞧那輸了的孩子，只見他一個人孤孤單單站在那裡，雙目泛紅，實在是個小可憐，但他輸了倒不混賴，這點也還可取，當下大為同情，心中忽生一個念頭，大聲對那群孩子叫道：「來！來！來！來！我和你賭打瓷彈子。」

那贏了的孩子正在不可一世，忽然又聽人挑戰，當下雙目圓睜，只見是個大人，心中便有計較，雙手一攤道：「喂，你賭什麼？」

左冰道：「如果我輸了，輸你廿塊銅板，如果你輸了，給我叩三個頭如何？」

那孩子心中大喜，眼前發亮忖道：「廿個銅板，可以買十串糖葫蘆，這大人倒像學堂裡的先生，他如何會打瓷彈兒？這倒贏定了。」當下答應道：「咱們一言為定。」

左冰取出廿枚大銅板，放在地下，接過瓷彈兒，雙指一夾一彈，嗤的一聲，進入洞中，他力勁之準天下已是少有，連彈連進，一會兒進完了六洞，眾孩子都驚得呆了。

那先前贏了的孩子面色慘白，咚咚咚連叩三聲響頭道：「我不成，先生你贏了。」

左冰哈哈大笑，將銅板拋散分給眾孩童，卻只見那輸糖的孩子立在一邊，並不拾取。

左冰心中奇怪，正要問這孩子，忽然背後一個悅耳女音道：「小虎，你又出來野了，快回去。」

左冰回頭一瞧，卻是一個少年女子，兩人對瞧了一眼，卻是說不出話來。

那少女呀了一聲，掉頭便走，左冰忙叫道：「卓小姐，卓大小姐。」

那少女回身深深地瞧了左冰一眼道：「你來幹什麼？」

左冰道：「小人路過此地，卻想不到會遇著卓小姐，真是好生高興。」

那少女正是點蒼卓大江之愛女卓蓉瑛，她因巨木山莊被人燒毀，父親卓大江追蹤敵蹤，浪跡天涯，是以便寄居在此地鄉下一個遠房表姊家中。

卓蓉瑛恨恨地道：「喲，左大公子光臨，真是荒村有幸，蓬蓽生輝。」

左冰見她語氣不善，也不知到底何處得罪於她，上次自己傷重，幸虧她和小梅照應，這才度過險關，當下想想實在沒有什麼地方對不住她，但一時之間，也著實找不出什麼話題好說，只有聳聳肩陪個笑臉。

那小虎見姑娘認得此人，當下心中大喜忖道：「如果這個大哥哥幫我，這村裡我豈非可以稱王？」

左冰搭訕道：「卓小姐別來可好？」

卓蓉瑛哼了一聲道：「你倒關心，天天到晚假言虛語，不曾有半句真話，我也懶得理睬於你，你要趕路便快吧！」

左冰心中想道：「我幾時騙過人了？」但口中卻不便如此頂嘴。

那小虎笑叫道：「原來你是姊姊的朋友，到家裡坐坐啊！」

卓蓉瑛待要喝止小虎邀請，可是少女臉嫩，卻是喝不出口。

左冰心中忽然閃過一個念頭，暗自忖道：「那卓大江正是當年圍攻錢伯伯主角之一，那事情發展到現在，真是撲朔迷離極了，如果能找著卓大江，要他和爹爹面對面平心靜氣地談談，一定會把許多蛛絲馬跡連結起來。」

當下左冰問道：「卓小姐，令尊可好，小人有許多事要請教令尊大人，還請小姐引見。」

卓蓉瑛一聽之下，登時臉色大變，心中又氣又苦，拖著那小虎掉頭便走。

左冰叫道：「卓小姐，還請稍待。」

卓蓉瑛杏目圓睜，怒叫道：「小賊，你……你……要趕盡殺絕，好哇，你……你便下手吧！」

左冰摸不透她究竟生那門子氣，但見她眼中淚珠晶瑩盈盈欲出，一時之間真是手足無措，道聲珍重，便要離去。

走了幾步，忽然背後一個冷冷的聲音道：「如果你嫌賊命長，你便前去。」

左冰一怔回身問道：「妳說什麼？」

那背後說話的正是卓蓉瑛，她見左冰一臉茫然的模樣，心中忽然感到不忍起來，冷冷地道：「前行十數里，是條只容一人通過之險徑，上為絕壁險阻，下臨萬丈深淵，此處如遇敵人攻擊，任你是大羅神仙，也是束手無策。」

左冰淡淡地道：「小人自忖還應付得了。」

卓蓉瑛冷哼道：「鬼影子之子當然是所向無敵的，只是強中更有強中手，那裡每過傍晚，噓聲雷動，赤焰遙遙可見，四周草木都已枯萎……」

左冰接口道：「難道是地下奇熱，冒出暑氣麼？」

功。」

卓蓉瑛冷冷地道：「虧你還是左大俠的兒子，哪是什麼地氣噴炎，是有一個蓋世高手在練

左冰心中喃喃地道：「三昧真火，能化虛爲形，如果真是如此，此人功力之深，已在……已在錢伯伯及爹爹之上，這人是誰？是北魏麼？是……」

卓蓉瑛見他不語，回頭便欲走了，口中仍是冷冷地道：「你有本事便去！不然乖乖地繞道多走三日路程。」

左冰沉吟忖道：「我這得趕快去尋爹爹，耽誤三日，豈不誤了大事，不行，不行。」

當下作了一揖道：「多謝小姐指教。」

回頭邁步而去，卓蓉瑛秀目凝注著他，半晌說不出一句話來。

五三　雨夜縱橫

那左冰走了一會，心中漸漸定了下來，心想自己輕功甚佳，如果驟遇強敵不能抵禦，一走了之那是不成問題之事，走了半個時辰，那路徑漸漸高了，他抬頭一看，小徑蜿蜒而上，直到半山腳才被林木遮蔽。

左冰看看天色，知道傍晚之時可以翻過前面山林，如果遇著強敵，那可就要耽擱，他盤算一定，心中倒並不著急，走著走著，一路上林中鳥語花香，倒是十分舒適。

眼看著紅日西墜，左冰算算路程，已走了數十里，地勢愈盤愈高，倒無異樣，但心中卻免不了緊張起來。

又轉了一個彎，只見前面景象大變，路徑突變陡狹，左冰心中一驚，望望天色，已是日落傍晚，心中忖道：「從前聽爹爹說過，內功到了至極，化虛爲實，一噓一吸皆是極厲害者，如果卓大小姐所言不虛，那麼那人已是陸地神仙一流的人物，不知東海雙仙能否臻於此種地步？」

想著想著，不由又前行數十步。

驀地遠遠傳來一聲悶雷之聲，那聲音並不太大，但隨風傳來，卻是四周震盪，樹葉紛飛，左冰暗道：「那主兒又在練功了。」

他不敢怠慢，凝神四周，那閃雷之聲愈來愈疾，到了後來，竟如霹靂，好不驚人。

左冰聽了半天，只覺那雷聲雖是疾響，但卻甚是急促，他是內功大行家，再一仔細思索，當下心中想到：「難道那人練功練走了火，一口真氣無法貫通，那樣我大搖大擺經過而去，他也是無能爲力的了，如果他妄動真力，一定走火入魔。」

左冰想到此，不由膽子壯了些，躡足而行。

這時天色已漸漸暗了下來，又走了一會，只見前面果然樹林枯黃，地下雜草都是焦黃了無生意，那雷聲愈來愈厲，左冰凝神而視，只見那路的盡頭坐著一個僧袍僧履的老和尚，正好擋在狹路當中。

那邊天光甚微，左冰依稀間看不清楚那老和尚面孔，但見他呼吸急促，似乎一大口悶氣無處渲洩。

左冰大爲放心，知道所料不差，當下略一沉吟，走近了去。

才走得兩步，忽然背後一個嬌嫩嗓子急喊道：「喂，你想死麼？」

左冰一聽那聲音，心中一怔，那後面的人飛躍而來，一把抓住左冰，正在此時，忽然那路上老僧回轉身來，手指一彈，嗤的一聲，後面奔來的人頹然倒在地上。

左冰高聲叫道：「卓小姐，妳受傷了麼？」

原來那後面趕來的人正是卓蓉瑛，她雙眼緊閉，臉上慘白毫無血色。

左冰心中發急又叫道：「卓小姐，卓小姐……」伸手待要替她推拿，但才一觸到她身上，忽然驚覺忖道：「這是卓大俠獨生愛女，我如此唐突，將來又是糾纏不清。」

他這些日子混跡江湖，的確懂事不少，如果還是當年剛出道的「錢冰」，哪裡還管它什麼叫男女有別了？

他正自沉吟，那邊雷聲一停，那老僧道：「她中了老衲五行打穴大法，天下無人能解，小夥子，你快抬了她準備後事吧！」

左冰心中大怒，正要破口大罵，驀然想到一事：「錢伯伯從前說過，『五行打穴』是天下幾種陰毒功夫之一，聽說宇內除了東海雙仙能解之外，只有眼睜睜看著被打中穴道的人血脈寒滯，重則喪命，輕則終身殘疾。」

左冰心中大是擔心，想了一會別無妥法，抬頭叫道：「老前輩手下留情，這人是個年輕姑娘，您老人家何必與她過不去了？」

那老僧冷冷地道：「小子，你再囉嗦，連你一起廢了，快滾！快滾！」

左冰忿然忖道：「出家人講究慈悲為懷，哪裡鑽出這種惡和尚來？」

但他見那老僧雖是作勢恫嚇，身子始終盤坐在地，沒有站起身。

左冰冷冷地道：「老和尚算你凶，可是人算不如天算，你現在可也不好受吧！」

那老僧驀的雙目圓睜，昏暗中便若兩顆明珠，閃著凌厲光芒，左冰知他天性兇暴，說不定又要暴起殺手，當下再也顧不得忌諱，伸手抱起卓蓉瑛，身形一飄，已在七、八丈之外。

那老和尚料不到左冰如此輕功，當下硬生生將掌勢收回。

左冰瞧得心驚忖道：「此人功通造化，雖運氣歧途，但一半身子仍能發掌自如，如果被他再衝破真氣阻滯，只怕功力便要大成。」

那老和尚道：「小子，你姓董麼？你輕身功夫不差呀！」

左冰不理，只見懷中卓蓉瑛臉上痛苦之極，面若金紙，卻是連哼一聲都哼不出來。

左冰忽然想到一個念頭，高聲叫道：「前輩，『五行打穴』大法雖是獨道，但天下自有人能解，前輩豈非要抱憾一輩子？」

那老僧哈哈大笑道：「你說得是不錯，天下有人能解老衲打穴之法，但除了東海那兩個老不死外，誰能解我這獨門手法？便是能解，誰又敢解了？」

左冰沉聲道：「前輩且慢得意，東海二仙便在附近。」

那老僧打量左冰，又哈哈笑道：「老衲多年心願便是一會東海那姓董的，如果這兩個老不死的有種前來，咱們正好一清宿怨，喂！小子，你是姓董的孫子或是玄孫？」

左冰不理他，反口又道：「前輩如果願救這姑娘，小人倒可試試助前輩一臂之力。」

那老僧嘿嘿冷笑道：「天下除了姓董的兩人陰陽內勁合力，才能有希望衝破老衲滯塞，但這兩個和老衲誓不兩立，小子你胡言亂語，也不怕折了壽數？」

左冰平靜地道：「小人受二仙傳授內功，說不定能解前輩目下之困。」

那老僧一聽，心中怦然而跳，臉上卻不動聲色地揮揮手道：「小子，你當真活得不耐煩了？」

左冰喃喃自語道：「震天功，太陽功……」

他話未說完，那老僧忽然叫道：「那姓董的『太陽神功』已練成了麼？」

左冰道：「董大先生天門紅氣凝罩，隱隱約約之間，便如佛頂光芒，寶相莊嚴。」

老僧心中忖道：「如果紅凝頂門，那是太陽神功已達最高境界，這小子真會懂得這許多？看來定是不會錯的，唉，我那無極真人練成，也未必能勝過這天下至強功夫。」

想到傷心之處，不覺頹然，但他仍是城府極深之人，當下念頭一轉忖道：「便替那小丫頭解了穴道，讓這小子助我練氣，如果不成，就近一掌把這小子斃了豈不省事？」

當下盤算已定，長眉漸漸下垂，半晌道：「小子，你把那丫頭抬過來！」

左冰大喜道：「前輩咱們一言爲定，擊掌爲誓！」

那老僧哼了一聲，一掌擊出，左冰右掌迎了上去，只覺一股排天倒浪大力湧到，他連忙吸了一口真氣，對方力道在他身內連撞三下，漸漸消失。

那老僧臉色微微一變，伸手解了卓蓉瑛穴道，他這打穴手法極是狠毒，那卓蓉瑛雖是穴道已解，一時之間卻也不能恢復。

左冰一言不發，伸手托在那老僧背後，那老僧心地險惡，左手有意無意之間指向左冰死穴，一舉手便可立斃左冰，兩人心中各有想法，閉上眼睛運起功來。

過了一個時辰，天上明月高昇，那卓蓉瑛調息好久，這才能站起身來，只見那老僧臉色愈來愈是紅潤，那左冰額上已經汗下，似乎已出全力，她心中又急又恨，卻是毫無辦法。

驀然那老僧雙目一睜，飛快伸手按在左冰死穴之上，左冰神色自若，雙目微睜，朗朗地道：「大丈夫一言千金，小人只道前輩雖是凶僧，但畢竟算是一代高人，卻萬萬料不到原來還是個卑鄙無信小人。」

那老僧森森陰笑道：「你年紀如此之輕，已是三關衝破，五脈暢通，今日不殺你，三年之後，必成老衲大敵。」

他手微一運動，左冰只覺胸前一陣窒息，那卓蓉瑛眼中落淚，她雖是一個才女，足智多謀，樣樣來得，但此時卻是一籌莫展。

那老僧猶笑瞇瞇，手中內勁愈來愈重，忽然卓蓉瑛大聲叫道：「凶和尚，你看誰來了？」

那老僧並不回頭。口中冷冷地道：「誰來管老衲的閒事，誰便萬世不得超生！」

他語聲才落，背後一個人接口道：「黃雲禿驢，你怎麼愈變愈是下作了！」

那老僧一聽那聲音，心中大震，這正是他多年來處心積慮要殺之人的聲音，當下心神一分，忽然一股驚天動地力道直襲而來，一雙手便若閃雷一般快疾從空中伸來，將左冰一帶拋開數丈之外。

那老僧真力滾滾而出，激起一股氣流，推前數尺，只覺對方也是一股力道襲到，兩股力道一碰，砰然一聲，四周樹枝塵土紛飛，一片迷霧。

那老僧冷冷地道：「原來是董氏昆仲，古語道：『二人同心，其力斷金。』兩位心意一致，當真無往不利。」

左冰從死亡邊緣走回，心中一片茫然，他定睛一看，原來東海雙仙都到了，他心中又是感激又是興奮，自己也算是福星高照了，有此二人撐腰，江湖上還有何事危險？

那董其心道：「黃雲和尚，你要找咱家老大，只管去東海，在這裡放什麼野，發什麼怒，也不怕那張臭臉掛不住？」

那老僧叫黃雲大師，此人身分極是隱密，江湖上甚少有人知道邪派還有如此高人。他早年與董天心結下生死大仇，但知功力比不過董大先生，這便埋首苦練，而且處處與天下俠義爲難，昔年董其心爲救錢伯峰與他也曾交過手，以震天功打敗了他。

黃雲僧道：「下月十五，老衲在此恭候二位大駕！」

董其心呵呵笑道：「黃雲老禿，你苦練多年，仍然是老樣子，你勝不過大先生太陽神功，枉自丟人現眼，我勸你還是別訂約了。」

那黃雲僧冷冷陰笑道：「死約會，不見不散！」

董大先生道：「好說！好說！」

那黃雲僧邁步而去。

董其心瞧了左冰一眼，親切地道：「江湖上險詐多端，你可得仔細了！」

左冰躬身答是。

董大先生道：「老二，那魏定國鬼鬼祟祟搞些什麼伎倆，如果對鐵兒有害，看我抽不抽他筋，剝不剝他皮！」

董其心微微一笑道：「要抽筋剝皮也得先逮住他才行。」

董大先生一揮手道：「那咱們便去捉這不安分的傢伙。」

兩人談笑之間便走了。

左冰目送兩人離開，那卓蓉瑛淚眼婆娑，盯著左冰瞧了又瞧。

左冰被她瞧得大感不好意思，半晌才想起一句話來：「妳不是警告我叫我別走這路，妳……妳怎麼反倒又走來了？」

那卓蓉瑛默然，她心中甚是紛亂，眼前這人與自己以前心上人長得真是一般模樣，而且爲了看護自己，差點連命也丟了，心中也不知是感激還是憐惜。

左冰又道：「卓小姐，妳這便施展輕功趕回家去，半個時辰便可到了，小人還要趕個夜路。」

卓蓉瑛臉上露出慍意，心中想道：「這人不知是裝還是當真大傻子？」當下道：「我身子虛得緊，休息一會再走。」

左冰再也不好意思急於離開，只有呆呆地陪著卓大小姐，站在山腰路上。

過了很久，兩人相對無言，那月亮漸漸當天，卓蓉瑛想到上次和小梅看護他生命，自己竭心盡智開藥方，難道對他毫無愛意？此時茫山野地相對而立，那一縷情絲更是綿綿不可終了。

左冰連看天色，那卓蓉瑛心中一酸，她天性剛強，一扶地站了起來，對左冰道：「你要趕路儘快走吧，莫要耽擱了大事。」

左冰如釋重負忙道：「小姐也請啓程，早到家中休息。」

卓蓉瑛一咬牙忖道：「好狠心的冤家！」轉身便走。

走了幾步，左冰追上來問道：「卓小姐，小人有一個問題，不問總是不能釋然，令尊現居何處？」

卓蓉瑛地道：「你要逼死他麼？」

她適才見左冰仗義援自己於難，心知他並非壞人，但心中淒苦，不由脫口而出氣話來。

左冰惶然道：「小人這點本事，便是要和卓莊主為敵，也是以卵擊石，自尋死路。」

卓蓉瑛哼了一聲道：「那可也不一定。」

左冰道：「小人心中有一樁秘密，關係天下武林，只是小人天資鈍愚，想不透其中玄機，萬望有幸能與令尊一談，以啓茅塞。」

卓蓉瑛怨怨地道：「爹爹被那凶和尚打傷，現在黃山養傷。」

左冰哦了一聲道：「小姐有暇敬請轉告令尊，家父與錢百鋒如今已無怪罪令尊之意。」

卓蓉瑛心中微喜，半晌也不說話。

左冰又催促她道：「卓小姐，天色已是不早……」

他話未說完，那卓蓉瑛一頓腳，口中道：「傻子！真是天下少見的傻子。」負氣飛快走了。

左冰乘著夜涼趕路，到了天明，趕到一處小鎮，吃過早點，休息一會，又往北邊趕去。

這一路上行人極少，前不見村，後不著店，走到下午，才找到一處歇腳路鋪。他要了些酒菜，正要放懷大嚼，忽然路邊一陣蹄聲，五匹駿馬飛馳而去，激起一團灰塵，全都落在酒菜之上。

左冰心中暗暗有氣，但那馬已行得遠了，無奈之下，也只得照吃，吃過飯便靠在桌上睡了一覺，醒來時已是落日西邊，天邊一片火紅。

左冰見這路鋪不能過夜，心想再猛趕一陣路，如果運氣好碰上店鋪那是最好，不然宿在野外，也算趕了幾十里路。當下抹抹嘴巴，會帳而去。

他追著日頭走，但一會兒便落下山後，天上繁星閃爍，左冰喝了些酒，索性敞開胸襟，大搖大擺走著。

正行走間，只聞前面一聲悶哼，接著嘩啦啦一陣亂響，接連幾個重物墜地。

左冰止步而立，過了一刻，只見前面林中閃出一個瘦俏身形，唱歌而出，那歌聲清朗，令人一聽忘俗。

左冰注意一聽，那歌中之詞卻是：「人間儘是恨事，世上那有好人？負義負心皆該殺，天道總無常，天道總無常。」

左冰心想道：「這人憤世嫉俗，如說世上無好人，那也言過其詞了。」

那瘦小身形一輕身，和左冰照了個面，左冰大吃一驚，只見那人臉若死人，沒有一絲表情。

那人冷冷對左冰道：「那江東五義是你朋友麼？你來得正好，快替他們收屍吧。」

左冰一怔，那人指指林內，左冰走近一瞧、只見草地上直挺挺躺了五條大漢，一動也不動，都是雙目突出，一副死相。

左冰心內發毛，飛快回頭，只見那瘦小怪客冷冷打量著他。

左冰道：「這些人都是你殺的麼？」

那瘦小人點點頭道：「你問這個幹麼，你也差不多了！」

左冰道：「什麼？」

那瘦小人道：「你步入林中，腳下已中了我斷魂散，不出一個時辰，七竅流血而亡。」

左冰聽他聲音甚是古怪，分明是壓低著嗓子說話，左冰心內一動忖道：「這人分明是個女子，那臉上多半是蒙了一張面具了。」

他自熟讀崆峒秘笈，對於下毒之學已是瞭然於胸，當下也冷冷地道：「斷魂散也算不了什麼，只要嚼三根薄草便不妨事了，這林中遍地都是薄草，那又有什麼了不得？」

他說罷順手摘了三根草，放在口中一陣亂嚼，那瘦小人心中一驚，正要上前發招，但左冰何等功力，一伸手，飛快將那人臉上面具拉開了。

只覺眼前一亮，竟是個絕色少年女子，左冰一怔，那少女呼的一掌，掌勢好不飄忽，左冰竟是躲之不及，拍的頰上著了一掌。

那少女打完人反身而去，左冰呆呆望著地下五具屍首，再怎樣也不能想像那殺人的兇手，竟是如此一個妙齡美貌女子。

這時，他忽然想到一事，忖道：「爹爹他們莫非是突遇強敵，退到那絕秘的山谷去了？我且去找找看。」

他呆呆地出了一回神，心想趕路要緊，便又邁步而去。

又走了一日下午，左冰走到山腳道前緩緩停下了足步。這時天色逐漸向晚，官道行人漸稀，左冰觀定道路，吸了一口真氣，身形一輕，緊沿著山路疾馳而行。

這時他心情相當焦急，只因那銀嶺神仙薛大皇乃是這兩代巨秘的關鍵所在，左冰不辭千辛到武當請下天玄掌門，親睹武當慘變，若是再醫療不成，那真是所謂老天無眼了。

想到這裡，心中更是著急，想要趕快知道究竟。

這一條路是他曾走過的，心中知道再快也得費三四個時辰才能趕到，左冰抬頭望了一望天色，只見西天夕陽已沉，看來非得趕夜路不可了。

又行了約有頓飯工夫，地勢愈來愈偏僻，行人更是絕少，左冰施開輕身功夫，身形好比一條灰線在路上疾劃而過。

奔了好一會，他緩緩收足慢步喘了一口氣，忽然一陣涼風拂面而去，竟然帶著兩線雨絲。左冰微微一怔，這當兒只覺天空暗雲漸合，分明是變天要下雨了。

左冰不由得嘆了一口氣，忖道：「這一走幾十里全是荒山野地，連個避雨的小屋都沒有，眼看大雨便要落將下來……」

他心中暗自盤算不已，這時風勢逐漸加勁，雨點也密，左冰四下一望，只見左前方不遠之處有一叢密林，再也不遲疑，身形一轉，便掠過閃入林葉深密之處。

那雨點落在林葉之上，滴滴答答不停，漸漸枝葉濕透了，水滴落下來。

正在思慮之際，突然雨聲中傳來一陣足步響聲。

左冰微微吃了一驚，心中忖道：「這等荒野地帶，又是夜色蒼蒼，還有誰會來此？」

那足步聲來得近了，只見夜色中一個黑影行來，身形不快不慢，那雨點直落下來，那人似乎毫不在乎。

左冰靜靜立在密枝之中，這時天色昏暗，決不慮被那人發現，這時他運起目力，那人慢慢來得近了，左冰看得清切，不由猛吃一驚。

只見那黑衣人約五旬以上，頷下銀鬚拂起，頂門之上竟然冒出絲絲白煙。

那密密雨絲打到他頭頂上方，自動斜飄而開，看來分明內力造詣已至驚世駭俗地步。

那人的面孔左冰卻是完全陌生，再望那人似乎並不在趕路，步履十分輕鬆。左冰正自納悶間，忽然那人腳步一停，似乎在側耳靜聽的模樣。

左冰忙運足耳力，果然只聽雨絲聲中，竟又傳來有人交談之聲。

只聽那交談之聲愈來愈近，那黑衣老人雖側身靜聽，卻似乎並不打算藏起身來，左冰一時也打不定主意，這時枝葉一分，果然走出兩個人來。

那兩個人見到一個黑衣人當道而立，似乎吃了一驚，話聲立刻停了下來。

那黑衣老人轉過身子，只見來的兩人都是一張大油布蒙頭罩著，昏暗中面上黑忽忽一片，一點也看不清楚。

那居左一人突然開口問道：「請問閣下……」

他話聲一止，似乎猛吃了一驚，敢情是看見了黑衣老人頂門之上絲絲白煙。

那黑衣老人沉聲道：「兩位過路麼？」

那兩人一起點了點頭，黑衣老人緩緩側轉過身子，像是讓路的樣子。

那兩人遲疑了一下，左面一人道：「閣下可是上山而去？」

黑衣老人微微一笑道：「老朽要翻過此山。」

那兩人聞言似乎一驚，左冰心中也是一震，只因翻過此山乃是極爲險阻的地勢，若是有人翻過此山，那必是有原因，有目的了。

那療傷之地只要翻過此山，可謂是必經之地，左冰聽了這一句話，幾乎已可斷定這黑衣人果是衝著此事而來了。

黑衣老人微微一笑道：「兩位何以如此驚奇？」

那兩個人對望了一眼，卻不再言語。

黑衣人面上微微露出一絲冷笑，那兩人緩緩走了過去，經過那黑衣人身邊時，那山道路面窄狹，兩人身形一齊向路旁樹枝上擠了一擠。

驀然之間，那兩個黑衣人身形一閃，只聽呼呼兩聲，那兩張蒙頭黑色油布迎面一展而落，猛地向那黑衣老人頭上罩去。

這一下發動得好不險惡突然，那兩人內力好深，兩張油布在半空一展，竟然好似挾了巨風一罩而下，同時間裡，那在內側的一人右手一翻，在滿天黑雲之中，無聲無息一掌劈去！

左冰簡直有點不敢相信自己雙目，那有下手如此毒惡，但一切發生得太快，他還來不及轉念，那掌勢已攻進黑衣老人身不及半尺之地！

說時遲那時快，黑衣老人忽然之間大吼一聲，只聽兩聲裂帛之聲，那滿天黑星陡然一斂，緊接著「噹」地一聲銳響，一道寒光平地而起，只見那偷襲的漢子掌勢一阻，這等險毒招式竟在一霎時被消滅無遺。

只見那匹練似的寒光一住，原來是一柄長劍，劍尖猶似顫動不已，這一式拔劍劈布，反轉阻擊，一氣呵成，手法之快，力道之猛，真是令人嘆為觀止，包括左冰在內，直等到他長劍劍勢收止才看得真切！

那兩人身形不由自主一連後退五六步，黑衣老人冷然一哼道：「朋友下手未免太絕了一點。」

那左面一人冷然道：「早聞中原第一神劍卓大江，想來便是閣下了！」

那黑衣老人冷然道：「原來兩位朋友是來自異國的。」

左冰也是大大一驚，忖道：「這兩人不是中原人物，十成有九來自塞北，看來正是與這秘密有關了，只是這黑衣老者分明不是卓大江，卻不知中原道上什麼人劍術通神至此？」

這時黑衣老人冷然接著道：「那點蒼神劍卓大江天下第一，老朽何德何能，豈敢當得此名。」

那兩人面面相覷，左冰此時心中念轉：「看來那邊事情已經洩露，這三人似乎都要趕到當地去，爹爹等人正值要緊關頭，豈不誤了大事，我非得趕先趕到一步不可！」

他這時站身之處正在三人左側，若是有所行動想瞞過三人，莫說三人功力極高，就是最普通的人物也逃不出目界，是以一時不敢輕舉妄動。

那黑衣老人這時仰天一聲冷笑道：「老朽倒要問明，兩位朋友與老朽素未謀面，為何陡生惡心相謀？」

那兩人自知理屈，那左邊一人反倒惡言：「閣下若是看不過目，劃下道兒便是。」

那黑衣老人仰天一笑道：「兩位可是欺人太甚了。」

那兩人一言不發，這時雨勢未止，嘩啦嘩啦直落下來。

那黑衣老人突然道：「兩位可是急著要翻過此山麼？」

了。」

那兩人怔了一怔，一齊回答道：「閣下此言是何用意？」

黑衣老人冷笑道：「咱們可是心照不宣了，若是不說個明白，朋友，今夜咱們是耗上了。」

這時他立在山道上方，正好將出道封住，那兩人若是有所行動，可真得硬打硬撞不可！

那兩人四下望了一望形勢，一起吸了一口真氣，仍是一言不發。

左冰心中暗自忖道：「只待形勢一亂，我得當機立斷，立刻衝將出去。」

兩人身形一側，一前一後，緩緩走上前來，那黑衣老人手中長劍一立，左冰只待那劍光一閃立刻動身，這時一口真氣吸上來，全身貫注，那右首一人身形一長，右拳斜衝而起，黑衣老人長劍一揮，一式「固封龍庭」，只見滿天都是劍勢，那人拳勢登時遏止了。

左冰不再遲疑，身形陡然一輕而起，他的家傳輕身功夫神妙無方，大雨聲中竟然有如鬼魅不發聲息，等到三人發現人影，他已掠到三丈之外！

三人一齊驚呼，那黑衣人陡然左掌倒拍而出，一份極強的內力直通過來。

左冰人已尚在凌空，只覺背心一重，急切之間雙肩猛力向下一沉，勉強側過身來，右掌自左手肋下翻出迎擊，但內力倉促之間自是凝聚不純，只覺被震得左半身一陣痳木。

但他心知倘若此時停下身來，那躲身之望大大減小，急迫之間，左冰大吼一聲，整個身軀在半空中一停。

只覺一口真氣直升而上，那身形在空中好比脫弦之矢，停頓之後，不但不向下墜，反倒一彈而起，衝力之強，竟然一掠已在五六丈之外！

這種世上難見的輕功身法，登時那黑衣老人看得呆了，左冰好比一條神龍凌空，那黑衣人忍不住脫口大聲叫道：「好功夫！」

左冰眼角向後斜飄，似乎飄見那兩人乘黑衣老者一分神之際又猛力攻擊，但此刻他已管不了如此，全力施展輕功，好比一支箭一般在大雨之中疾馳！

他心中有把握，即使那三人不再動手，立刻一齊追來，只要自己已先起步七八丈之遠，也萬萬不會被追趕得上！

左冰在大雨中狂奔了約有大半個時辰，只覺體內真氣充沛，不但不感到疲乏，反而有如駿馬奔騰，上下運行不休。這時雨勢逐漸減少，左冰奔著奔著，已快接近目的地了，腳步不由得放慢下來。

這幾日左冰的進步甚大，到了目的地，不但不加快足步，反而小心翼翼，身形儘量沿著陰暗之處而行。

他這個想法果然不錯，才行得數十步，突然只見左前方人影一閃，一個夜行人匆匆引入樹叢之中。

左冰心中大大一震忖道：「難道真是時機洩露，敵人聚集於此？」

想到那薛大皇的重要性，北魏真可謂必得之而後心甘，以北魏的功力及手段毒辣，左冰不由不寒而慄，他考慮了半晌，正不知如何行動之時，忽然又有兩個人影自黑暗之處閃出身來。

左冰大膽將身子斜出，眺望前方，只見那道路盡頭為一個山洞，山洞之前黑忽忽地似乎堆著石塊之類，四周空空蕩蕩，並無人蹤。

左冰心中暗暗盤算：「若是爹爹等人果在此處，必然隱在山洞之內，敵蹤既現，看這情形尚未有直接接觸，我得在外想辦法偵查清楚。」

轉念又想到那方才擺脫的黑衣老人等三人，心中又自忖道：「若那三個人目的也在於此，定然會隨後趕來，我得趕快採取行動不可！」

他心念一定，提了一口真氣，小心翼翼地挪動腳步，輕輕向前潛行，這時虧得有雨點擊物之聲，左冰行動的少許聲息不慮為人所發現，這樣一路潛行，整整走出十多丈，那叢林眼看便是盡頭了，左冰才收下足步。

黑暗之中又見一個人自左方密林中走出，這時相距得近了，左冰運足目力望去，只見那人年約三十左右，生得相當魁梧，他四下望了一回，不住眺目向來路遠望，好像是在等待什麼人。

左冰心中忖道：「莫不是他正在等待那黑衣老者或是另外兩人？」

忽然左冰只覺一陣輕風拂體而生，左冰心中大大一震，直覺地伏身倒臥在地上，只聽頂層之上枝葉一陣輕搖，然後便不再有動靜，左冰暗呼道：「好險，萬幸方才不曾移動，不知又是哪個高人潛到此處，輕身功夫已達落葉不驚的階段了。」

他心中知道頭頂另藏有人，更是連大氣都不敢喘一口，心中思念紛紛，一時決定不下！

正在這時刻，猛然枝葉又是一動，那頭頂人似乎忍耐不住，身形一飄向前，左冰這時和他僅有數尺之隔，由下向上望去，只見那人頷下銀髯飄動，左冰一震幾乎說不出話來！

這一回看得一點不錯，清清楚楚，那人竟是銀嶺神仙薛大皇！

左冰霎時聯想到上一次趕到療養地方，人去室空，急迫之中彷彿看見薛大皇的身影，只道是自己走眼，方才一見，那是千真萬確了，薛大皇竟然早已傷癒，那麼這一切又是怎麼一回事？

左冰只覺心中震駭，感到彷彿有甚陰謀，只是毫無頭緒，再也想之不透。

那薛大皇身形一閃已走遠了，左冰再也忍耐不住，翻起身來，衣帶拂起樹葉一陣簌簌之響，但也管不了如此，望定薛大皇後，身形疾掠而去！

哪知他身形才起，陡然之間兩聲低嘯升空而起，兩條黑影一左一右鉗攻而至。

左冰暗道好密的防線，身形在半空中猛然一停，兩條人影來得近了，掌風齊襲而出。

左冰不願被滯留在此，眼見那薛大皇身形直奔山洞後方，心中焦急，猛然左掌一拍，右掌斜圈而出，這一式乃是岳家散手中的一式，掌勢方出，只聽一聲奇響，那右方一人但覺內力一窒，三丈之外竟然遮不出掌！

左方一人掌勢來近了，左冰那左掌也正好拍出，兩股力道一觸，左冰身形一蕩，已借力飛在三丈之外。

兩人都覺左冰身形輕靈似乎異於常人，不由齊齊一怔，左冰在半空中竟然換了一口真氣，身形不落地，凌空又自騰出三丈。

兩人攔截失手，一齊發出低嘯之聲，霎時左冰只見前方又是兩條人影沖天而起，迎面攔了上來！

左冰真氣一沉，身形落在地上，不待來人接近身前，雙掌一合猛然推出一掌。

他這時內力造詣十分深厚，發出掌勢，內力如山而湧，那迎面一人身形忽然一側，也不知是什麼身法，竟然有如破竹之聲，突破層層內家真力，眨眼之際，已欺近三尺之外！

左冰暴吃一驚，身形猛然向後平仰，同時間左掌一拍，平平擋在腹胸之前，右手卻一劊而出。

這一式又是岳家散手的近身防守，守勢之中卻攻勢源源不窮，那人只覺雙目一花，左冰的右手已欺胸而入，驚得大吼一聲，右腳橫端而起，護在胸前。

左冰內力發出，掌在那人腳上，哪知那人單腳突然橫掃而出，左冰只覺內力被阻，身形生生向後退了半步才站穩，心中大驚，忖道：「這人功夫怪異無方，每每出奇制勝，功力也是奇爲深厚，不知是何門路！」

他心念電轉，只覺背心之上壓力如山，不用回頭便知身後那兩人又趕了上來，這時候也來不及反擊，本能一側身形。

這一停滯，前後四人已將自己合圍包住，左右打量，只見四人有三個自己從未見過，還有一人，就是那身法怪異無比，卻在面上紮了一方黑巾之人！

那四人中一人冷笑一聲道：「朋友好俊的輕功！」

左冰開口道：「四位陡然出手攔阻在下，不知有何見教？」

他這時身陷重圍，已知道追趕薛大皇無望，是以反而安下心來。

那人冷笑道：「朋友可是故意裝傻麼？」

左冰道：「在下路過此處，自有要事，與四位素未謀面，想必是誤會了。」

那蒙面人忽然冷聲道：「閣下可是姓左？」

左冰一驚，口中答道：「在下左冰，閣下如何識得？」

那蒙面人一聲冷笑道：「左冰，你可是想到那山洞中麼？」

左冰心念一轉，避而不答道：「這等荒野之地，竟群集高手，不知有何變故？」

那蒙面人冷笑一聲道：「左冰，咱們不必多兜圈兒了，今日你要想離開此地，恐怕勢比登天！」

左冰冷笑一聲道：「閣下有何見不得人的地方麼?面上的黑巾可否移開一看?」

那蒙面人一言不發，突然向後退了二步，左冰也不知他此意爲何，但見他足步一動，左冰的身形好比出弦之箭，筆直向天上躍起。

左冰陡然發難，可是用了全力，身形一躍而起，竟然生生拔起五丈有餘，只聽絲地一聲，衣袂破風發出銳響，左冰家學輕功天下獨步，這下一聳而起，姿態美妙無比，簡直好比仙鶴振翼一般。

那蒙面人不料左冰發動迅捷如斯，猛然吃了一驚，身形緊跟著拔起，對準左冰足下一掌擊去。

其餘三人經驗也都甚是豐富，立刻三個方向散開，並不緊跟而上，卻是守住左冰可能落足的方位。

左冰身在空中，內力一發，蒙面人雙掌才吐，兩股力道接觸，左冰本待借力再騰身而出，哪知對方力道大異尋常，一觸之下，竟然全是吸引之力，不但不能騰身而起，反而感到足下一重，身體生生要往下栽！

左冰大吃了一驚，但此時身在半空，再也收不回力來，本能地一收雙足，身形猛向下墜。

蒙面人哈哈一聲冷笑，這時左冰身形已下落得與他平肩半空，兩人之間只距有二尺左右！

說時遲，那時快，左冰突然輕嘯一聲，那身軀在半空中竟然一折，生生轉了一個大彎，繞在蒙面人的後側，這一式輕功心法，簡直是令人難以置信，蒙面人只覺一呆，左冰身軀已在身後和他交叉錯過，左冰閃電般在他肋一上擊！

這一切均在半空進行，兩人好比升天遊龍，尤其是左冰，左右騰挪，輕身功夫到了他的身上，才令人大開眼界，但終因他真力一轉再轉，最後出擊時運氣不足，饒是這樣，那蒙面人仍被打得悶哼一聲，在半空中一個跟斗倒栽而下。

其餘三人都是大驚失色，左冰身形才一落地，立刻換氣騰身，準備斜掠而起，哪知對方身法快捷，左冰左足尚未抬起，背上已覺內力如山。

急迫之下，左冰側過身來，反掌揮出，一觸之下只因運勁不純，只覺左半身一陣痲木，心中一駭，但足下仍全力疾奔而出！

才奔出兩步，斜底裡一人猛掠而來，雙掌並襲左冰左側。

左冰只覺滿額汗珠，再也騰閃不開，這時激發了他的拚勁，他咬緊雙牙，大吼一聲，盡力向左一閃，足下如飛，一分也不停留。

他這近乎拚命的拚法，萬望能挺受一掌，身形便可衝出重圍，只聽「噗」地一聲悶響，左冰身形一連兩個踉蹌，但生生闖出七八丈之遠！

這時全身酸廂，也不知那裡來的力氣，猛吸一口真氣，竟然只覺真氣倒貫而上，登時上達天頂，下發四肢，心中不由一呆，正待凝聚之時，突聽身後一聲吸氣之聲，不用回頭便知有人正待施展「小天星」內家重手，不由暗嘆對方身手之快，要想再閃躲，那是決不可能，不由長嘆一聲。

就在這危急關頭，突然一道白光好似平地而起，緊緊繞著左冰呆站的身形轉了三匝，那劍光密綿，一劍緊接一劍，那等兇惡的小天星內家真力竟然被阻在劍圈之外。

左冰只覺壓力一鬆，一口真氣登時衝轉回來，一連退後四步，只見身邊站著一個黑衣老者，手持長劍，正是在半路上相遇的那人。

左冰震驚不已，一時不知所措。

那出掌襲擊的大漢怒吼道：「你是什麼人？」

那黑衣老者仰天大笑道：「以四敵一，不嫌丟人麼？」

那蒙面大漢被左冰拂了一掌，這時只覺氣喘不已。

左冰暗暗運息二周，緩緩走向前去道：「前輩相援之恩……」

那黑衣老者不待他說完，哈哈道：「先別客氣，先別客氣！」

左冰回首一望，那山洞之前仍然一片寂然，那銀嶺神仙薛大皇早走得不見蹤跡！

正在這時，忽然一聲銳嘯破空傳來，那四個人，包括蒙面者突然一齊收步後退，只見遠方一個人影一閃，來到近前！

左冰意識到這個人多半便是主持者，那四人是他所屬，那蒙面者的功夫方才親身經歷過，怪異毒辣出奇，想那主人功力是何等高強！

那人走近來，面上一片肅然，看不出任何表情，一望便知是戴上了一副人皮面具。

那人望了望左冰一眼，轉臉向黑衣老人道：「閣下請了。」

老者反手將長劍納入，微微一笑道：「老夫若不眼花，朋友是來自塞外了。」

左冰回頭一看，忽然間發現了一個人，頓時臉色爲之大變！

五四　惡鬥荒山

這時候——

天色向晚，幾隻昏鴉在充滿薄霧的天空盤旋著，這時，在林子的東面，走來了兩個人。

左面的一個身材魁梧，氣態雄偉，是個二十七八的青年，右面的一個卻是十七八歲的小姑娘，兩人一面走著，一面笑談著，倒像是一雙兄妹一般。

那小姑娘尖著聲音道：「哥哥，你看那前面全是綿綿不斷的林子，天色又已經晚了，咱們到哪裡去尋投宿的地方？」

那青年道：「現在有什麼辦法，往回走也找不到投宿的地方了。」

那小姑娘道：「都是你說前面走一定找得到店家，這才拚命地趕路，你瞧，現在咱們可要露天過夜了。」

那青年道：「露宿就露宿吧，涼快得很哩。」

那小姑娘半晌沒有說話，過了一會，忽然十分開心地笑了起來。

那青年道：「什麼事笑得開心？」

那小姑娘道：「睡在野外我一定睡不著，晚上可以起來玩。」

那青年笑道：「妳去玩吧，我可要睡覺。」

他們一路走過來，到了林子裡，那青年道：「就在前面那一片草地下休息吧。」

他走到那片草地上，揀了一些枯葉墊在樹根旁，就靠著樹幹躺了下去，那小姑娘靠在他的身邊坐了下來。

這時天色已黑，天空一片漆黑，仰首從樹林的孔隙中偶然可以看見幾點稀疏的星光，林子裡顯得出奇地恬靜。

那青年靠在樹幹上，側過頭來問道：「菊兒，餓不餓？」

那小姑娘道：「不餓。」

那青年道：「好好睡一覺吧。」

他閉上了眼，深深地吸了一口氣，然後又睜開了眼，仰望著那林木簌簌中的星光閃爍，忽然之間，似乎有千萬思潮一起湧到了他的腦海中，那裡面有撲朔迷離的疑團，有刀光血影的激戰，還有些微帶淒涼的情緒，使得他忽然之間，睡意全消了。

他不自覺地皺起眉頭，想著一幕幕不可解的往事，忽然又想到了自己該做的事有如千頭萬緒，於是忍不住輕輕地嘆了一口氣，暗暗地對自己道：「前途茫茫啊……」

他又閉上了眼，然而立刻他又睜開了，側頭望了望身旁的少女，在他以爲，她該已經進入夢鄉了，然而他的目光碰到的是一雙黑漆中泛亮的眸子，正圓睜睜地望著他。

他心中不知怎地有一絲慌亂的感覺，便道：「怎麼還沒睡著？」

那小姑娘搖了搖頭，輕聲道：「你幹什麼要嘆氣？」

那青年想了一想道：「我也不知道為什麼。」

小姑娘道：「我知道，你在想家了，是不是？」

那青年乍聽之時，幾乎想要笑出來，但是略一沉吟，忽然之間，他再也笑不出來了，他默默地對自己道：「想家？多麼可笑的念頭呵，我白鐵軍自從懂事以來，那一天有過家？我的家是什麼樣子？我只知道天為穹廬，草為被褥，就像——就像現在這樣，這便是我的家了。」

他想著，不禁苦笑了一下。

小姑娘卻得意地道：「怎樣？我猜中了吧？」

白鐵軍只是笑了笑，卻不知該怎麼回答。

小姑娘自顧自地說下去：「我知道，我有這種經驗，白天裡可以做的事太多，但是到了晚上睡覺的時候，便會不由自主地想一想……」

白鐵軍打斷道：「那麼妳自己是在想家了？」

菊兒道：「嗯，不過現在我還不要回去，雖然我現在已經不再恨師父了」

白鐵軍道：「妳恨師父？這怎麼說？」

菊兒似乎不好意思地笑了一笑說：「我就是因為和師父吵了架，才跑出來的……」

白鐵軍道：「妳為什麼和妳師父吵架？」

菊兒道：「這說起來多少還和你有一點關係哩。」

白鐵軍奇道：「和我有關係？」

菊兒道：「一點也不錯。」
白鐵軍道：「妳說來瞧瞧。」
菊兒道：「那天，師父和大師哥在談天，他們一面喝酒一面說話，我也要喝酒，師父卻不許我喝，說『小孩子不要喝酒』，他們說話，我也參加一些意見，師父又叫我走開，說『小孩子不要管大人的事』……」
白鐵軍笑道：「於是妳就火了，就偷偷逃了出來？」
菊兒道：「哪有這麼簡單，我當時氣得厲害，心想你們談些什麼鬼事情不讓我聽，我偏要聽個清楚，於是便假裝走出去，卻又繞到地下那藏酒的地窖裡去。」
白鐵軍道：「妳的輕功雖然不錯，我可不信妳師父不會發覺。」
菊兒笑了起來，得意地道：「這個你就不知道了，我師父那個地窖修得十分特別，要繞好大個圈子才能進去，上面聽不到下面的聲音，但是我卻知道有個地方，只要用壁虎功貼在石壁頂上，耳朵貼著石壁，就能聽見上面的聲音。」
白鐵軍道：「妳聽到了什麼？」
菊兒道：「我聽到師父說：『這一回務必除掉這個小子。』
大師哥道：『師父這條計策實在巧極，管教那姓薛的死了還不知是怎麼一回事。』
當時我以為他們要去殺掉一個姓薛的，但是再一聽，可又不對了，只聽到師父說道：『不是為師的說喪志氣的話，為師的確有一種預感，彷彿覺得這姓白的小子是個極危險的人物，每次看見他，都有芒刺在背的感覺。』

大師哥道：『如此一石兩鳥，姓白的小子固然難逃一死，姓薛的老傢伙也一併了結，豈不大妙？』

我這才聽懂，原來他們商量的是要去殺一個姓白的小子。」

菊兒說到這裡，斜過眼來看了白鐵軍一眼，白鐵軍苦笑一下。

菊兒繼續道：「當時我心中好生奇怪，師父是天下最厲害的人了，居然還有個姓白的小子能教他老人家如芒在背，這個小子我倒想見識見識。」

白鐵軍哈哈一笑，菊兒問道：「你笑什麼？」

白鐵軍不答，只道：「妳繼續說下去。」

菊兒道：「後來他們便開始談如何堵殺那姓白的小子的計劃了，我聽得一清二楚，正在暗中計劃如何搗搗蛋的時候，忽然聽得大師哥道：『師父您上次提到的那十招絕學，弟子……』

他還沒說完，師父道：『明天我就傳給你，你要記住，這十招絕學乃是爲師最近三年來方始參悟的妙訣，其中精深之處全靠自己體驗，本來爲師決心不將此十招傳人，要等我有暇閉門苦思數年，把不完全的地方一一補足，湊成一十八招，那就完成了一套足以傳世的武林絕學，但現在形勢需要，我決心先傳給你算了。』

我一聽到這裡，立刻火起來了，原來師父偏心，把絕招暗中傳給大師哥，不肯傳給我，我一氣之下，立刻就跑上去找師父理論，唉！」

說到這裡，菊兒輕輕嘆了一口氣道：「當時我只急於去找師父理論，卻忘了這一理論，便把自己躲在下面偷聽的秘密拆穿了，師父氣得大罵我一頓。」

白鐵軍笑道：「他罵妳什麼？」

菊兒道：「他罵我……我不講，反正罵得很兇很兇，所以我一氣就逃了出來……」

白鐵軍故意道：「原來妳跑來通知我不要走那條路，只是跟妳師父賭氣，也不是真存了什麼好心的。」

菊兒聽了這話，忽然急得說不出話來，她指著白鐵軍道：「你……你……」卻是說不下去，只是眨著一雙大眼睛，眼淚都要流了出來。

白鐵軍想不到自己隨便說笑一句，把菊兒急成這個樣子，他連忙道：「菊兒妳不要當真，我是說著玩的。」

菊兒本來一臉惶急之色，卻忽然俏臉一沉，道：「什麼當真不當真，我當然是因爲和師父賭氣才通知你的呀，像我這種惡姑娘能安什麼好心麼？」

白鐵軍連忙道：「菊兒，是我不好，我是跟妳開玩笑的……」

菊兒更惱地道：「你跟我開玩笑？我那天也是跟你開玩笑的……」

她話尚未說完，白鐵軍忽然一翻身撲了過去，把她壓在地上，用手壓住了她的嘴巴，低聲道：「不要作聲，有人來了……」

菊兒只感到白鐵軍沉重的身軀壓在自己的身上，結實的肌肉貼在自己的胸前，不禁感到一陣心迷意亂，什麼話也說不出來了。

這時，遠處果然傳來一陣異響，接著一個陰沉沉的聲音傳了過來！

「駱老兒，你以爲化了裝，咱們就認你不出來了麼？」

菊兒忽然抬起頭來仔細聆聽，只聽見那聲音又道：「駱老兒，你便是燒成了灰，咱們也認得出你來。」

菊兒低聲道：「是小師哥的聲音。」

「小師哥？啊，妳是說楊群？」

菊兒道：「不錯，一定是他。」

白鐵軍暗忖道：「駱老兒？莫非是金刀駱老爺子？」

黑暗中，忽然一條人影如天馬行空一般飛過來，那人身在空中，衣帶飄然，身形之瀟灑快速，令人駭然。

那人呼的一下落了下來，正在白鐵軍、菊兒倆人藏身之處三丈之外。

白鐵軍極目望去，暗道：「奇怪，這人面貌陌生，不是駱金刀呀。」

他轉念一想，恍然道：「方才楊群不是說他化了裝麼，那當然看不出來了。」

那人落身之後，立刻十分迅速地把四面情況打量了一番，然後一個拔身，整個身軀如被一朵祥雲托著冉冉上升，一絲聲息也沒有地升到了一棵枝葉茂盛的大樹上。

菊兒低聲道：「這人好漂亮的輕身功夫。」

白鐵軍冷笑道：「妳那小師哥還不是又仗著人多，否則憑一對一，他會是駱金刀的對手麼？」

菊兒道：「駱金刀？他就是駱金刀？」

白鐵軍道：「不錯，楊群怎會……今晚這事大有蹊蹺，我倒要仔細注意一下。」

這時在那人藏身大樹的對面林中，隱隱約約出現了數條人影，楊群的聲音又傳了過來：「姓駱的一生走遍江湖，幹麼行事如此不落門檻，你能躲一輩子我楊某便服了。」

藏身樹上的人只是不作聲，對面楊群等人顯然未有發現到，只是判斷在這附近，卻不知究竟藏身何處，是以只是不斷用言語相激。

白鐵軍暗想道：「楊群他們如此步步緊逼地追駱金刀幹麼？駱金刀又怎會化了裝一個人離開鏢局到這裡來？怪事怪事……」

菊兒低聲道：「看不出來那邊除了小師哥還有什麼人。啊，不曉得師父會不會也來了？」她一想到師父，臉色都變了。

白鐵軍道：「妳那麼怕妳師父麼？」

菊兒道：「我不怕他，可是只要他發現了我，咱們就得分手了啊……」

白鐵軍依然輕伏在她的身上，他撫著菊兒的秀髮，低聲安慰道：「妳躲在這兒不動，一定不會被發現的，而且妳師父未必也來了。」

菊兒道：「萬一他來了呢？」

白鐵軍道：「萬一他來了，我們還可以逃呀。」

菊兒忽然笑了，眨了眨大眼睛，帶著淺笑說道：「對了，萬一他來了，咱們還可以逃，他費了那麼多心機要堵殺你，卻依然讓你逃掉，所以你對逃跑一定是個專家。」

白鐵軍不禁苦笑了一下，他想起自己在北魏掌下被打得九死一生，若非北魏一個疏忽，自己如何能逃得性命？

這時候，那楊群又叫了起來：「駱老兒，今日咱們是熬上了，除非你已經跑得無影無蹤，否則的話，只要你一動，咱們還看不見麼？你躲得了晚上，躲不了白天，咱們決心跟你熬定啦。」

白鐵軍暗道：「楊群的話不錯，只要熬下去，駱金刀絕對躲不下去，要是我的話，還不如趁黑暗時往外闖。」

果然過了片刻，左邊林子的枝葉發出嘩啦一響，而那大樹上一條人影如一隻大鷹一般直沖而起，向著右邊如一顆流星一般飛出。

對面立刻飛出兩個人來，一個先向左邊發出嘩啦聲音的地方躍去，另一個緊接著撲向右邊。

從身形上看，白鐵軍一眼就認出那撲向右邊的仍是楊群，只見他去勢有若疾矢，堪堪追近，卻是忽地在空中滴溜溜地打了個圈兒，對準那人一掌拍下。

那人哈哈一聲狂笑，忽地金刀一閃，一柄金背大刀已到了手中，只見他人在空中，一連五刀劈出，招招如蜻蜓點水，一發即止，卻已到了另一方位，刀風凌厲「嗚嗚」可聞，刀法卻是輕靈有若劍勢。

白鐵軍不由得再度嘆服地忖道：「除了駱金刀，普天之下那有第二人施得出這等神刀？他聲東擊西，把楊群單調過來，又不先招呼就施金刀，若是沒有接應，楊群就要危險了。」

只見楊群一聲驚呼，整個人如同停在空中一樣，手腳只是上下不斷的飛舞，在那如閃電一般的刀勢之中間不容髮地一一閃過，而且從那隙縫裡還了三拳。

白鐵軍忍不住低聲讚道：「好拳法！」

那邊駱金刀突地大喝一聲，宛如平地起了一個焦雷，只聽得他大喝道：「你再接老夫三刀！」

楊群狂態畢露，竟然不等對方發招，一掌搶了進去，只聽得那邊一聲陰沉的大喝：「師弟退開！他要施奪命三刀！」

楊群年紀輕輕，功力卻的確駭人之極，他一聽到這句話，忽然一聲沉哼，竟然硬生生地把施出的招式收了回來。

只見一條人影比箭還快地到了駱金刀的左側。

菊兒低聲道：「是我大師哥！」

白鐵軍嗯了一聲，心想：「我也會過了。」

駱金刀雙臂一收，金刀陡斂，他回首略爲一瞥，只見背後還有一人，他哈哈笑了一聲道：「怎麼只有三個人了？方才一路上追來時好像有四個人哩。」

他一面說，一面啊了一聲，好像恍然大悟的樣子道：「呵，是了是了，那位朋友中了老夫一記小天星內家掌力，怕是已死在路上了吧！」

白鐵軍暗暗笑道：「在江湖上混得久了的，就沒有一個口舌不刻薄的。」

那邊只聽得那陰森的嗓子道：「駱老爺子言重了。」

駱金刀道：「還沒請教魏定國的大徒兒，你叫什麼名字？」

那陰森的嗓音絲毫不爲激怒，仍是那麼平淡的道：「不敢不敢，在下梁墨首。」

駱金刀道：「原來梁墨首就是你，奇怪……」

梁墨首道：「敢問何怪之有？」

駱金刀道：「最近聞說你劍劈了丐幫兩大高手，老夫以爲你一定跑到什麼深山絕谷去避白鐵軍的鋒頭了，想不到你居然還敢在這裡阻攔老夫。」

楊群怒喝道：「白鐵軍是什麼東西！」

駱金刀搖頭搖尾地道：「白鐵軍這小子厲害得緊，憑良心說，老夫一看見這小子，打心底裡就寒了他。」

梁墨首仍然不動聲色地道：「白幫主遲早總要找到在下的，不勞老爺子費心。」

白鐵軍一聽到駱金刀說梁墨首劍劈了丐幫兩大高手，他的心裡頓時整個亂了，他握緊了拳頭，默默忖道：「姓梁的殺了我兩個兄弟，不知是誰？二哥麼？四哥麼？不會的，那麼是……」

他不能再想下去，冷汗從他的頰上流了下來，菊兒忽然感到伏在她身上的白鐵軍身軀不住地顫抖起來，她悄悄伸出小手來，輕輕地握著白鐵軍粗大的手掌。

白鐵軍喃喃地道：「我要問他問個清楚，究竟他殺了誰……」

那邊駱金刀依然毫無忌憚地道：「所以我說奇怪了，你們不去好好商量商量一個如何聯手對付白鐵軍的法子，卻來沒道理地攔我這個窮老頭，這個於情於理都說不通呀。」

那梁墨首冷冷地道：「咱們不必多費唇舌繞圈子了，駱老爺子，敢問一句話——」

駱金刀手按金刀，冷然道：「你問罷。」

梁墨首道：「敢問周公明那老兒把什麼東西交給了您老爺子？」

此言一出，白鐵軍彷彿被巨錘敲了一記，從悲憤之中陡然醒轉過來，他駭然喃喃自語：「周公明？那刻羅漢石的周公明……」

白鐵軍彷彿在茫茫大霧看到一線陽光，他緊張地側耳傾聽。

只聽得駱金刀仰天一個大哈哈：「你們憑什麼說周公明交了東西給我？」

梁墨首冷笑道：「周公明無端端趕到邱西小鎮去住了一晚，那一天你老人家正押鏢經過小鎮，這未免太湊巧了吧？」

駱金刀冷笑一聲道：「你就憑這一點麼？」

梁墨首道：「駱老爺子離開了邱西小鎮，立刻趕回總局，輕騎單人，化裝夜行，莫非憑駱老爺子的聲望，在江湖還要親自出馬走單鏢麼？」

駱金刀呵呵一笑道：「如今說來，你們倒是情報詳細了，老實說，不管你說的是真是假，我駱某人的行動你管得著麼？」

梁墨首道：「不敢，咱們只請駱老爺子把周公明那老兒交給您的東西交給咱們。」

駱金刀仍是呵呵笑道：「這是誰的主意？」

梁墨首道：「家師是這樣對咱們說的。」

駱金刀忽然仰面一聲狂笑，笑完之後面色突然變得凝重無比，只見他雙目精光暴射、鬚髮爲之奮揚，一字一字地道：「魏定國敢爾！」

白鐵軍輕拍了拍菊兒，低聲道：「妳師父沒有來。」

道理。」

菊兒道：「你怎麼知道？」

白鐵軍道：「如果他在這附近的話，只駱金刀這一句話，他絕對受不住，哪有一聲不響的道理。」

菊兒道：「咱們現在待在這裡幹什麼？看熱鬧麼？」

白鐵軍搖了搖頭。

菊兒道：「咱們還是快些悄悄地走了吧，被大師哥發現……」

白鐵軍的聲音忽然變得沙啞而微帶抖顫，他打斷了菊兒的話：「我不怕他，我會過他，他雖然厲害，今天我要取他的命！」

菊兒忽然覺得一陣寒意，她抬起頭來望望白鐵軍，只覺得白鐵軍的眼中一會兒射出冰一樣的寒光，一會兒又射出火一樣的烈焰，她不禁惶恐地握緊了白鐵軍的手臂，茫然不知所措地輕叫道：「哥哥……」

左冰回首望去，只見那人無聲息站在三丈之外，瘦長的身軀，天空上一片烏黑，那人面孔上也是烏烏一片，有一份說不出的寒氣逼人而生。

那黑衣持劍老者望了數眼，那迎面帶皮罩的那人冷森森一笑道：「姓左的小子，今日是你的大限到了。」

左冰一時只覺在場中人物紛雜，分辨不出是敵是友，正自用心揣忖，那持劍老者突然哈哈大笑起來！

那帶著面具的人似乎怔了怔，冷然道：「閣下何事發笑？」

那老者緩緩將青劍倒插入鞘，仰天笑道：「瞧來你便是當家的了？」

那人哼了一聲道：「是又如何？」

老者笑聲不絕道：「老朽方才在山道之上無緣無故遭受一個自稱來自關外的漢子偷襲，敢問也是你的手下麼？」

那人默然不語，似乎在盤算如何出言。

老者卻大笑道：「只是以老夫之見，你們可是襲擊錯了對象吧！」

這一句話說得相當含糊，那面上帶有人皮面具的人一時也不解言中之意，微微乾咳一聲道：「在下正待請教尊姓大名？」

那老者笑道：「老夫先想請教，你是否也來自關外？」

那人呆了一呆，聲音立刻冷了下來，正待開口，那老者卻接口道：「若不是來自塞外倒也罷了，若是來自塞外……」

他說到這裡頓了一頓，那面具覆臉的人冷哼了一聲說道：「來自塞外便又如何？」

那老者輕聲一笑道：「那麼總該聽說過郎倫爾三字？」

那「郎倫爾」三字一出，左冰登時大吃一驚，那帶面具的人更是震驚得呆了，半晌才道：「原來是郎倫爾先生復出，難怪那『天狐劍式』神妙無比，在下算是開了眼界了！」

那郎倫爾乃是昔年塞北瓦剌第一高人，自土木驚變之後，絕跡江湖，傳聞是斃命已久，哪知這時竟在此地出現，但左冰那日在絕谷中卻親睹郎倫爾嘗試「內丹」斃命，這時那老者竟然冒頂郎倫爾之名，真是玄奇無比，到底這老者是什麼身分，左冰只覺事態越來越複雜，忍不住望著那老者，那老者雙目一閃，而上神色自明，竟是看不出一絲破綻！

想起郎倫爾，便想起那動人的一幕，郎倫爾臨終前瀟灑地說過，他唯一的仇人便是魏定國，唉，什麼事都牽上這個奇人。多年的事，是他一手造成必然無誤，但是秘密的真相不知到那一天才能水落石出，也或許永久不得澄清！

左冰只覺心中思潮起伏，這時那「郎倫爾」微微笑著對那人道：「咱們來此的目的，可說是心照不宣了，只是你到底與那天玄道人有何過節？」

那蒙面人怔了一怔道：「天玄？啊，郎倫爾先生誤會了，在下要找的，倒不是天玄道人！」

「郎倫爾」啊了一聲道：「老夫在路上聽說武當天玄自紫虛宮連夜趕到爲銀嶺神仙薛大皇療治內傷，這些都是故人了，所以老夫趕來看看！只是那薛大皇受傷之事，到底是虛是實？」

那蒙面人想了一想才答道：「一點也不錯！」

「郎倫爾」噢了一聲道：「不知薛大皇會傷在何人手中？」

那蒙面人搖了搖頭道：「這個，在下不得而知。」

「郎倫爾」微微一笑道：「不知你們到此是要找尋那一個……」

那蒙面人似乎不願回答，不等他問完，插口道：「在下曾聞昔日郎倫爾先生與武當掌教天玄道人有一劍之隙，想此來必是爲此了！」

左冰記起那日郎倫爾脅下曾有一疤痕，並說過拜天玄道人所賜，想來便是此事了。

「郎倫爾」仰天大笑：「那昔年之事你就只知道這一點麼？」

那蒙面人似乎不明其意，半晌不答。

「郎倫爾」道：「那年中原第一劍卓大江與天玄道人雙雙找上老夫門來，一言不合，挑起老夫興頭，說起動手，先是那卓大江出手，姓卓的劍式神妙已極，老夫自嘆不如，但老夫內力在他之上，五十招後，他劍式已漸凝滯，天玄道人卻橫劍而上，老夫以一敵二，毫不稍懼，但那天玄道人好深的玄門心法，老夫劍上引力不但牽不住他，反向有被他所制之趨，老夫再無力防禦卓大江的奪命神劍，是以老夫拚命掃出三劍，劍劍攻而不防，對準天玄道人而發，哪知那雜毛不但不躲，竟也全力回攻，結果老夫三劍削過他頭臉，將他一頭頭髮削去一半以上，道髮散落，但他只攻了一劍，這一劍，老夫可是永不忘懷，嘿嘿，十五年了，今日倒要見見……」

他一口氣說到這裡，大家都聽得入神了。

哪知突然一聲冰冷的聲音響起道：「這個人是假的！」

全體人都猛可吃了一驚，循聲而望，原來是那有如幽靈一般，站在左冰後的那人所發。

那人自出現到現在，連一點聲息也沒有發，幾乎忽略到他的存在，這時忽然口出驚人之語，那「郎倫爾」身形好比旋風一般轉了過來道：「朋友，你是說老夫麼？」

那人站在陰暗之處，全身動也不動，用比冰還冷的聲音答道：「不錯！」

「郎倫爾」冷笑一聲道：「朋友是何人物？恕老夫眼拙……」

那人理也不理，一言不發。

「郎倫爾」怒哼一聲道：「這麼說來，朋友是有心找老夫的碴兒了！」

那人冷冷道：「那倒未必！」

「郎倫爾」呆住了，他不知那人是什麼用意，一時答不出話來，只聽那人冷冷道：「你所說經過，一點不錯，只是你的身分是假的！」

那「郎倫爾」大吃一驚。

左冰也驚忖道：「這人到底是誰，他怎知那郎倫爾是假冒？」

「郎倫爾」怔了一怔，忽然大笑道：「朋友，你說笑話，老夫……」

那人不待他說完，冷然道：「那郎倫爾慣用右手，自右手拔劍，而你自右腰出劍。」

「郎倫爾」大笑道：「朋友，你對老夫出劍倒有研究，但老夫一向出劍不分左右！」

那人只是陰陰冷笑道：「你不必再說了，只因，嘿嘿……只因我知道你是何人！」

「郎倫爾」似乎又吃了一驚，怒道：「朋友，你別再胡說了，郎某……」

他話尚未說完，那人陡然冷哼道：「金為江，你還要裝麼？」

那「金為江」三字好比一個霹靂陡然自天打落，那站在「郎倫爾」身前不遠的人皮蒙面漢子登時一連倒退三步，瞠目道：「你……你是金為江？」

那「郎倫爾」陡然仰天一聲長嘯，向那僵屍一般的怪人道：「我也知道你是誰了！馬老頭，你是陰魂不散！」

那人皮蒙面漢子道：「原來是金大俠，在下失敬得很！」

金為江仰天笑道：「金某絕跡江湖二十年，想不到還有人記著老夫，早知如此，老夫也不必冒頂郎倫爾之名嚇唬人了！」

在場的人都知道那金爲江乃是二十年前大江南北第一奇俠，聲名之盛，威望之高，簡直無人出於其右，後來曾傳聞說封劍出關，從此再無音訊。

但當年他一人一劍走遍天下，曾與少林三大神僧之一澄因大師論劍少室山峰，七晝七夜，兩人惺惺相惜，結爲莫逆之交，又曾隻身獨闖崑崙紫門師兄弟三關，這些轟轟烈烈的事情都流傳江湖，人人不忘，這時竟然在此再現，眾人的震驚自是難以形容了。

左冰也曾聽錢百鋒大伯提及金爲江的事，平日不甚注意，這時一提起了，想起錢大伯對他甚爲讚佩，只是不知那古怪、陰沉沉的怪人到底是誰，但想來必定也是奇人，金爲江稱他「馬老頭」，不知江湖之中還有什麼姓馬的蓋代高人？

心中正思索間，那姓馬的怪客突然一聲冷笑道：「金爲江，你找那天玄是爲了郎倫爾一劍之仇麼？」

金爲江昂然道：「一點不錯，不知馬老頭千里迢迢趕到中原何幹？」

那姓馬的怪客淡淡道：「老夫爲人助拳而來！」

金爲江心中一震，詫聲道：「馬老頭，你什麼時候也學會了干涉別人的閒事？」

姓馬的怪客哈哈大笑道：「老夫可也是爲了自己的私事。」

他說到這裡，忽然對那面上覆有人皮面具的人一揮手道：「老何，還不動手麼？」

左冰和金爲江都料不到原來這兩人是一夥的，那姓何的漢子似乎不願「馬老頭」說出兩人是同路的關係，但「馬老頭」已然說出，遲疑了好一會才道：「在下之見，還是等一會才好！」

金爲江心中一動，忽然仰天大笑道：「馬老頭，料不到你會和這一批人走上一路，看來你們還在等候什麼人麼？」

他故意加重語氣，那「馬老頭」果然面色一陰，冷笑一聲，向那姓何的蒙面人笑道：「再等一盞茶的工夫，那魏定國若再不來，老夫也不等了！」

左冰聽著魏定國三字倒不如何驚異，倒是金爲江萬萬不料「馬老頭」居然和一向絕跡江湖的北魏聯上了關係，這件事可是大大不簡單了。

那姓何的不料「馬老頭」居然公開說出秘密，但他對「馬老頭」似甚爲恐懼，只是敢怒而不敢言。

金爲江輕輕咳了一聲道：「馬老頭，你動這多心思爲了什麼？」

「馬老頭」冷笑一聲道：「老夫沒有動心思，金爲江，老夫只是爲了自己的事，順水賣那魏定國一段人情！」

金爲江道：「不知什麼大事，竟要驚動你們兩人一齊……」

那馬老頭陰陰一哼，正待開口，那姓何的再也忍耐不住，大吼道：「馬老頭，省省口舌吧！」

「馬老頭」性情似乎相當烈，雙目一翻，就待立刻發作，金爲江忽然嘆了一口氣，道：「馬老頭，這樣咱們豈非成了一路之人？」

「馬老頭」冷笑道：「老夫爲我私事，且不管你如何，只要有人干涉老夫的事，老夫就翻臉不認人。」

金爲江冷笑道：「馬老頭，你說話倒要客氣些，二十年前你在暗中對老夫發了三掌，老夫還未向你討還舊帳呢！」

「馬老頭」冷冷道：「你放心，老夫等你足足二十年了。」

那姓何的漢子這時忽然一步欺上前來，左冰只覺他雙目之中凶光一閃，身形略略向後一退，那姓何的漢子冷笑道：「姓左的小子，咱們也該了結了！」

那金爲江顯然不知一切內幕，也不知左冰身分，他方才出手乃是見以四敵一，有些看不入眼。

左冰心中急著要知道那山洞之中究竟是什麼情形，他心中盤算若是等到那魏定國來到，走脫機會更是微小！所以心念轉定，緩緩上前二步道：

「姓何的，咱們往日無怨，近日無仇，有什麼事要了結，在下倒是不知。」

那姓何的蒙面漢子道：「咱們不說廢說，你有種便出來一些。」

左冰暗暗提了一口真氣，冷然道：「魏定國手下的伎倆，在下瞧得生厭，你若要以多勝少，乾脆將那左邊三人一起叫來，也好一併打發！」

姓何的漢子大怒，回過身來向身後眾人大聲道：「你們先站開去，不要出手！」

他身形尚未回轉，左冰陡然發難，那輕身功夫之快，尤其在這種短程掠撲，連金爲江這等高手也只聽見那衣袂聲一響，左冰人已離姓何的漢子不到三尺！

左冰知道生死關頭全在此一舉，他雙臂之間貫足了真力，一上一下斜斜擊出。

那姓何的漢子身形尚未轉回，半側著身子，半然只覺勁風大作，一股強大力道逼使而生，本能之中大吼一聲，雙掌一齊斜打而出。

他這一式乃是拚命所發，完全放棄了防守，他的經驗甚是充足，一聽那內力之聲，便知騰閃絕無效用，所以想都不想，立刻採取與人同歸於盡的拚法。

他雙掌一出，左冰只覺腹下一股強力倒襲而上，心想自己雙掌雖可穩穩取了對方性命，但對方反擊之力，自己也非得受傷不可！

在這當口，再也容不得他有一絲一毫的考慮，左冰只覺自然而然地左手一揮，右手由直擊登進變化為斜圈之式，一股真力不但不發，反而倒逆形成內家凝勁，這一式乃是「岳家散手」近身搶拿中最厲害的一式，喚作「六張弓」。

「岳家散手」騰挪拿錯之處舉世無出其右，左冰在危急關頭施出，那姓何的漢子只覺自己雙掌才反擊而出，背上壓力大減，雙臂上卻受了一股莫大的圈引之力，他想一縮雙臂，但此時左冰已欺至一尺之內，只見他雙手一花，「啪」「啪」兩聲，姓何的漢子左右雙手關節之上穴道均為其所罩！

姓何的漢子雙手雖已受制，足下用力，仍然想衝出困境，但左冰有如身影隨形，左左一閃，又「啪」「啪」「啪」三聲，那姓何的漢子雙肩及腰上均被制，整個身形登時一軟，再也站不住身，一跤跌了下去。

左冰一把抄著他的身形，右手揪著衣袂腰帶，將他提了起來，大吼一聲道：「站住！」

那身邊幾個漢子這時正待出手，但見姓何的漢子已在左冰掌握之中，登時止了下來！

這一切動作都發生得太快了，對方萬萬不料左冰居然存心偷襲，更不料那左氏輕功快捷如斯，就是金爲江身在近處，也只覺其快如電。

左冰一式得手，心中連呼僥倖，口中冷道：「後退十步！」

他左掌放在姓何的漢子頂門之上，眾人眼見毫無辦法，只得緩緩依言退出十步。

左冰緩緩移動身形，向那洞口移去，眾人眼見他越走越遠，卻因投鼠忌器，不敢妄動。

那金爲江哈哈一笑道：「小朋友，你好快的手段！」

左冰此時與他敵友難分，是以並不回答。

那金爲江又是一聲大笑道：「看來魏定國選了一批膿包，馬老頭，我看你還是與他斷了的好！」

眾人敢怒而不敢言，那「馬老頭」臉上神色一變，冷冷說道：「金爲江，你這是在罵老夫了！」

金爲江大笑道：「豈敢豈敢，老夫以實相析，奉勸你馬老頭……」

這時左冰離那山洞口不過五丈左右，中間隔了一大堆石塊，左冰一揮手，擊在那姓何的後心，姓何的漢子渾身一動，清醒了過來。

左冰沉聲道：「姓何的，那山洞中到底有那些人？」

那姓何的冷冷一哼道：「姓左的小子，今日何大爺算是栽在你無恥卑鄙的手段之下，要殺要剮聽隨尊便！」

那「馬老頭」忽然插口道：「老何，你告訴他又有何妨？」

姓何的冷冷道：「馬老，你還不知他的身分？」

「馬老頭」微微一怔，詫聲道：「他的身分？老夫十年不進中原，這等毛頭小子，老夫怎會識得？」

那姓何的漢子怒道：「馬老，這一次你千里趕來，說明是爲了你的私事，你的私事你要了結，咱們是不聞不問，至於咱們要幹什麼，你老也大可不必費心！」

那「馬老頭」哼了一聲道：「難道這小子與你們的計劃有所關聯？」

姓何的冷冷道：「你要知道他是誰麼？」

「馬老頭」點點頭道：「不錯！」

姓何的漢子冷笑道：「這小子是左白秋的寶貝兒子。」

「馬老頭」的面上陡然罩上了一層寒霜。

金爲江呆了一呆，忍不住嘆了一口氣道：「原來是他！」

那「馬老頭」面上青色一閃，低沉著聲音，一字一字說道：「不錯，老夫就是來找他算算舊帳的，他人未見著，反倒見著他的兒子。」

原來那「馬老頭」不遠千里而來，爲的是要找爹爹，不知昔年他們有什麼過節，左冰心中一動，他瞥見那「馬老頭」面上殺氣騰騰，心中不由一寒。

那「馬老頭」冷冷一哼，對左冰說道：「小子，你快放下姓何的！」

左冰一怔，開口答道：「老先生好說了……」

「馬老頭」不待他說完，陰陰地道：「那姓何的是魏定國的人，老夫可以不管，但是小子，你既然姓左，那我就非得伸伸手了。」

左冰心中不住盤算忖道：「今日此行，危難重重，目下之局難以應付，等會若是北魏來到，更是必死之路，但山洞中情形未明，我決不能一走了之，方才親眼瞧見那薛大皇的身形，不知他現在躲在何處，也不知他的用意究竟如何？」

他心中疑慮不定，「馬老頭」見他遲遲不答，口中大吼一聲道：「小子，你是在找死了！」

他身形陡然間一衝而起，這時他與左冰之間相隔足足有五丈之遙，他身形騰起空中，雙掌猛一抬出，這麼遠的距離，左冰居然感到一股陰冷寒風襲體，不由大吃一驚，想不到這「馬老頭」內功如此深厚，急切之間身形向後一退，想暫時避過銳鋒。

哪知他身形才退，那「馬老頭」右掌一抬，一股極端古怪的力道回轉自左冰身後生出，左冰只覺後退的身形變爲一滯，竟然有不能動彈的趨勢。

左冰這一驚非同小可，本能地鬆手，那姓何的漢子跌在地上，左冰雙掌一合，齊伸而出，堪堪將那遙擊過來的內力遏止。

那姓何的落在地上，好在此時左冰身形已離眾甚遠，姓何的漢子也穴道被制，倒沒有被他逃走。

左冰只覺心中一股寒意直升而起，他右足一抬，對準姓何的漢子的頂門，厲聲道：「你再出掌，我立刻將他頭殼踏爲粉碎！」

那「馬老頭」冷笑一聲，理也不理，身形急飛而起，在半空中一停，雙掌激落而下！

五五　狡狐難纏

左冰不料他居然毫不遲疑下手，似乎那姓何的漢子與他毫無關連，急切間哪還顧得姓何的漢子，雙掌一併，全力一擊而出！

他已領教過對方的還擊，這一次可不敢存有半分大意，雙掌揮出已用了全身功力。

哪知只覺力道一空，對方內力竟然在這一剎時收回無蹤。左冰力道已發，身形收止不住，一連向前衝出三、四步，在同一時間，那「馬老頭」身形好比巨鳥一般，自左冰衝向前的身形上方急掠而過，一把抓起地上的姓何的漢子！

「馬老頭」出手駭人之極，一個抬手之際，竟然在左冰的絕對控制下，將姓何的漢子奪到手，這時左冰突覺滿腔驚懼登時化爲不服，他完全忘記「馬老頭」可怕的功力，一心一意想和「馬老頭」一拚！

只見他衝前的身形陡然之間向後急退，這一進一退間毫無半分阻力，輕靈自然已到絕境，而且那後退之勢，竟然不比前進衝勢緩慢半分！

「馬老頭」的右臂才將姓何的漢子拉起，只聽得呼的一聲，左冰鬼魅一般的身形，已追到他身後首尾相接。

左冰左手反擊而出，右手一把也抓向姓何的漢子衣襟，馬老頭作夢也沒有料到，只見左方內力一逼，急忙間右手一鬆，反拍而出，「啪」的一聲，馬老頭內力造詣之深已至駭人聳聽的地步，雖是倉促之間出力，但左冰只覺半身一麻，身形踉踉蹌蹌退出三步，但右手卻牢牢抓住，自「馬老頭」手中搶回那姓何的漢子的身軀！

「馬老頭」面上青氣一現，陡然雙手齊肩抬起，左冰只覺他雙目之中厲光吞吐不止，心中不由一寒，那「馬老頭」大吼一聲，陡然雙掌推出！

說時遲，那時快，「馬老頭」雙掌才揚，左冰只感到一股柔和無比的力道自右方忽然襲來，他全神貫注「馬老頭」的行動，這力道一推，登時站不住足，一連向左跌開三步，眼角只見一道青光急掃而過，那青氣卻是一劃而斂，只聽得天空「轟」地一聲巨震，半空起了一陣旋流，氣流震盪好一會才歇止。

左冰被驚震得呆住了，回首一看，只見五丈外，那金為江手中長劍支地。劍刃猶自顫動不休，他大大喘了一口氣道：「馬老頭，你有本領去找左白秋便罷，何必對他的兒子出氣？」

那馬老頭雙臂緩緩落下，他平息了好一會兒，一字一字說道：「金為江，這幾年來你也沒有放下功夫！」

金為江沉聲道：「金某忘記祝賀兄，你摧心掌已練成氣候了！」

那「摧心掌」三字好比巨雷，所有在場的人全都驚呆了，須知「摧心掌」功夫失傳武林足足近百年，這門功夫威力之大，舉世無匹，昔年青海星宿門中有一個高人仗著「摧心掌」行遍中原，絕無對手，他曾在泰山絕頂邀鬥少林僧人，當時轟動武林，只要稍有點地位的，再忙也抽空千里迢迢趕上泰山。

結果少林由一個行腳老僧赴會，與星宿高人面對面默視半個時辰，那老僧最後開口道：「佛心不摧！」

那星宿高人陡然全身一陣暴響，眼看就發「摧心掌」，卻見那高僧右掌平伸，左手攏在僧袍之中斜斜搭在右肘之下，那星宿高人登時面色一平，仰天大笑三聲，下山而去！

全體與會者都看得呆了，那高僧微微一笑，也自飄然而去。

那少林方丈仰天呼了一聲佛號道：「外魔不侵我佛，師兄好深的『擒龍手法』！」眾人才知那少林行腳僧人所施的架數乃是「屠能手」的起勢，但眾人也不知「屠能手」究竟厲害到什麼程度，只是從那星宿高人自認不如看來，這「屠能手」一定是登峰造極的功夫了！

自此次以後，不但那「擒龍手」不再出現天下，就是那星宿高人似乎也隱逸不出，「摧心掌」也失傳武林，但其威名仍長久不衰。這時眾人聽見那「馬老頭」方才所發竟是失傳已久的「摧心掌」，自是大大吃驚不已！

馬老頭緩緩運息道：「金爲江，你架了老夫一掌，這梁子是結定了，你且劃出道來吧！」

金爲江冷笑一聲道：「馬老，你別太過狂妄，金某對你一再容讓，別錯認金某怕了你。」

馬老頭哼了一聲道：「那麼你有種再接老夫一掌？」

金爲江仰天大笑道：「馬無塵，你既如此說，金某說不得要把那昔年舊帳一起和你算算了！」

他身形一側，斜持著青鋒寶劍，一步步走了過去。

這一下場上情勢變得糊裡糊塗，那邊幾個北魏手下的漢子一個個對馬無塵咬牙切齒，暗罵這姓馬的好生可厭，一言不合一再尋人挑釁，他分明來此是找那左白秋的舊恨，卻完全不顧大局，說出秘密，又主動尋戰，那金為江原本可算是自己一方的人，拉攏還來不及，豈知三言兩語便被馬老頭說了，一切計劃都大大出於原來定計之外。

那姓何的蒙面人忍著怒吼道：「馬無塵，你好沒出息！」

馬老頭雙目一翻，面上神色陡變。

姓何的漢子不但不住口，仍然怒道：「想是那左白秋昔年將你幾根老骨打得散了，至今仍有寒懼之心，以我之見，不必藉口東吵西罵，你還是歇著罷，那左白秋等會兒還是由魏大先生駕到一併打發如何？」

他是怒極開罵，存心想激起那馬老頭的怒，以緩他與金為江間劍拔弩張的形勢，哪知那馬老頭面上真氣一閃，突然仰天冷笑一聲道：「老何，老夫就依你言，等那左白秋出洞。只是老夫今日事後若讓你再留在世上，我馬無塵三字從此倒寫。」

他說得斬鐵斷釘，那姓何的漢子卻是絲毫不懼，冷笑不再說話。

這時左冰已從他們對話之中，斷定洞中果真是有天玄道長等人，但不知他們在洞中到底在做些什麼？那薛大皇的傷勢分明已經療治復原，而且方才他神秘掠入洞後密林之中，始終不見蹤影，左冰這時心中疑念重重，若是想進洞一探，那在場的眾人定然不能相容，自己雖有姓何的漢子作爲人質，但那馬老頭可絲毫沒有顧慮，隨時下得了毒手！

正自疑慮不定之際，突然黑暗之中傳來一陣足步之聲。

那足步之聲甚爲沉重，眾人心中卻不由一震，只聽那足步之聲由遠而近，只數聲起落之際，已來到耳前，但見密葉一分，一個人影悄然而出！

左冰運足目力，只見那人一身黑衣，不必細瞧，左冰心中一涼，那北魏已然駕到！

那馬老頭冷冷道：「魏大先生才到麼？」

那魏定國默然不語，只用兩道精光四射的眼珠四下打量了一番。

最後他的目光停留在金爲江身上，神色之間似乎並不相識。

那馬老頭冷冷道：「老夫若是記得不錯，你們兩人似曾有一面之緣！」

魏定國神色微微一怔道：「是麼？」

馬老頭道：「金爲江，魏大先生還記得起麼？」

魏定國神色微微一變，道：「原來是金大俠。老夫失敬得很，金大俠絕跡湖海二十載，老夫今日能得一見幸何如之？」

金爲江抱拳一禮道：「人稱南北雙魏蓋世無雙，金某久仰！」

魏定國道：「不知金大俠大駕到此……」

金爲江微微一笑，馬老頭卻搶先開口道：「他找那天玄道人，爲郎倫爾報昔年一劍之仇！」

那「郎倫爾」三字說出，魏定國臉上神色果然一變。

左冰乃是有心之人，自是留神到了，他心中暗忖道：「金為江與那郎倫爾關係定然非淺，他卻不知郎倫爾已死於絕谷，而且仇人便是魏定國，而郎倫爾對天玄道長似乎毫不懷恨於心，看來那郎倫爾必是遭北魏陰謀所害。」

魏定國微微一頓道：「金大俠來找天玄道人的，那是白跑一趟了！」

金為江驚道：「什麼？」

魏定國忽然目光一轉道：「不瞞金大俠，老夫今日跋涉至此，也是白費一場工夫呢！」

金為江和那馬無塵一齊道：「你是說那洞中無人麼？」

魏定國道：「人是有，只是沒有一個是負了傷的！」

馬老頭道：「魏大先生，你曾說過那薛大皇傷在……」

魏定國咳了一聲，打斷他的話道：「老夫也萬萬不料這是一個陷阱。」

金為江奇道：「魏先生此言何意？」

魏定國冷笑道：「只因老夫方才目睹那薛大皇的身形！」

金為江啊了一聲。

那馬無塵面色一變道：「那麼魏大先生之意？」

魏定國面上平和不變，冷然道：「老夫原意是立刻撤退，若是馬先生不服，老夫可不奉陪，不過老夫奉勸一句，那洞口一開，走出的將是左白秋、天玄道人以及那錢百鋒，加上生龍活虎一般的薛大皇，馬兄自量其力何如？」

馬無塵面色鐵青，一句話也說不出來。

魏定國語氣一轉，接著又道：「不過，老夫目下之意又有所改變了！馬兄，你以為以你我之力，在三招之內，能否擒住那姓左的兒子？」

他口中邊言，足下早已站定步位，那左冰若想打前方衝出，那是萬不可能。

馬無塵聞言陡然醒悟，冷冷一笑道：「魏兄好說了！」

他話音未落，只見左冰身形陡然一掠而起，同時間裡左手一揮，那抓住手中姓何漢子的身軀平平飛起，向馬無塵迎面擲來。

左冰發動得好快，當馬無塵正待行動之時，左冰身形已然凌空而起。

馬無塵只見一個人影迎面飛了過來，他大吼一聲，身形猛地一矮，雙拳急推而出！

那左冰身形本向左方叢林之處掠去，馬無塵雙拳一出，陡然一聲尖嘯破空而起，左冰忽覺一股無形的真力自五丈之外遙撞過來，竟然有強勁力道，自己身形在空，猶覺被力道所吸引，竟是不能向前！

那馬無塵的功夫委實怪異無端，左冰來不及細加思索，雙足一落地上，猛然相反的方向急掠而起。

他這一次的方向乃是向山洞洞口方向，這一耽誤，那魏定國的身形好比幽靈一般，已然發動。

左冰忽覺心中一片茫然，現在唯一的念頭便是要逃躲這二人的掌握，否則他們以自己相脅，後果不堪設想。

他現在完全不敢攖那馬無塵之威，只因此人功力深不可測，而且出手毫無分寸，隨時有置人於死的可能，是以他第二次騰空，乃是斜退向山洞方面。

那馬無塵發出一掌，正好姓何的身軀飛臨到頭，他一把擒了下來，一連三掌解了他的穴道，這時北魏的身形已然凌空而起！

只聽呼的一聲，魏定國的身形已追得和左冰首尾相銜，他左手一探，右手筆直飛出，點向左冰背脊之處。

他手指一伸，左冰只覺一股掌風突襲而至，慌忙之間，左冰的身子陡然向前一弓，頭頸下垂幾乎伏地，但身形卻是絲毫不減。

魏定國一指落空，左冰身體忽然倒翻過來，猛地雙足著地，再不移動！

魏定國不料他竟不逃反停，「嘿」地一口真氣吐了出來，那急奔衝力未竟，在天空繞了一個弧形，也自飄然落地。

他身形才定，左冰突然雙拳齊出，猛擊而至。

魏定國吃了一驚，只見左冰拚命擊出拳勢，招式極為繁複，一時間只覺拳勢之中有平攻短打，騰挪點錯，他此時雙足未穩，一口真氣直吸上來，右掌單掌出拒，足下退了二步。

左冰就是要逼他後退，他身形才退，左冰收掌急奔而去，但北魏是何等人物，他左掌一直不出，掌心早已運足內力，左冰身形才起，北魏低喝一聲：「倒下！」左手閃電般一翻揮出。

左冰只覺一股強大無比的強勁力道在身後不及三尺之內，要想閃躲已然萬不可，左冰不由暗暗嘆氣一聲。

說時遲，那時快，一個人聲大吼道：「且慢。」

左冰只覺身軀一震，生生被擊得翻了一個跟斗，好在避去主力，但仍感心頭一跳，一口鮮血直噴而出！

那主力被帶偏了，一直擊向身後的山洞洞石，兩股力道一合之下，這麼遠的距離，竟然打得那堆石塊嘩啦一響，四下分散。

左冰耳際只聽那北魏冰冷的聲音道：「金為江，你這是什麼意思？」

突然轟的一聲，那山石散了一地，山洞之中一連走出四個人來，那為首一人冷笑道：「魏定國，你別再跑了！」

左冰心中狂跳不已，那人正是錢大伯，原來果是他們佈下的陷阱！

只見其次的清癯老道，正是當今武當山的掌教師尊天玄道長。

天玄道長的身後是薛大皇，左白秋站在最後面。

魏定國冷冷地笑道：「好啊，薛兄你真不愧為武林奇人！」

薛大皇面色紅潤，神采飛揚，哪裡還有絲毫受傷的模樣，他微微一笑道：「魏兄此話怎講？」

魏定國冷冷地道：「之前聽說你被人傷得奄奄一息了，咱們老朋友們才不遠千里地趕來看你，怎麼一會兒就痊癒了，而且好得那麼迅速，這還不是武林怪人了麼？」

薛大皇哈哈大笑道：「我就曉得，只要我薛某重傷的消息一傳出去，少不了你魏定國一定會趕到『捧捧場』的，果然不錯，魏定國你真是太抬愛薛某了！」

他原說得嘻皮笑臉，說到最後兩句話，忽然臉色沉了下來，聲音也變得好比寒冰一般，魏定國從他的眼睛中察覺出無比的憤恨之色來，他只是淡淡地冷笑，不再接腔。
那馬無塵衝著左白秋一揖到地，大聲道：「左白秋，還識得馬某麼？」
左白秋方從黑洞中走出，眼睛視覺尚未習慣於洞外強光，他定目一看，不由呆了半晌，好半天才還禮大笑道：「左某平生最喜風雨故人來，馬兄，咱們真是久違了。」
那馬無塵道：「左白秋，今天旁的事我不管，咱們的事可要了結一下了。」
左白秋仰天笑道：「馬兄只管放心，今日定能教你稱心如願，倒是……」
他話尚未說完，那金為江已指著天玄道長道：「道長，還記得郎倫爾麼？」
天玄道長吃了一驚，轉首注視金為江，冷淡地道：「閣下此言何意？」
金為江尚未答覆，錢百鋒插口道：「這位莫非是昔年大江南北的金大俠麼？歲月摧人，恕老夫年邁眼花了。」
金為江哈哈一笑道：「在下金為江，錢兄這些年來可好？」
錢百鋒啊了一聲，喃喃地道：「是了，記得是那一年，我和他還有那數面之緣呢，現在可真老了。」
金為江轉向天玄道長道：「道長，金某與郎倫爾乃是生死之交。」
天玄道長沉著地道：「是生死之交又怎樣？」
金為江道：「今日所以要來此地，替亡友辦點事情。」
天玄冷哼，並不回答。
金為江等了一會兒，見他不開口，索性自己開門見山地道：「金某今日想替郎兄再向道長領教一下武當劍術。」

天玄道長撫髯冷笑一聲，然後道：「貧道一生最是敬重有血性的好朋友，金大俠爲朋友，這等義氣，看來貧道是非成全你不可的了。」

金爲江冷笑道：「今日那姓卓的不在場，道長如何依然狂言？」

天玄不以爲忤，只是淡淡一笑道：「憑良心說，郎倫爾的功夫貧道除了佩服，沒有別的話可說。」

金爲江道：「道長，還是請你劃下道兒來吧。」

天玄尙未回答，那邊錢百鋒大聲叫道：「姓魏的，咱們安排這個陷阱，原來爲的只是要你一個人落網，沒想到一下子招惹來了這許多好朋友，姓魏的，可真便宜了你。」

北魏狂笑一聲，冷然道：「便是你們四個一起上來，看看魏某能不能把你們打發得了。」

左白秋冷冰冰地道：「說這種大話就沒有意義了，你想想看，咱們會四人敵一麼？你能敵得住四人聯手麼？笑話之至。」

魏定國笑道：「鬼影子在武林中鬼鬼祟祟地藏了幾十年，直到最近才被老夫揭破身分，這其中定有什麼陰謀。」

左白秋道：「陰謀？咱們今日騙你來此，正是爲了這兩個字。」

魏定國臉色微變。

左白秋繼續道：「敢問你魏兄，那年楊陸飛渡星星峽之時，你魏兄身在何處？」

魏定國面色一沉，冷笑道：「哪一年？」

左白秋一字一字地道：「土木之變的那一年！」

魏定國哈哈狂笑道：「姓左的，你還沒有資格來問老夫這句話呢。」

左白秋緊緊逼問道：「同時在楊陸飛渡星星峽之前，四川唐門的百毒叟唐奇可是死在你的手中？」

魏定國道：「是又怎樣？」

左白秋道：「魏兄回答咱們這兩個問題，也好讓咱們打了十幾年的啞謎有個水落石出。」

魏定國道：「笑話，老夫就是明知不說又怎樣，你們還敢動手不成？嘿嘿！」

錢百鋒道：「不是敢不敢的問題，而是不得不動手了！」

魏定國道：「好，錢百鋒，我就先會會你的絕學！」

那邊馬老頭叫道：「左白秋，咱們先了了舊帳吧！」

金爲江也大叫道：「道長，咱們這邊談談。」

這時，忽然左冰大聲叫道：「且慢！我有話說！」

眾人略略爲之一怔。

左冰道：「金老前輩可知道郎倫爾郎老前輩已經去世了麼？」

金爲江聽他說出這麼一句廢話來，不禁大是不耐，帶著幾分火氣地道：「郎倫爾死的時候，你這小子想來還在流鼻涕穿開襠褲，你還要說麼？」

左冰道：「不然，半年之前，郎老前輩才死的。」

金爲江簡直不敢相信自己的耳朵，驚道：「你……你說什麼？」

左冰冷靜地道：「晚輩在大黃山絕谷之中碰見郎老前輩，他雙腳全廢，永無出谷的希望，結果因錯服毒蛇內丹，中毒而亡，這是晚輩親眼目睹的。」

金為江聽得心頭狂跳，但他卻是不敢置信。

左冰續道：「金老前輩，你信也罷，不信也罷，你可要知道郎老前輩是被什麼人害的麼？」

金為江被他這一句話所動，正要開口，那邊魏定國陰森森地冷笑道：「小子你再囉嗦，耽誤咱們正事，老夫可要賞你們幾記耳光嘗嘗，十幾年前的武林大事，由得你乳臭未乾的小子胡扯麼？」

那馬老頭也不耐煩地道：「小子，你就少鬼扯幾句不成？」

左冰見金為江臉上疑色愈來愈重，一急之下，忽然左掌一圈，右掌從圈中發出一掌，力道其怪無比，三丈外一棵柳樹被擊得彎成弧形，卻是並不折斷，倒是彈落一地小枝。這正是郎倫爾西方內功的特色，左冰年紀輕輕，除非真見過郎倫爾，如何可能會懂得這一招式？

金為江一見這一招，再無疑心，忽然大叫道：「我信！小兄弟，你快說，是誰害了郎倫爾？」

左冰大聲叫道：「魏定國！」

金為江雙目中猶如要噴出火來一般盯著魏定國，怒氣已達沸騰。

魏定國面上神色一變，突然之間大吼一聲，右掌陡然舉起，對準金為江一拳擊出。

那拳勢才出，只聽嗚地一疾響，金為江身形一側，才後退半步，哪知那股內力回勁一輕，自身側如影隨形，又緊緊逼了上來。

北魏功力確已臻化境，隨手出掌，那力道、方位、招式都是絕妙之作，金爲江身形一轉，不料內力又是直逼而上，危急之間左手一揮，內力一吐，將那股力道卸了開去，但這一瞬間，那魏定國已逼近身邊！

那金爲江站在西首，與眾人間相距足有五六丈之遙，錢百鋒心念一轉，已知魏定國用意，低聲說道：「左老弟，別讓魏定國與那金爲江對了單，咱們可不好意思以二對一，我看他八成想逼那金爲江退卻，好自那邊便一走了之……」

左白秋點了點頭，但這一刹那之間，魏定國已欺近金爲江身邊，左右手齊揚，已將金爲江罩入一片掌影之中。

那金爲江失了先機，只得左右閃避，魏定國果然存了一走了之之念，發掌處處直逼向西邊，金爲江身形連連後退，霎時距這邊已有十丈左右。

左白秋雙眉一皺，沉聲道：「錢兄，咱們今日好容易引來魏定國，決不能讓他輕易走開，我去助金大俠一臂之力！」

他身形一起，口中大吼道：「魏定國，左某想討教一二。」

他身形才起，哪知左方響起一聲暴吼道：「住手！」

只見一條人影疾飛而起，左白秋只覺左方一寒，一股徹骨之寒襲近身邊，不由吃了一驚，只見他身形輕輕在空中一轉，生生將前進之勢化爲側移，轉首一望，只見那馬無塵滿面殺氣道：「姓左的，你先和老夫算算帳吧！」

左白秋吸了一口氣，冷然道：「馬無塵，你是陰魂不散了。」

馬無塵一言不發，只見他面色陡然慘白，然後一層青氣直泛而起，左白秋這時身形緩緩落在地上，他知那馬無塵古怪的功力甚是出奇，是以絲毫不敢大意，內家真力已然運至十成！

馬無塵陡然大吼一聲，身形猛然一矮，右掌平立，左掌猛然一剷而出，那掌勢發出，全身一陣顫動。

左白秋陡然之間面色大變，只覺一份霸道無比的力道遙遙擊了過來，這一照面之間，馬無塵已然拚命發出了「摧心掌」！

陡然間左白秋全身衣袍鼓漲有如氣球，那身形猛然疾衝而起。

若非親目所見，誰也不會相信世上有這等身法，只見左白秋身形不退反進，直迎著那霸道無比的內力，整個身軀在凌空急打圈子，每轉一圈，雙掌左右向外擊出。

只見他身形轉動得快處，已如模糊一片，但見雙掌連環，掌掌連環，到得第五個圈子，人已欺近對方身前不及三尺。

馬無塵發出「摧心掌」，竟然生生為左白秋急轉的身形化去。

左白秋每發一掌，身前壓力便減輕一些，到了最後，已突破內力圈，只覺壓力陡減，口中大吼一聲，右掌橫剷而出。

馬無塵只覺雙目盡赤，左掌勉力一揮，但他全身功力已在摧心掌中孤注一擲，兩股一道一觸而散，左白秋身形穩立有若磐石，馬無塵卻是身形一陣搖蕩，一連向後退了五步才拿住樁！

那錢百鋒、天玄道人等人均看得呆了。

錢百鋒長嘆一聲道：「左老弟好生厲害的『七星轉』身法，我總算又開了一次眼界了！」

馬爲塵怔怔地站在當地，似乎想不通這一切到底是怎麼一回事，驀然他仰天大吼一聲，轉過身來如飛般一掠再起，轉眼已隱入黑暗之中。

左白秋緩緩吁了一口氣，那薛大皇冷笑一聲道：「現在，那魏定國是落了單。」

魏定國雖在與金爲江交手，但目中卻將這邊一切都看在目內，那馬無塵一言不發，回首而去，他心中知道，今日情勢如若再不決定，那是不堪設想。

這時金爲江掌勢漸盛，不再處於挨打地位，魏定國突然收掌向後，急退二步，金爲江只覺壓力驟減，右手一伸，嗆地一聲青劍脫鞘而出，只見一道青光繞軀一轉，當胸而立。

魏定國卻一個轉身，他身形才轉，卻聞一股勁風猛襲而至，原來是天玄道長及那薛大皇怕他藉此脫身，不約而同一齊躍了過來。

天玄道人身形尚在三丈之外，長拳已出，魏定國面露冷笑，右手一伸，將那力道卸滑偏開，身形卻是不退反進，猛向天玄道人撲去。

天玄道長心中一驚，那魏定國來到面前，右掌疾推，天玄道人身形一斜，左掌急迎面上，這一下兩人距離甚近，雙掌相觸，天玄道人只覺手心一熱，不由大吃一驚，猛吼道：「你……」

這時那北魏內力陡然如出而湧，天玄道人雙掌一分，卻在這時，那銀嶺神仙薛大皇大吼一聲，猛然接著發了一掌，這一掌正好將魏定國的內力接住，但聞波的一聲，兩股力道似乎壓破了什麼東西，一股濃煙自天玄道人手掌之中疾冒而出，剎時漫天迷茫，對面竟是不見人影！

左白秋和錢百鋒陡然一齊發掌，隔著白煙對準魏定國身形打出，兩人內力如山，遙擊而出，只覺手中一重，想是魏定國隔煙出掌相抗，但力道陡然一鬆，左、錢二人內力一輕，此時那白煙漸漸散開，眾人害怕有毒，一齊向後退去。

那魏定國好密的心思，和天玄對掌之時，已將那發煙的小物品放在天玄手中，正待出掌將之擊破，並一舉乘天玄發怔之際將之擊傷，卻被薛大皇一掌接著，那小物品打碎散開，眾人空空站在四下，卻是毫無辦法。

那白煙漸漸散去，只見對面空蕩蕩一片，哪裡還有北魏的身形，就是連那些手下也都走得一乾二淨，金為江身形也已杳然！

左白秋道：「咱們竟又讓他走掉了！」

錢百鋒咬牙道：「依我之意，咱們窮追不捨，反正只有這一條路下山而去。」

天玄道人道：「那金為江想是緊追而去了。」

左冰忽然插口，將那周公明的事的經過都說出來了，左白秋和薛大皇一齊大驚失色。

薛大皇道：「咱們快去瞧瞧！」

左白秋點了點首，那錢百鋒卻道：「我暫時一人緊跟著魏定國之後，一路之上也算有些訊息，否則魏定國如是自此不出，要想找他也甚是麻煩！」

左白秋略略思索了一下道：「冰兒，就這樣決定了，咱們去看看之後，再去找錢大伯。」

他轉臉對天玄道人道：「道長之意如何？」

天玄道人微微思索道：「貧道左右無事，便跟隨左施主一道吧！」

五六　金刀黯淡

白鐵軍冷冷地望著前方，他身旁的菊兒怯怯地對他輕聲道：「哥哥，你千萬不要出去。」

白鐵軍回過頭來望了望菊兒，忽然輕輕嘆了一口氣道：「菊兒，我一出去，妳就趕快施展輕身功夫向後面走吧。」

菊兒道：「爲什麼？」

白鐵軍道：「妳若是被妳師哥們發現了，只怕更是增加麻煩。」

菊兒道：「我走了，你呢？」

白鐵軍道：「妳沿途做了記號，我自會來尋妳的。」

菊兒道：「你……大師哥他……」

白鐵軍眉毛一揚，壓低了聲音道：「梁墨首那身功夫我也見識過的，我可不怕他。」

菊兒想說什麼，卻忍住沒有說出來，只是怔怔地望著白鐵軍，輕聲道：「你……你一定要來尋我……」

白鐵軍望著菊兒的眼睛，只覺那一雙黑眸中射出一種難以形容的光芒，他的目光一接觸上，立刻感到一種刻骨銘心的奇異震動。

他長吸了一口氣，然後低聲道：「菊兒，妳先走吧。」

白鐵軍回過頭來，只見那邊金刀駱老爺子已經在對方三個人的犄角之勢中昂立著，手中的大金刀微斜地倒提著，像是一絲力量未著，實則是個一觸即發的內家起手式。

白鐵軍看著那梁墨首向前逼近一步，冷冷地乾笑了一聲道：「駱老爺子，你是執迷不悟了？」

駱金刀微微抖動了一下手中大刀，金光隨著霍霍閃耀，他低笑道：「梁墨首，你且聽老夫最後一言。」

梁墨首道：「請賜教。」

駱金刀道：「老夫自弱冠出道，陝甘道上夜闖十二關，半月之內名動天下，可是駱某尚知敬老尊賢一語，數十年來闖蕩江湖，雖言狂氣未減，卻也不致像爾等小輩狂妄如斯……」

梁墨首打斷道：「駱老爺子此言差矣，武林中弱肉強食，若論狂妄，哪個不狂妄？問題是狂妄也還得要有幾分狂妄的本錢，嘿嘿！」

駱老爺子忽然大喝一聲：「住口！」

梁墨首冷笑道：「駱老爺子還有什麼吩咐？」

駱老爺子金刀一揮，鬚髮俱張，一字一字地道：「梁墨首，你欺人太甚了！來吧！一起上吧！」

梁墨首跨前半步，淡淡地道：「在下空手向老前輩討教幾招！」

駱老爺子氣得臉色發青，仰天大笑道：「好個狂妄小輩！」
梁墨首忽地猛然一揚手，舉掌欲發，這時一聲霹靂般地大喝響道：「住手！」
只見白鐵軍如一尊天神般大踏步走了出來。
梁墨首和楊群一見白鐵軍，全都面色大變，楊群凜聲道：「白鐵軍，你……你……」
梁墨首一揮手阻止他說下去，衝著白鐵軍一拱手，若無其事地哈哈笑道：「白幫主，別來無恙乎！」
白鐵軍冷冷地道：「白某何得何能，值得北魏武林大宗師如此青眼有加，可惜是閻王爺瞧著白某也不順眼，是以從鬼門關又把白某打發回來啦！」
梁墨首不動聲色，只是呵呵笑道：「可喜可賀，可喜可賀！」
白鐵軍走到三角犄勢的正中央，站在駱金刀的身旁，忽然對著駱金刀長揖至地。
駱金刀慌忙抱拳還禮道：「白幫主，老夫不敢當。」
白鐵軍道：「白某今日有一事相求，萬望駱老爺子俯允。」
駱金刀聽他的話，心中暗暗一驚，表面上卻絲毫沒有表露出來。他連忙道：「白幫主有何指教請言。」
白鐵軍道：「這位梁兄既然殺害了我丐幫弟兄，那便與我白某不共戴天，白某欲與梁兄把這筆帳了卻清楚，萬望駱老前輩應允。」
駱金刀聽他這麼一說，心中放下一塊大石，他知道白鐵軍此舉完全是照江湖規矩行事，意思是要求自己答應讓他架這根樑子，在他想來，白鐵軍多半是想要助自己一臂之力，卻怕自己面上不好看，故有此一舉，心中對白鐵軍不禁暗暗感激。

殊不知丐幫中兄弟情逾骨肉，白鐵軍聽說兩兄弟被人害了，此時為復仇他赴湯蹈火雙脅插刀，那是當真眉都不會皺一下的。

駱老爺子拱手道：「好說好說，白幫主只管請便，駱某這麼大把年紀了，還在乎這些繁瑣規矩麼？」

白鐵軍抱拳道：「如此白某謝過了。」他轉過身來，對著梁墨首道：「姓梁的，白某請教——」

梁墨首道：「不敢。」

白鐵軍道：「敢問敝幫哪兩位兄弟得罪了梁兄？」

梁墨首哈哈一笑道：「哪兩位麼？我記不得那許多。」

白鐵軍強忍怒氣，冷冷道：「梁兄既然做了，又有什麼不敢說的？」

梁墨首哈哈大笑道：「老實說，梁某還真不認識那兩位寶貝呢。」

白鐵軍大喝道：「梁墨首，你不要欺人太甚！」

梁墨首道：「白兄不必著急，梁某的話還沒說完哩。」

白鐵軍雙手緩緩下垂，功力集聚雙掌，一觸即發。

梁墨首道：「貴幫那兩位兄弟，一位是個矮矮微胖的漢子，一是個瘦黑的漢子，憑良心說，功夫可都還不弱哩。」

白鐵軍深吸一口氣，心中宛如刀割，他閉上眼暗中喃喃地道：「是二哥和四哥完了。」

他緩緩張開了眼，雙目中忽然射出凜然的光，他向著梁墨首道：「梁墨首，來吧！」

他雙掌猛然一分一合，身形立在原地，卻已發出一股奔雷般的掌力直襲梁墨首的胸前。

丐幫幫主名滿天下，梁墨首雖然一再狂態畢露，其實無一時一刻不在密切注意之，他見白鐵軍身形才動，已經把全身功力集聚掌上，迎著白鐵軍的掌勢一拍一推，一股內家真力，竟然分以兩種完全相異的形式發出，相合之際，發出「滋」然怪聲。

白鐵軍單掌一抖，右掌一翻之間，呼地切下，隨著那掌緣下落，空氣中暴出一聲刺耳失嘯，轟然一震，兩人已硬接了一招。

只見白鐵軍陡然之間一變身形，整個身體化成了一片模糊的影子，而空中霹靂般的暴震之聲不絕於耳，閃電之間，他在梁墨首周圍連續發出了十二掌內家劈空掌力，霎時之間，漫天飛砂走石，四周巨樹應聲而折者竟達十棵，那聲勢令人駭然而慄。

駱金刀大喝一聲：「好掌法！」

梁墨首雙足釘立原地，分毫未移，卻是在那方寸之間應付自如地擋過了白鐵軍十二掌猛攻，然後瀟灑自如地發出奇襲。

白鐵軍暗中感到這個北魏魏定國的第一首徒，委實具有一身深不可測的功力，但此刻他憤怒膺胸，根本無法考慮到如何後果，只是一掌接一掌地硬攻硬擊！

梁墨首從第十三掌起在瞬目之間還攻了十掌，然而白鐵軍卻在這十招之內同時也發了十記攻擊之掌，兩人以攻對攻，依然平手。

梁墨首暗暗忖道：「這白鐵軍功力似乎又在傳聞之上了！」

白鐵軍不顧後果地搶攻，到了第三十掌上，內在的潛力逐漸發揮出來，只見他一掌強似一掌，隨手揮出，無一不是妙絕人寰的武學精華，而力道之強。更是令人難以置信，天下武術各宗各派，無不以拳掌之功為先，然而練掌的如能看到此刻白鐵軍的掌法，那他這一生也不虛度了。

梁墨首從第三十掌接到四十掌時，心中開始驚駭，因為大凡練武是到了上乘地步要想百尺竿頭更進一步則愈是困難百倍，而白鐵軍的掌力在他看來，簡直有不可思議的進展之處，倒並不是說梁墨首自己已有力已不逮的感覺，而是他這種不可思議的進展之處令他不寒而慄了。

梁墨首三掌揮出，忽地大叫一聲：「白鐵軍，你敢與我立定硬對一掌麼？」

白鐵軍大喝道：「梁墨首，今日之戰，你我之中必有一死！」

梁墨首道：「好，你發招吧。」

白鐵軍猛一吐氣，單掌有如凝水，另一掌卻是迅速無比地一推即收，兩股掌力在空中一個撞擊之下，發出一聲強烈之聲，刺得耳膜嗡嗡作響。

梁墨首精神為之一凜，他大喝一聲：「般若掌！」

白鐵軍掌力凝結住，只見他那一掌力如排山倒海般直奔向梁墨首。

梁墨首雙目凝注，忽地雙掌平舉，彷彿抬著千斤重物一般，猛可一推，同時身形向後仰倒。

駱金刀見他仰身一倒，當下大喝道：「白幫主，留神！」

白鐵軍掌力已發，只聽得轟然一震，他整個人像是被千斤巨錘擊中，身心都感到一陣昏眩，梁墨首身體仰倒之後，忽然像碰到彈簧一般，整個人如一支箭一般射了起來，單掌伸去，易掌爲爪，抓向白鐵軍天靈蓋。

白鐵軍在驚震之下，向後倒退三步，卻不料梁墨首忽然一聲呻吟，整個人從空中直落了下來，長吸一口氣，倒退一丈之遠。

白鐵軍略爲一怔，立刻恍然，原來梁墨首用的這一招絕技乃是一掌擊出，整個人向後便倒，借地之力彈起，在那兩股力道相撞後的一刹那間，以迅雷不及掩耳的殺著而擊傷敵人。

卻不料雙方一掌硬拚之下，白鐵軍那一記般若掌力道竟然持續如此之久。他身形已彈在空中，忽然胸前有如巨槌擊中，立刻落了下來。

駱金刀哈哈大笑道：「好個般若掌，當今少林寺方丈親臨，只怕也不過如此！」

白鐵軍也趁著這機會吸氣調息一番，他吐氣喝道：「梁墨首，你不過如此！」

梁墨首幾乎是在同時間裡恢復過來，他陰森地尖笑一聲道：「白鐵軍，你也接我一掌！」

他話聲才完，也沒見他借勢用勁，整個身軀如駕雲而到地忽然移前丈餘，到了白鐵軍的面前。

白鐵軍沉聲道：「你發掌吧。」

梁墨首雙掌在胸前相交，臉上神色凝重已極，他吸了一口氣，忽然之間，面色變成一片青色，雙目睜得又大又圓，神情恐怖之極。

白鐵軍下意識地退了半步，他注視著梁墨首的臉色，只見他的臉色愈變愈青，最後竟像樹葉一般的顏色。

駱金刀在旁大喝道：「西域木靈掌！」

白鐵軍一聽到這五個字，心中重重地震了一下。

西域木靈掌在當今武林說來，只是個傳聞中的名詞，相傳南宋末年時，西域飛龍寺鐵魚大師在北崑崙山上，將武當掌教至上真人三掌震斃，用的就是這西域木靈掌。然而自經鐵魚大師之後，武林中再沒有人見過西域木靈掌的出現。

白鐵軍一聽這五個字，不由得起了一絲寒意，他對應付這失傳多年的西方絕學，實在一絲把握都沒有，但是他知道一點，如果自己能把木靈掌接下，那麼今日這一戰自己大概是不會敗了。

他深吸一口氣，把全身功力提到十成，遍佈全身百骸，只等梁墨首採取行動。

駱金刀見多識廣，他喝出「西域木靈掌」五字時，目的在提醒白鐵軍，今日之戰是殊死之戰，大可不必等他發掌，立刻施掌快攻，逼使梁墨首無法施出木靈掌來，但是他看見白鐵軍雖有寒意，卻是不肯先發制人，只是靜靜等對方先發掌，他知道白鐵軍所以如此，完全是因爲梁墨首說了一句：「白鐵軍，你也接我一掌！」

梁墨首圓睜的雙目忽然一閉，然後驀地睜開，雙掌一抖之間，一股奇怪無比的掌力颯然飄出，白鐵軍只覺得那股掌力有如一股冰山中的寒風，卻絲毫感覺不出有什麼威力。

他單掌一揚，一記大力金剛掌夾著小天星內家掌力，如閃電般一湧而出，同時把全身功力集聚在另一掌上，隨時應變。

他單掌揮出的掌力一迎上梁墨首的木靈掌，奇怪的事立刻發生了，只見空中發出一聲沉悶的暴震，那股陰寒掌風忽然之間變成十餘股強韌無比的力道，白鐵軍的掌力像是忽然之間被吞噬了一般，落得無影無蹤。

白鐵軍大吃一驚，但是他不愧是身經百戰的高手，遇到這危急關頭，他不但沒有把聚集另一掌上的力道立刻施出，反而掌收半退，雙掌齊納胸前，蓄勁不發。

電光火石之間，梁墨首那一掌古怪的力道已經逼到白鐵軍胸前，白鐵軍雖然力持鎮靜，但是到了這千鈞一髮的關頭，心中卻是絲毫不知該如何抵禦，然而時間已經不容許他再作考慮，他猛然一掌劈出，整個身軀有如摔出一塊千斤巨石，嗚的一聲尖嘯，接著空中傳來一陣刺耳之極的拍拍之聲，白鐵軍踉蹌倒退三步。

然而白鐵軍在這一剎那之間，體驗到了西域木靈掌的廬山真面目，一個靈感如閃電般閃過他的腦海，他腳步方穩，立刻大喝道：「梁墨首，白某還想接你一掌！」

梁墨首略略一怔。

白鐵軍大喝道：「你發招吧！」

梁墨首面色更青，神情也變得更爲可怕，他跨前一步，抖手再次發出了西域木靈掌。

白鐵軍雙腿微蹲，迎上前來照樣先發一記小天星內家掌力。

梁墨首心中暗道：「這次你是找死了！」

只聽得依然一聲尖嘯，陰柔的木靈掌力忽然變爲十餘股強硬無比的力道襲來，白鐵軍精神一奮，他左掌大圈而出，右掌小圈而出，兩股不可思議的奇怪力道一合之下，木靈掌力被逼得沖天而起，梁墨首駭然倒退，面上青氣全無。

駱金刀駭然而呼：「擒龍手！」

梁墨首冷冷地道：「白鐵軍，你左手是擒龍手，右手施的叫什麼？」

白鐵軍道：「說實話，我不知其名。」

梁墨首開始由心底裡生出寒意來了，他摸不清白鐵軍究竟有多少功力，在他原來的打算中，這木靈掌雖然尚未練到十成功力，但是突然施出來，至少在十招內能叫白鐵軍手足無措，毫無還手之力，自己便可趁機痛下殺手，但是出他意料的，白鐵軍在第二招上就破了木靈掌！

白鐵軍道：「現在輪到我了！」

他雙掌一揮，揉身而上，霎時之間，成了短兵相接、以快打快的局面，白鐵軍和梁墨首各出奇招，漫天都是妙絕天下的掌式，令人口服心服。

匆匆之間，兩人互換了百招以上，依然是個平手，白鐵軍打得心頭火起，忽然全攻不守，梁墨首心驚肉跳，自然而然地變爲守多攻少。

百招再過，在場所有的人無一不是屏息凝目，駱金刀知道勝負之分就在十招之內，他雖是身經百戰的老江湖，但卻也沒有見過這等惡鬥，握著金刀的手心上全是冷汗。

果然轟然暴震再起，每一聲都如霹靂巨雷，只聽一聲聲暴震愈來愈響，也愈來愈快，到了第十二響上，梁墨首忽然一聲悶哼，倒退了五步，他指著白鐵軍，面如金紙地道：「又是這怪招，告訴我，這是什麼招式？」

白鐵軍只知道這是從那絕谷的山洞中參悟的武功，卻實在叫不出名堂來，他微微搖了搖頭，梁墨首忽然一跤跌在地上！

白鐵軍釘在當地，宛如一尊天神般，不過數月功夫，白鐵軍的功力已凌駕梁墨首之上。全場目睹這一場惡鬥的結果，無一發出一點聲音。

這時，忽然在梁墨首的身後出現了一個人，卻沒有一個人看清楚這人是如何出現的！

駱金刀沉喝一聲：「魏定國！白幫主你快走！」

白鐵軍定目一看，只見那立在梁墨首身後的，正是北魏魏定國！

駱金刀一面大喝，一面同時奮身躍起，向著楊群那旁奪路而去。

北魏冷笑一聲：「駱老兒，你走得了麼？」

楊群雙拳如抱，一招飄然攻向駱金刀，部位時間配合之佳，令人絕倒，駱金刀大刀一揮，身形卻不得不落了下來。

駱金刀大喝道：「白幫主，咱們闖！」

他話尚未說完，忽然一聲悶哼，只見駱金刀鬚髮俱奮，他大喝道：「你敢暗器傷人？」

他對著那立在楊群身旁的另一敵人走了過去，步履之間已見蹣跚，顯然是中了暗器。

那立在楊群身旁的人陰森森地道：「駱老兒，你中了我青瘴毒針，半個時辰之內就沒命了！」

駱金刀驀地大喝一聲，金刀如一片金光籠罩而下，駱老爺子狂怒之下，奪命三刀施得出神入化，那威勢當真有如天神下降。

北魏冷笑一聲道：「群兒，避他銳氣！」

楊群和那發暗器之人同時一左一右佯攻實守，駱金刀一連兩刀落空，他雙目發赤，一刀劈向楊群。
白鐵軍見他情形，知他已失理智，暗叫一聲不好，飛快地趕上前去接應。
楊群虛晃一招，躍身就退，同時大喝一聲：「退！」
他身旁之人一躍而起，閃電般斜竄而去。
駱老爺子忽然失去理智，暴喝一聲：「倒下！」
他金刀揚手揮出，一道金刀如飛龍騰空，一聲慘叫，應刀尖呼，那發暗器的漢子被大金刀當胸穿過，釘在一棵大樹下，刀口銳利，那人的屍身繼續下落，被剖成兩半，落在地上，樹上留著一柄金光閃閃的大刀。
楊群卻在這一刹那間對著駱金刀突施殺手，駱金刀避無可避，單掌勉力與他碰了一掌，只聽得喀嚓一聲，駱金刀手臂折斷，楊群也退了三步，面色大變。
白鐵軍一把將駱金刀抱住，駱金刀在他懷裡用力一撞，接著大叫道：「你快走，魏定國我來應付！」
白鐵軍一忖，駱金刀雙目如同要冒出火來，他嘶啞地大叫：「白鐵軍，念在武林一脈，你快走。」
白鐵軍一摸自己身下，懷中似乎多了一物，立刻恍然大悟，當時也不暇再作任何考慮，放開駱金刀，拔腿就跑。
只聽得身後駱金刀沉著的聲音傳來：「魏定國，你來吧！」
他奔出不到二十丈，忽然傳來一聲慘叫，他知道駱金刀完了，心中一慘，不禁停下來。

這時遲，那時快，魏定國已如飛一般逼了上來，白鐵軍心一橫，忖道：「逃也逃不掉，索性和他拚一拚。」

他轉過身來，只見魏定國如一隻怪鷹般飛撲而至。

白鐵軍大喝道：「看掌！」他鼓足全力一記擒龍手拍向北魏，然而就在這一刹那，他忽然發現自己全身一陣發虛，一絲力量也使不出來，他知道自己方才與梁墨首硬拚十二掌，雖然把梁墨首打倒地上，但他自己內腑受震，元氣全傷，只是緊張中不自覺而已。

北魏伸掌將他拿住，點了他胸前要穴，冷笑道：「你逃得了一次，還逃得了第二次麼？」

白鐵軍朗聲大笑道：「大丈夫生死有命，若是老天爺注定我白鐵軍要死在你手上，那也只得罷了。」

魏定國道：「駱老兒方才交給你的東西，你交不交出來？」

白鐵軍考都不考慮地道：「當然不交！」

魏定國臉色一沉，怒喝道：「今日老夫便斃了你！」說罷，右手向上一舉，作勢欲劈。

白鐵軍仰天大笑。

魏定國舉在天空的右掌一停，喝問道：「你還有何可笑？」

白鐵軍道：「今日白某死不死，懷中之物反正都會落在你手中，而白某懷中之物落不落在你手中，你都不會放過白某，你何必還要問白某肯不肯交？」

魏定國爲之一怔，怒道：「說得有理，老夫先斃了你再說！」

魏定國單掌方得落下，忽然一個霹靂般的聲音傳了過來。

「魏定國，老夫叫你住手！」

魏定國頭也不回，只是沉聲喝問道：「誰？」

一個比冰雪還冷的聲音答道：「魏定國，老朋友都聽不出來了麼？」

魏定國刷地回轉頭來，只見一個高大的老人大踏步走了過來。

魏定國駭然道：「錢百鋒，是你！」

老人道：「你一定在奇怪姓錢的怎麼命那麼長？」

魏定國道：「待老夫先處決了這小子，再與錢兄敘舊。」

錢百鋒道：「錢某的話你沒聽見麼？」

魏定國冷笑道：「魏某行事要看你錢兄的臉色麼？」

錢百鋒一晃身形，已到了魏定國的身旁，他一字一字地道：「你打下去試試看！」

魏定國凝望著錢百鋒，錢百鋒臉上有一種近乎驃悍的虎威，十餘年前錢百鋒是武林中第一號魔頭，多年來雖然乖戾之氣被磨掉了不少，但是言辭舉動之間自然而然流露出凜凜的威風。

魏定國的語氣忽然一變，他對錢百鋒道：「老夫殺這小子，與你錢百鋒有什麼相干？」

錢百鋒道：「自然有相干。」

魏定國道：「他是你的親人麼？」

錢百鋒道：「錢某在世上沒有任何親人。」

魏定國嘲弄地道：「那麼，難不成他是你的徒兒？」

錢百鋒笑一聲道：「魏定國，你忘了楊陸和錢某是什麼交情！」

魏定國仰天大笑道：「你和楊陸麼？落英塔裡十多年朝夕相處的交情，自然不同凡響啦！」

錢百鋒大喝一聲道：「魏定國，錢某要問你一件事！」

魏定國道：「有話請說。」

錢百鋒開門見山地道：「楊陸可是死在你手上？」

魏定國沒有料到錢百鋒問出如此一句話來，不禁為之一怔，他冷笑一聲道：「錢百鋒，你憑什麼含血噴人？」

錢百鋒道：「我只問你，楊陸可是死在你手上？」

魏定國道：「魏某憑甚麼讓你審問？」

錢百鋒道：「這件事錢某不問你去問誰！」

魏定國哈哈狂笑道：「你去問楊陸吧！」

錢百鋒強忍怒氣，大喝道：「魏定國，做了的事沒有種承認麼？」

魏定國忽然臉色一沉，陰森森地道：「就憑這一句話，姓錢的，老夫已夠要你的命了。」

錢百鋒仰天狂笑道：「不瞞你說，老夫在落英塔被關了這許多年，當年的火爆脾氣全給磨掉啦，否則的話，錢百鋒還會囉哩囉嗦地問你麼？只怕老早就幹上了。」

魏定國道：「這是你變聰明了。」

錢百鋒道：「老夫把昔年的事從頭到尾想過幾千遍，得到一個結果。」

魏定國冷笑道：「願聽高見。」

錢百鋒道：「那件事幕後主持陰謀的，除了你魏定國以外，再沒有更適合的人選了。」

魏定國冷笑道：「是麼？」

錢百鋒道：「惟有一點老夫難以瞭解，這也就是老夫一直到今天還不曾正式找你索債的原因。」

魏定國道：「那是什麼？」

錢百鋒道：「老夫百思不得其解的事乃是，憑你魏定國，怎能傷得了楊陸的性命？」

魏定國哈哈笑道：「所以老夫叫你去問問楊陸，便一切都明白了。」

錢百鋒咬牙切齒地道：「這事如果關係著錢某一個人，錢某今日便跟你拚了，但是這事關係著整個武林，錢某便要先找到證據。」

魏定國冷笑道：「落英塔關了十多年，到底有些功效，錢百鋒居然曉得識大體了，哈哈……」

錢百鋒道：「錢某如果是你，做了就敢當。」

魏定國冷冷地道：「不止於此，如果你錢某是我，只怕沒有做的事也敢當吧！」

這一句話聽在錢百鋒的耳中，宛如巨雷轟頂，他腦中似乎被重重敲了一記，迴響嗡嗡不絕，他默默地自忖著：「是啊，若是換了我錢百鋒，只怕不是我幹的，我也要賭著一口氣硬認了，如此說來，我和魏定國都是一樣的，什麼事到了我們的手上，便弄得彆彆扭扭，一塌糊塗了。」

霎時之間，他一生中所做的無數逞強傻事一一浮過腦際，錢百鋒在不自知中，竟是滿面豆大的汗珠如雨而下。

魏定國何等陰險，他見錢百鋒的模樣，知道機不可失，猛一伸掌，先對著白鐵軍頭頂拍下。

錢百鋒見他舉掌，猛可從幻夢中驚醒，然而已來不及，他大喝一聲：「魏定國你要行凶？」

然而令人不可置信的怪事發生了，只聽得轟然一聲，接著一聲悶哼，魏定國撫胸暴退，白鐵軍卻是一躍而起。

錢百鋒大叫道：「大擒龍手！好！」

白鐵軍冷冷地道：「魏老前輩你只顧與錢老前輩聊得起勁，可忘了白某也是楊老幫主的傳人！」

錢百鋒哈哈大笑道：「御氣活穴！楊陸的御氣活穴！痛快痛快！」

「御氣活穴」乃是丐幫前幫主楊陸的獨門絕學，任你什麼獨門點穴手法點中了穴道，只要他真氣尚存，在短時間內必能自行解開，魏定國一時大意，竟然著了白鐵軍的道兒，在毫無防備之下，被白鐵軍一記大擒龍手拂中胸前，真氣大亂。

錢百鋒幸災樂禍地笑道：「魏定國，好好回去休養十天半月吧！」

白鐵軍冷冷地道：「白某平生從未暗箭傷人，但是對你魏老前輩，這已經是夠義氣的了——你應明白白某的意思。」

魏定國一言不發，只是提氣運行了一番，然後仰天一聲大笑，指著白鐵軍陰惻惻地道：

「姓白的小子，總算又讓你逃了一次，咱們走著瞧吧。」

他說罷忽然一躍而起，整個身形如一隻巨鶴一般躍起數丈之高，然後略爲一折，便如流星一般消失蹤影。

白鐵軍知道自己這一記擒龍手結結實實地打在魏定國的胸前，那傷勢定然不輕，而他在重傷之餘，居然仍能發出如此不可思議地輕身功夫，不禁爲之駭然。

錢百鋒伸出大姆指道：「白鐵軍，真有你的。」

白鐵軍走上前來一揖到地，口中道：「多謝錢老前輩相救。」

錢百鋒笑道：「哪裡是錢某救了你。你知道，那年……」

白鐵軍道：「方才晚輩聽得錢老前輩一席話，老前輩懷十餘年苦圍之怒重出湖海，竟然能以武林大局爲重，這等胸襟委實令晚輩心折。」

錢百鋒苦笑道：「即使老夫功夫能勝過北魏，糊裡糊塗將他殺了，他固死有餘辜，我固大快私心，但昔年公案一群無辜受害的人，到哪裡來找明真相？」

白鐵軍道：「方才老前輩所說的，甚合晚輩愚意，同時激發晚輩一個靈感來。」

錢百鋒道：「你是指老夫方才所說楊陸之死？」

白鐵軍道：「不錯。」

錢百鋒道：「北魏固然功力蓋世，楊陸豈是易與之輩，你可知道，那年……」

錢百鋒說到這裡，忽然聲音哽咽了，他的臉上流露出一種難以形容的神情，像是痛苦與懷念交織著，使老人臉上肌肉抽搐成一幅皺紋縱橫交錯的網。

白鐵軍凝望著他低聲問道：「那年？」

錢百鋒道：「那年，楊陸身受重傷，在雪地上爬著趕到落英塔，他爬進了塔，鮮血從口角一路滴著，在雪地留下一條彎彎曲曲的紅線，我扶著他的身軀，他只說一句話：『錢兄……我們完了……』接著便倒斃在我的懷中，你知道他身上受的什麼傷？」

白鐵軍只覺熱血沸騰，他顫抖地道：「不知道……」

錢百鋒道：「他全身上下無一刀劍之創，純粹是被人用不可思議的上乘內家掌力打死的！」

白鐵軍一揚劍眉，錢百鋒接下去道：「你想想看，這是不是不可思議。」

錢百鋒停了一停道：「試想以楊陸的功力，天下有誰能用掌力把他活活打死？魏定國雖是武林一代宗師，但他辦得到麼？」

白鐵軍道：「所以錢老前輩方才百思不得其解。」

錢百鋒點了點頭道：「但是，不是他又會是誰呢？」

白鐵軍忽然緩緩地道：「我想，我知道是誰了。」

錢百鋒雙目圓睜，急道：「誰？」

白鐵軍道：「是個老和尚！」

錢百鋒大大地吃了一驚，駭然問道：「是個和尚？」

白鐵軍道：「不錯，晚輩曾會過他。」

錢百鋒道：「你說楊陸是傷在他的手下？」

白鐵軍道：「如果晚輩猜測的不錯，九成是他。」
錢百鋒道：「何以見得？」
白鐵軍想了很久，難以把心中那種直覺的感覺形容出來，最後只好說：「那個和尚的功力實在太……太深。」
錢百鋒知道白鐵軍的功力，他看見白鐵軍說這話時的表情，不禁悚然動容，低聲問道：「深到什麼程度？」
白鐵軍道：「楊老幫主的功力比之北魏如何？」
錢百鋒想了一想道：「這很難說，不過以我個人看來，魏定國可能要強一些。」
白錢軍道：「那和尚的功力，只怕還在魏定國之上！」
錢百鋒默然想了很久，抬目道：「我還是想不出武林中有什麼和尚具有這等功力？」
白鐵軍道：「是少林寺的。」
錢百鋒更是驚得無以復加，他呆望著白鐵軍說不出話來，過了好半天才道：「少林寺？」
白鐵軍道：「這一點絕無問題。」
錢百鋒喃喃地道：「如此說來，薛大皇所說的是實話了……」
白鐵軍奇道：「薛大皇？」
錢百鋒道：「薛大皇說，在楊陸初達星星峽的時候，他曾目睹少林寺的主持方丈在落英塔附近出現，當時我們以為……」
說到這裡，他又沉吟起來。

白鐵軍追問道：「以為什麼？」

錢百鋒道：「當時我們以為薛大皇是在胡扯，企圖轉移我們的注意力，照你這樣說來，他所說的莫非是實話？」

白鐵軍道：「銀嶺神仙現在何處？」

錢百鋒搖頭不答，卻繼續道：「如果是這樣，我可想不通幹嘛少林寺要趕到星星峽來淌這趟渾水，奇了，奇了……」

白鐵軍道：「這有什麼奇怪，我們姑且假定銀嶺神仙的話是真的。」

錢百鋒一拍腿道：「對，姑且假定薛大皇說的是實情。」

白鐵軍道：「那麼我們想辦法再去找找那個功力奇高的古怪和尚。」

錢百鋒打斷道：「不，咱們先上少林！」

白鐵軍道：「先上少林？」

錢百鋒道：「不錯！你現下沒事吧？」

白鐵軍知他是想邀自己一道上少林，他也急於想知道這事情的真相，當下道：「咱們就一起跑一趟少林吧。」

錢百鋒道：「好，咱們說走就走。」

只見兩條人影忽地拔起，以驚人的速度消失在遠方叢林外。

五七　血濺佛門

溪林外，群山矗立，少林寺正在那左邊第二個山頭的山腰上。

這時，小道上出現了一個人影，他像一隻狸貓一般輕快地隱入叢林。

叢林裡，樹下密得舉目難見天光，更兼天色已近黃昏，就顯得更是昏暗，那人輕輕地走入林中，四面望了一望，然後一直向前走去。

走了數步，他忽然止住腳步，抬頭看著樹上一塊小小的白布，只見上面用黑線繡著「打遍天下無敵手」七個字。

他仰首看著這一小塊白布，忽然長嘆一聲：「唉，十多年了，為什麼已經過去的事總是無法悄悄地了結？」

這時，一個陰沉的聲音來自他的背後：「當然無法了結，事情雖過了十幾年，天下的人哪一個會忘得了？」

他刷地轉過身來，這時，有一線微光照在他臉上，只見他是個年約六旬的老和尚，兩道濃眉斜飛上額，看上去雖有一些龍鍾，但那兩道濃眉卻隱隱透出幾分威武之氣，他低聲道：

「你……你還沒有死？」

他的對面站著一個鬍鬚全白的老和尚，身上穿著一襲白衣，臉上露出一種十分陰險的冷笑，他淡淡地道：「當然沒有死呵，順便告訴你，當年參與那事的，一個個全活著吶，而且全都爲那件往事在忙著哩。」

他一面說著，一面緩緩伸出一隻手來，只見他迎空一抓，那樹上掛著的一方白布竟如長了翅膀一般飛入他的手中。

那濃眉和尚斜起雙目望了一眼，然後道：「你的功夫愈來愈深了。」

白衣老僧笑道：「十年來難道一點進展都不會有麼？」

濃眉和尚道：「你找貧僧來又有什麼事？」

那白衣老僧乾笑數聲道：「你心裡還沒有數麼？」

濃眉和尚道：「貧僧確實不知。」

白衣老僧道：「自己人何必裝傻？」

濃眉和尚道：「貧僧愚昧，不知你打的什麼啞謎。」

白衣老僧道：「無事不登三寶殿，自然有事相求。」

濃眉和尚道：「貧僧想不出有什麼地方能爲你效勞。」

白衣老僧冷笑道：「借你一樣東西。」

濃眉和尚道：「貧僧四大皆空，有什麼東西值得一借？」

白衣老僧道：「就是那年問你借的東西。」

濃眉和尚雙手合十，口宣佛號道：「善哉，善哉，貧僧十年來蒙我佛慈悲，確已放下屠刀，昔日種種，譬如昨日已死，你找錯人了。」

白衣老僧哈哈笑道：「放下屠刀？哈哈哈哈，好個放下屠刀，惡人得成正果，真是可喜可賀。」

濃眉和尚不管他話中譏刺之意，只是口宣佛號道：「惡人已死，惡人已死。」

白衣老僧道：「你不肯借也罷，只要把那秘方開一張給我也行。」

濃眉和尚道：「你要那秘方？」

白衣老僧道：「一點不錯。」

濃眉和尚指了指地下道：「你到地獄裡去要吧！」

白衣老僧冷笑一聲道：「唐弘，你敢戲弄於我？」

濃眉和尚低首道：「唐弘已死，貧僧只是軀殼。」

白衣老僧忽然仰天大笑道：「想當年老夫問你要那東西時，記得你也曾說過這句話，結果呢？嘿嘿，天下精英數十人死在你彈指之間，什麼軀殼不軀殼，當過一天妓女也是妓女，你還能是良家婦女麼？哈哈……」

濃眉和尚面露痛苦之色，但是過了一會兒，他臉上又流露出一種異樣的神采，他侃侃而道：「那時貧僧衣著佛衣而手持屠刀，善惡之報，自有天定，唐弘作惡，自遭惡報，這倒不煩閣下費心。」

白衣老僧陰森森地冷哼一聲道：「如此說來，你是不肯合作的了？」

濃眉和尙道：「閣下所求，貧僧萬難答應。」
白衣老僧道：「唐弘，你以爲你隱身少林，就能安安穩穩地度過餘生了麼？」
濃眉和尙道：「度不度得餘生，貧僧可不在意，多活一天唯有多做一天贖罪的事，如此而已。」
白衣老僧道：「唐弘，你不再嚮往有那傲笑江湖、天下獨尊的威風了麼？」
濃眉和尙的嘴角浮起一絲淡淡的苦笑，低聲道：「除了山巔之清風，山澗之流水，天地間無一物爲我所有，還有什麼好羨慕的？」
白衣老僧道：「說得好，既然已非你所有，便給了老夫何妨？」
濃眉和尙皺皺眉道：「此身已非我之所有，貧僧有何權給你？」
白衣老僧怒道：「唐弘，我說不過你這張油嘴，你說除了清風流水，萬物皆非你有，那麼你還背著那把『長虹』寶劍幹麼？捨不得麼？」
濃眉和尙道：「你要，便送你何妨！」
白衣老僧道：「此話當真？」
濃眉和尙緩緩從背上解下一柄墨綠魚皮的古劍，他低目望了望那劍身一眼，輕輕拔出了一半，只見那劍身的中央刻著「長虹」兩個古篆，忽然之間，他的雙手抖顫起來。
白衣老僧道：「長虹寶劍乃天下之至寶，是你平生所至愛，想當年『五步奪魂』唐弘在武林中，哪個人聽了不是膽戰心寒，你真不要這寶劍了麼？」
濃眉和尙聽了這話，雙手反而不抖顫了，他默默祝道：「我佛有靈，弟子今日願以性命度化此一巨凶，求我佛慈悲。」
他睜開眼來，射出兩道神光，朗然微笑道：「拿去吧！」
他隨手一拋，那柄劍平平穩穩地落到白衣老僧的手中，白衣老僧怔了一怔，隨即道：「唐弘，你真是忍痛割愛了，這又何必呢？」
濃眉和尚道：「擺脫萬物，自無拘束，是你點醒了貧僧，這柄劍貧僧早就不該有了。」
白衣老僧又是一怔，但是立刻之間，他的臉上又現出一股乖戾之氣，他冷笑道：「既不該有，你把身上的衣服也給了我吧。」
濃眉和尚閉目道：「有何難哉。」
他緩緩把身上的灰色僧袍脫了下來，輕輕一抖，那件僧袍就如一塊平板一樣四平八穩地飛落白衣老僧的手中，這一手上乘內功無意之中露了出來。
白衣老僧哈哈一笑道：「唐弘你念個什麼鬼經，十年前你的內功哪有這麼精純？」
濃眉和尚道：「善哉，善哉，武功之於貧僧有如邪魔，十年來雖絕口不提技擊，卻是依舊擺脫不掉，倒叫閣下見笑了。」
白衣老僧臉色一沉，厲聲道：「那麼你索性連內衣褲也脫給我算了。」
濃眉和尚雙眉忽然直矗起來，只見他那和平而略顯龍鍾的臉上，忽然之間變得威猛之極，一種令人凜然不敢正視的殺氣從雙目中射出！
白衣老僧哈哈大笑，笑聲直沖九霄，久久不絕，然而那濃眉和尚卻在他笑完的時候，恢復了原來的木然神色。

他淡淡一笑道：「破爛內衣，你要便拿去吧。」

他不慌不忙地把身上內衣褲一件件脫了下來，直到赤裸全體爲止，然後呵呵笑道：「父母生我之時，難道不是如此來的麼？」

白衣老僧萬萬料不到對方竟然不以爲辱，他一時之間怔住了，說不出一個字來。

濃眉和尚這時道：「你可願聽貧僧一言？」

白衣老僧茫然不知所對。

濃眉和尚雙目合十道：「貧僧十餘年來面壁苦思，雖然天資愚昧，難以領悟大道，卻是體會出一點心得來，你可願……」

他話尚未說完，白衣老僧忽然厲聲大喝道：「你索性把老命也交給我算了！」

他一面叫，一面忽地躍身而起，雙掌立刻如閃電一般向濃眉和尚當頭蓋下。

濃眉和尚閃身就退，當真是靜如處子疾如脫兔，卻不料白衣老僧雙掌一拍而散，一散再全，招中換招已到了爐火純青的地步。

濃眉和尚向左晃了一下，身軀卻如閃電般向右閃去，這一晃身，動作漂亮之極，比之方才那龍鍾之態，簡直不可同日而語。

白衣老僧第二下落空，只聽得嗚的一聲怪響，白衣老僧不知從什麼部位發出的第三掌已在濃眉和尚的頭頂上方。

濃眉和尚嚇得面色大變，就地一個翻滾，只見他整個身軀貼著地皮一連滾出十三個翻滾，一翻身站了起來，面上猶有悸色。

白衣老僧冷冷地道：「唐弘，好一招『童子十三翻』，真還有幾分當年的威力哩。」

濃眉和尙這一招看似逃得狼狽，實則軀體卻是離地數寸，一連十三翻一氣呵成，絕非一般輕身功夫可比。

白衣老僧一舉掌又攻了上來，他出掌之間的功力已入化境，真是舉手投足立能致人死命。

濃眉和尙退了三步，忽然雙眉直豎起來，他大喝一聲，拳取中宮，反攻了一招。

白衣老僧冷笑一聲道：「唐弘，你念一百年佛經也是枉然，瞧你出招陰狠毒辣，一切一如當年。」

濃眉和尙又是一招攻出，用招部位雖則妙極，卻是有些生澀的感覺，白衣老僧大笑一聲，左臂一圈避過，右掌一揮，中指尖已拂中濃眉尙和尙腰間軟麻穴。

濃眉和尙一個踉蹌，半邊身軀立刻軟了下去，白衣老僧暴笑一聲，逼近來舉掌就打。

濃眉和尙躲無可躲，眼看就得斃命掌下，忽然只見他左手在腋下一摸，手中多了一粒極小的透明珠，運用內力一抖手腕，那透明珠向白衣老僧疾飛過來，奇的是那透明珠飛得並不頂快，倒像是有一股持續的內力托在它上面一樣。

白衣老僧一看見這東西，卻是如見鬼魅，大喝一聲：「唐弘你……五步追魂珠！」

他一個倒竄，竟然足足退了十丈，這一退之間所表現出來的功力，足以令當今天下任何一位高手瞠目咋舌！

那小小透明珠飛到老僧原先立足上空，「啪」的一下自炸爲粉碎。

這時那濃眉和尙一面搓揉活穴，一面站了起來，他淡淡地道：「不必緊張，這是沒毒的，貧僧十年來已戒絕一切毒藥！」
白衣老僧怒氣沖天地道：「唐弘，你死到臨頭，居然還敢戲弄於我？」
濃眉和尚淡淡一笑道：「倒也不是貧僧戲弄你，這全是你自己的事。」
白衣老僧一怔，沒有聽懂他的意思，脫口而出地道：「什麼？」
濃眉和尚微微笑道：「貧僧出家人不打狂語，明明告訴你沒有毒，但貧僧若是再打出一粒，你還是照樣要疾退逃避，不信的話，咱們可以再試試。」
白衣老僧聞言雖則怒極，卻也不得不承認是事實，他暗忖道：「禿驢這話倒也不是瞎吹的，五步奪命唐弘手裡打出來的暗器，我老兒寧可躲一千次也不願冒一次險。」他口中卻破口罵道：「你死到臨頭了還敢說什麼大話？」
濃眉和尚也不和他爭論，只是淡淡一笑，然後道：「告訴你一事——」
白衣老僧道：「什麼？」
濃眉和尚道：「今日你若出掌把貧僧打死了，那乃是貧僧求之不得的事。」
白衣老僧冷笑道：「你明知是死定了，何必說這種風涼話？」
濃眉和尚道：「不是說風涼話，只因爲……」
他說到這裡停了一停，白衣老僧忍不住喝問道：「只因爲什麼？」
濃眉和尚道：「只因爲昔年你曾救貧僧性命。」
白衣老僧冷笑道：「恩怨分明，大丈夫，哼哼，唐弘你少來這一套了。」
濃眉和尚道：「方才你說了一句話很有點道理。」

白衣老僧道：「我說什麼？」
濃眉和尚道：「方才你不是說『索性連你的老命也給了我算啦』，是也不是？」
白衣老僧道：「不錯，你不服氣麼？」
濃眉和尚道：「服氣得很，就是你這句話有道理，不錯，寶劍衣服是身外之物，便是這條老命又何嘗不是？救之由你，殺之由你，貧僧有什麼不服氣的？」
他說到這裡，臉上神色莊嚴之極，忽然提起丹田之氣，大喝道：「你要貧僧之命，便來拿吧！」
他這時提氣而喝，竟然有幾分佛門獅子吼的氣派，聲音渾厚無比，如有形之物一般送出老遠。
白衣老僧冷笑一聲，舉起掌來，陰森森地道：「唐弘，老夫最後問你一句，你肯不肯交出來？」
濃眉和尚微微一笑，搖首不語。
於是白衣老僧呼的一掌擊了下去，濃眉和尚竟是不招不架，亦不閃避……
這時，天色已晚，在數里外的低谷裡，錢百鋒和白鐵軍正飛快地趕路。
錢百鋒道：「用這樣的速度，不到午夜，咱們就能到達少林寺了。」
就在這時，不遠處的高空傳來一聲渾厚有力的喝聲：「你要貧僧之命便來拿吧！」
錢百鋒和白鐵軍同時一住腳程，相對望了一眼。

白鐵軍道：「少林寺的？」

錢百鋒點頭道：「多半是的！」

白鐵軍指著正西方的山崗道：「就在那山崗上，咱們快走！」

兩人身形如同流星一般飛馳而前，數里之遙轉瞬即至，兩人上了山崗，尋到了那蜿蜒小道，循著小道走上去，只見左面是條小溪，右面是片叢林。

然而此時四周只是一片靜悄悄，沒有半點動靜。

白鐵軍四面望了望，暗忖道：「莫非是我判斷錯了方向？」

他正要開口，錢百鋒知他意思，已先低聲道：「你沒有弄錯，老夫判斷亦是此地。」

兩人首尾相銜地進入林中，叢林中只是更黑，兩人心懷警惕，行動也格外緩慢小心。

整整在林子裡摸了一轉，什麼也沒有發現，直到他們從東角將要穿出林子時，錢百鋒忽然一停，駭然叫道：「看——」

白鐵軍循著他所指方向看去，只見一棵數人合抱的大樹幹下，倒著一個全身赤裸的老和尙，看來竟是被人一掌打得飛起，撞在樹上，整個人如同嵌在樹幹上一般。

錢百鋒低聲道：「你替我留神四周！」

他小心翼翼地走上前去，仔細把那屍體檢查了一遍，只見那和尙雖已斷氣，卻是面上毫無痛苦之色，面相莊嚴，倒像是脫離苦海的模樣。

錢百鋒道：「奇了，奇了……」

白鐵軍道：「什麼？」

錢百鋒道：「你看看這個記號……」
白鐵軍走近一看，只見那和尙眉毛奇濃，手臂上刻刺著一支無羽的小箭。
錢百鋒道：「這個記號你認得麼？」
白鐵軍搖頭道：「不認得。」
錢百鋒皺眉道：「我總覺得有些眼熟，卻是想不起究竟代表的是什麼意思。」
白鐵軍道：「他該是剛死沒有多久。」
錢百鋒點頭道：「咱們四周搜一搜。」
兩人四面搜了一遍，卻是什麼也沒有搜到。
白鐵軍道：「如果此人是少林寺的，咱們這時連夜趕上少林，只怕有些麻煩。」
錢百鋒想了想道：「你知其一不知其二，本來咱們可以明日再上少林，現在卻是非立刻上少林不可了。」
白鐵軍道：「為什麼？」
錢百鋒道：「這個老和尚如果是少林寺的，寺中人現在多半還不曉得此事，咱們要去便是現在去，若等寺中發現了這屍體，咱們冒冒失失地趕上去豈非更麻煩？」
白鐵軍道：「前輩所言極是，咱們立刻上山。」
兩人匆匆離開林子向山上走去。
月亮升起時，兩人已到了少林寺外，只見少林寺燈火通明，卻是靜悄悄的有如死地。
白鐵軍輕聲道：「錢老前輩，依晚輩看來，情形有些不對。」

錢百鋒道：「咱們留神些。」

兩人走近了一些，既無鐘鼓之音，亦無木魚之響，山門外空蕩蕩的，一個僧人也不見。

錢百鋒道：「我先進去、你聽我叫退，馬上就退。」

白鐵軍點頭稱是，錢百鋒如一縷輕煙一般跑進了山門，忽然一聲驚呼。

白鐵軍跟了進去，只見幾個和尚如睡著了一般躺在地上，上前一摸，個個都已氣絕。

錢百鋒再往正殿衝去，只見殿內一切供案香燭如常，只是地上躺著十多個和尚，也俱已氣絕。

白鐵軍跟上來低聲道：「看來全像是未經抵抗，便遭人毒手。」

錢百鋒道：「正是，咱們再進去看看。」

他走入第二殿。情形完全一樣，一連闖了三殿，都是如此。

白鐵軍見四面燭火曳曳，香煙裊裊，完全不像發生過任何事情的模樣，而四周躺著的卻全是死人，不禁心中發毛，一股寒意直升上來。

錢百鋒道：「咱們索性到方丈住的藏經閣去看看。」

白鐵軍點了點頭，兩人衝進內殿，一陣亂闖瞎轉，猛一抬頭，只見橫木上刻著「藏經閣」三個大字。

兩人沿階而上，走到盡頭，只見一個巨大的青銅香爐角處，爐腳邊有些香灰灑在地上，那藏經閣中石地磨得光可照人，一塵不染，是以一堆煙灰甚是惹眼。

兩人把那檀木閣門一推，頓時呆住了。

只見室內靜蕩蕩的，一個少林和尚盤坐大蒲團上，雙眉緊閉，臉上有如白紙。
錢百鋒一個箭步趕上前去，伸手一摸，那個大師脈膊已停，他再摸心口，尚有一分熱氣。
錢百鋒大叫道：「快，助我一臂之力！」
白鐵軍趕上前去，伸掌也抵在少林和尚的背上，兩股世所罕見的內力交融而出，卻是如沉大海。
錢百鋒長嘆一聲道：「唉，遲了一步。」
這時，少林和尚忽然嘴角抖動了一下，喃喃道：「冤孽……」
錢白二人連忙再施內力，卻是無力回天，大師已經圓寂。
錢百鋒道：「兇手必不遠離，咱們快搜！」
二人如一陣旋風一般衝了出去，走到門口，白鐵軍忽然停住了。
錢百鋒一怔。
白鐵軍道：「錢老輩，你看……」
錢百鋒道：「什麼？」
白鐵軍道：「方才地上有些香灰，現在不見了……」
錢百錢低首一看，地上果然被人揩淨。
白鐵軍注視那巨銅香爐一會兒，忽然道：「晚輩記得先前這香爐的方向也不對……」
他輕輕彎下腰去，雙手抓住香爐兩隻腳，開聲吐氣猛用內力一扳，只見那光滑的石壁上一塊牆壁忽然悄悄移開，露出一個小口來。

錢百鋒道：「難怪兇手能神不知鬼不覺地潛進來，也許少林寺中處處皆有如此秘道，兇手若能一一知曉，那自然可以爲所欲爲了。」

白鐵軍道：「咱們一人守此，一人進去……」

他一面進入秘道，一面道：「晚輩到了出口，口哨傳音，前輩再入此口。」

錢百鋒道：「如此甚好。」

白鐵軍閃入道中，如一條狸貓一般潛身疾行。

到達盡頭，只見頭上是一方巨石，石邊有一個銅環，白鐵軍伸手一拉，那巨石緩緩自動移開，白鐵軍吹一聲口哨，不一會那邊錢百鋒如飛趕至。

錢百鋒道：「如何？」

白鐵軍道：「出去再說。」

兩人出了秘道，抬頭四看，原來已到了山門之外，看來那兇手可能是先入密閣，從裡面潛出來的。

這時，樹叢中一點晃動，一條白色影子一晃而逝。

錢百鋒大喝一聲：「什麼人？站住！」

他心急之下，雙手震出，那邊數丈之外轟然三棵大樹折倒，白鐵軍不禁暗中咋舌。

只見樹後走出一個白袍和尚來。

白鐵軍一見之下，頓時駭然驚呼，原來那老僧正是那天自絕谷中逃出來碰著的那個武功高不可測的怪僧。

白鐵軍低聲呼道：「錢老前輩，晚輩所說的僧人就是他。」

錢百鋒心中一震，沉聲說道：「這位大師請了。」

那個老僧面目一片肅然，冷冰冰地合十當胸，卻是一言不發。

錢百鋒只覺那僧人雙目之中隱隱閃露神光，他實在猜不透對方的心意，一時也說不出話來。

白鐵軍只覺那老僧雙目不住向自己打量，開口問道：「大師還記得在下麼？」

那僧人突然冷哼一聲，白鐵軍心中一震，思索一會又道：「在下請教大師一事，不知大師可否相告？」

那老僧緩緩拂拂袖袍，冷然答道：「問什麼？」

白鐵軍沉聲道：「大師到底是少林寺什麼人？」

那老僧陡然雙目一翻，大吼道：「小子，你說老衲是少林僧人？」

他這一喊，好比驚天巨雷，白鐵軍登時被駭得呆了一呆，以他這等內力造詣，心中猶自巨震，那老僧的內家真力真是不可思議了。

白鐵軍冷笑一聲道：「在下與大師曾有一掌之緣，你若非少林僧人，那至純少林金剛掌力由何而得？」

那老僧似乎被問得一呆，冷笑道：「少林武藝流遍武林，長拳架式，誰不會擺弄？」

白鐵軍只覺他語氣之中完全模稜兩可，真不知他用意何在，錢百鋒這時思索不已，只因他一見這老僧，只覺甚爲眼熟，卻是一時想之不出。

這時白鐵軍又開口道：「大師若非少林僧人，此刻來少林寶寺爲何？」

那老僧笑一聲道：「老衲來瞧瞧少林寺毀壞得乾不乾淨！」

白鐵軍大吃一驚，他不料這老僧回話竟然如此。

錢百鋒忽然插口道：「這樣說來，這些全是大師一手造成？」

這一句話問出，那老僧卻是哈哈大笑道：「這件事老衲原本想做的，只是自認時機未到，不料卻被人登先一步了。」

白鐵軍道：「原來如此，不知大師可知是誰人所做？」

那老僧冷笑一聲道：「你想知道做什麼？你到底與這少林寺有什麼牽連？」

白鐵軍冷笑道：「少林乃是武林正宗，這次生變想必有重大原因，而且在下乃是爲了找尋多年一樁大秘密的。」

那老僧似乎並無太大敵意，只要白鐵軍有問，他都是必答，這樣反而更使得錢百鋒與白鐵軍難以猜測。

這時他又開口說道：「你找那方丈問秘密麼？」

白鐵軍斜目望了望望百鋒，錢百鋒微微一頓，插口說道：「不錯，咱們此行是找尋少林主持而來。」

那老僧嗯了一聲又道：「那少林主持絕少行動武林，若說要向他探問秘密，那可奇怪了。」

錢百鋒心念一轉，忽而問道：「少林寺藏龍臥虎，能人如雲，竟爲人摧毀至此，老夫以爲必然大有原因，方丈主持的功夫老夫不知，但縱及不上老夫，必也相差不遠……」

他說到這裡，故意停下口來，果然那老僧雙眉一軒，冷笑道：「少林方丈之能，你哪裡知道！」

錢百鋒冷笑一聲道：「老夫雖然不知，難道你又知道了麼？」

那老僧冷笑一聲道：「老衲不但知道他的能耐，錢百鋒，你的功夫老衲也是清楚得很。」

錢百鋒猛然吃了一驚，他料不到這老僧居然知道自己的姓名，只覺越看他越是面熟，卻是想不起到底在什麼地方和他見過面。

那老僧見錢百鋒沉吟不語，又是一聲冷笑道：「錢老施主昔年號稱中原第一魔頭，那手段自是高強了，但那少林方丈佛門心法已浸淫入化，去繁為拙，就是老衲也未必有把握能勝他，嘿嘿，錢施主的話未免有些過分了吧！」

錢百鋒從他口氣之中，越發肯定這老僧與少林寺有不淺的關連，他故意微微一哂道：「如此說來，少林遭受此敵，豈非萬不可能之事？」

那老僧冷笑道：「據說那方丈坐關不出，外敵乘隙而入。」

錢百鋒吃了一驚，說道：「如此說來，方丈未離古剎，也罹難了麼？」

那老僧冷然道：「錢施主以為如何？」

錢百鋒越覺這老僧身分離奇，他問答之間似乎全無心機，卻弄不清到底是裝或是真！

那老僧四下張望了一下，又開口說道：「少林方丈十年來足未出戶，兩位要向他打聽的秘密，老衲可以猜著！」

白鐵軍心中一動，以目望那錢百鋒，錢百鋒故意冷冷一笑，一言不發，眉目之間卻全是譏笑之意。

那老僧果然冷冷一哼道：「你不相信麼！來找少林方丈，必是為了那十年前土木之變！」

白鐵軍心中大動，大聲道：「大師，你也知道此事麼？」

那老僧忽然仰天冷笑道：「若是兩位果真見著少林方丈了，也是白費心力，那方丈是絕不會相告的！」

白鐵軍大聲道：「那也不見得！」

那老僧只是冷笑不語，白鐵軍和錢百鋒只覺這老僧怪異無比，恐怕有所關連。

白鐵軍見他冷笑不答，忍不住大吼道：「大師如果知道昔年之事，還請賜告一二。」

那老僧陡然之間面色一沉道：「小子，你口氣倒是不小，你是什麼東西？」

白鐵軍道：「在下白鐵軍。」

老僧冷笑一聲，沉聲說道：「你要打聽此事為何？」

白鐵軍為之一怔，想到楊老幫主一生秘密未明，丐幫群雄支離破碎多年，全是為了此事，只覺關連太大，一時說不出話來。

那錢百鋒笑了一聲道：「他想打聽此事，乃是為了那楊陸老幫主！」

老僧面上神色陡然一變，冷然道：「楊陸的事，要他插手麼？」

錢百鋒冷笑道：「楊陸的事，乃是天下武林的事，有血性的人都有一問的資格，何況白鐵軍乃是當今丐幫之主。」

老僧怔了一怔，大喝道：「你是那楊陸什麼人？」

白鐵軍冷冷一笑，沉聲說道：「楊老幫主是在下義父！」

老僧忽然仰天大笑起來：「好，好，老衲等這一天等了十年了。」

白鐵軍冷笑道：「大師此言何意？」

老僧沉聲道：「那一年，楊陸對老衲說，當丐幫新主再現之日，老衲便當將昔日的經過說明。」

白鐵軍忍不住大喝道：「那楊幫主什麼時候與你說的？他現在何方？」

老僧冷笑一聲道：「小子，你態度太狂了！」

白鐵軍只覺一股怒火直沖而上，那原有一點駭懼之心登時一掃而空，他大喝一聲道：「你到底說是不說？」

老僧面色一變，冷笑道：「老衲倒要看看，楊陸的功夫你學了多少！」

白鐵軍大吼一聲，陡然上前一步，右拳斜起，平平直劈而出。

他心中知老僧功力高強無比，這一掌劈出乃是用足了十成功力，他的內力造詣此時已達絕頂高手，那掌風破空，只聞銳響一聲，周圍的空氣好像完全被撕裂開一般。

那老僧面上神色一變，右掌一拂，左手捏拳自脅下猛翻而出，疾迎而上。

白鐵軍只覺手上一重，忍不住吐氣，大喝一聲，左拳再擊而出。

那老僧不料白鐵軍內力深厚如此，一掌發出，竟然還有餘力再發內力，心中驚疑之間，左掌反迎，但因力道倉促之間運之不純，白鐵軍千斤重力擊了出來，老僧只覺手中一熱，身形不由得一陣搖擺！

錢百鋒忍不住讚了一聲：「好拳！」

白鐵軍只覺體內真力運轉，吐散之際，自知全身已達真力顛沛之峰。

那老僧緩緩將雙手提在前胸，刹時之間，雙目之中射出奪人心魄的寒光。

白鐵軍只覺天神合一，站在一邊的錢百鋒冷眼觀看，只見那老僧面上一層青氣漸淡而濃，自頂門向下展開。

錢百鋒心中一驚，大吼一聲道：「白鐵軍，快出掌！」

白鐵軍只覺心中一震，應聲大吼一聲，右掌一拳，驀然他也瞥見那老僧面上一層青茫茫的顏色，只覺一陣冷汗陡然泛出遍體，他右手抬在空中，再也來不及多慮，左掌一彎，右掌斜出，踏身側身、吸氣翻掌，刹時只見他頭上黑髮直立而起，右掌一撞，猛衝而出！

幾乎在同一時間，那老僧雙掌一抬，一前一後疾呈而出。白鐵軍只覺一股古怪無比的回轉力道自身體左側生出，右邊卻是巨大得難以抗拒的推力，兩股迥然不同的力道相輔而成，白鐵軍只覺心臟一陣狂跳，全身有一種即將被壓裂的感覺！

但在這一刹時，白鐵軍的內力也全力發出，只聽半空中一陣嗡嗡之聲，彷彿平地捲起一陣風暴，白鐵軍的身形一步一步向後退，他每一步退得艱難無比，似乎那一股吸力正將他吸向前方！

錢百鋒滿面全是緊張之色，他雙目圓睜，緊緊注視著白鐵軍的足步，一直等到白鐵軍後跨了五步。

錢百鋒長長吐了一口氣，忍不住大吼一聲道：「白鐵軍，楊陸有後了！」

白鐵軍一直退了五步，才覺前後壓力一輕，他不知不覺間已是遍體汗濕，茫然望著那老僧，只見那老僧雙目之中一片深沉，這種功力，這種內力，白鐵軍今日才算開了次眼界。

那老僧呆了一呆，似乎萬萬不料白鐵軍竟然能脫身退出。他雙目如電，注視著白鐵軍，好一會，沉聲一字一字說道：「那楊陸的擒龍手也傳給你了！」

白鐵軍只是喘息著。

錢百鋒忽然一步跨了上來，冷然道：「大師，你還不承認是少林僧人麼？」

那老僧面上殺氣忽然一斂，他微嘆了口氣，低聲說道：「少林三大神功，擒龍手久已失傳，傳聞楊陸習成，老衲一再不能置信，今日一掌，老衲是滿意了。」

錢百鋒默然無語，白鐵軍也是一言不發，那老僧緩緩向後退了兩步，登時場中一片沉默。

忽然一陣輕微的腳步聲傳來，三人互相望了一眼，心中都起了一個感覺：

「來人是個大大高手，輕身功夫已達上乘巔峰。」

白鐵軍輕吟一聲，只見路彎角處人影一閃，一個青袍老者走出，白鐵軍低聲對錢鋒道：「是銀嶺神仙薛大皇！」

錢百鋒點點頭，臉色忽然沉凜起來，那青袍老者走前幾步，一見錢百鋒，臉上神色一變，全是尷尬之色。

錢百鋒朗聲道：「原來是薛兄，老夫以為薛兄與左老弟在一塊哩！」

那薛大皇臉色微紅，支吾地道：「左大俠與他孩兒有急事走了，叫我過來通知一聲。」

那老僧驀然雙目一睜，寒光四射，注視著銀嶺神仙薛大皇，半晌道：「薛大皇，想不到你竟淪落到為人跑腿，老衲好生不解！」

薛大皇強笑道：「大師說笑了！」

那老僧冷冷一笑道：「姓左的、姓錢的，還有你薛大皇，東奔西跑，便是要打聽出昔年星峽之事原委，老衲就成全爾等，看看真相大白，你等又能怎樣？」

錢百鋒心中一陣緊張，他目睹這老僧的神奇武功，知道此人功力之深，真是神鬼莫測，這時這怪僧要揭露昔年一段公案，以他之能，身分之尊，一定不會信口胡說的了。

錢百鋒道：「正要大師指點，以開茅塞。」

那老僧雙目漸漸下垂，兩道雪白長眉直飛入鬢，輪廓之間，實在是個出類拔萃、叱吒風雲的人物，哪有一些像是勘破世情遁世的和尚了？

那老僧緩緩地道：「那年丐幫幫主楊陸探悉英宗皇帝親征土木堡，楊陸知道此舉是皇帝中了奸人之計，自投虎口之中，他這人倒也是個英雄，自許一身負天下蒼生之責，於是星夜兼程率領丐幫精英，齊赴英宗之難，並且約邀了中原各派武林高手，齊赴土木堡拯救皇上出險。英宗皇帝親征瓦剌，雖是受了朝中奸小之計，但當年主張親征最力的人，卻是皇帝奉為師傅的大學士周公明。」

他此言一出，眾人卻是一震，錢百鋒心中更是凝重起來，心中暗道：「昔年之事，周公明的確是個主角，此人撲朔迷離，是忠是奸，至死猶令人不能明瞭。」

白鐵軍心中卻想到：「周公明，羅漢石……老幫主昔年之秘便要揭曉了。」

想到此，心中不禁大為緊張，四人中只有薛大皇臉上神色怪異，似乎心不在焉似的。

老僧又道：「那周公明是個蓋世奇才，行軍佈陣，天文地理，星卜謀略無一不精，實是自諸葛武侯以來第一人也。」

薛大皇臉上露出一絲不屑之色。

那老僧冷冷地道：「薛大皇，你自命是一代才子，但如和周公明鬥智鬥謀，只怕還是以卵擊石，不堪一擊。」

他不理會薛大皇怒容滿面，接著又道：「楊陸等人趕赴土木堡，瓦刺大軍已告合圍，要想從千軍萬馬之中拯救皇上脫險，真是談何容易？他一片孤忠，率領天下高手，死傷無數，卻總算讓他殺進了重圍，見到了皇上。」

白鐵軍忖道：「楊老幫主明明隻身出星星峽，怎地又見到了英宗？這其中的過程到底如何……」

老僧接著道：「英宗這時正在彷徨無計，瓦刺一日數次請戰，合圍圈子愈縮愈小，這楊陸趕到之際，軍情已到火急地步，他直奔皇上大營，那周公明與楊陸原是舊識，楊陸立刻求見，皇上正在召各營大將會商突圍之計。周公明馬上引見皇上，英宗此刻早就惶然不知所措。

周公明道：『皇上，此人一到，情勢立刻大變。』

英宗道：『咱們數十萬大軍被困此死地猶自坐以待斃，區區一人何能扭轉大局？』

周公明微微一笑道：『小臣此次隨駕出征，早就立下一個錦囊妙計，此計雖佳，卻是無人穿針引線，現在穿針引線之人一到，小臣項上人頭做保，不出三日，瓦刺軍自會退去。』

英宗皇帝聽得眼睛一亮，他素知周公明之能，當下只見周公明施了一個眼色，立即屏退各將，引先走進內帳，周公明和楊陸跟了進來。

周公明附耳低聲說了一陣，只聽得英宗皇帝臉上泛光，丐幫幫主楊陸點頭頷首，三人商談至深夜，那英宗皇帝忽然站起身來，御手握著丐幫幫主楊陸，半晌道：『朕之生死安危托於卿家，望能奮發鷹揚，他日還朝，此卿家第一功。』

楊陸垂淚跪下道：『臣民鞠躬盡瘁，死而後已。』

英宗握著楊陸雙手，良久也垂下淚來道：『此去真是出生入死，如非情勢所迫，朕如何忍心要卿家獨身犯此大險？唉，如此壯士……唉！』

楊陸雙目一睜，神光四射道：『稟皇上，臣民自忖此事成功之機並非渺茫，皇上請放寬心，臣民這就再出星星峽去！』

英宗頷首默然，那周公明和楊陸走出皇帳，楊陸一出來便質問道：『周大人，你一向謹慎，這次力勸皇上御駕親征，輕涉險地，是何道理？』

那周公明仰天一聲嘆息道：『朝上奸小橫行，皇弟久蓄異心，皇上處於深宮，危機重重，倒不如身在大軍擁執之下來得安全。』

楊陸一怔道：『如果我不趕來，此事如何得了？』

周公明微微一笑道：『如果我不知老弟性子，怎配做大學士？如果老弟聞君難而不星夜趕到，怎能稱為丐幫忠義幫主？』

楊陸啞然，半晌道：『我這便動身，你快將那東西拿來！』

周公明臉色一暗道：『此事正如皇上所說，真是危機重重，那北魏魏定國的厲害，老弟也是知道的，聽說此人又請了一個幫手，我此計陷老弟於危難，唉！』

楊陸只是催促，周公明道：『楊老弟，我有一計，此計雖是最簡陋，但此事也只好如此，你帶了多少丐幫忠義兄弟來？』

楊陸道：『五個，卻皆非丐幫兄弟！』

周公明道：『那也無妨，老弟快傳令五人，均著丐幫九袋幫主服飾，咱們今夜便殺出去！』

楊陸一怔，立即恍然，半晌道：『你這計策雖是不錯，但北魏手下極強，唉，我那姓錢的老弟如在，這事便可說是萬無一失的了。』

周公明道：『事不宜遲，老弟你就動身吧。』

楊陸點頭而去，不多久，丐幫幫主及五大高手，乘夜而去。」

那老僧歷歷如繪的說著，他口才極是便給，此時雖在多年之後說起當年情由，但仍是栩栩生動，有如目前。

錢百峰心中暗恨道：「唉，那年這當頭我卻不能趕到，真愧和楊大哥肝膽相交一場。」想到楊陸說的那句話，不禁悲從中來，連眼睛都濕了。

他原是個至性至情之人，行事雖然怪癖，但如此以心相交，那真是肝膽相照、至死不渝的了。

那老僧繼續說道：「那六大高手浴血衝破突圍，分途往星星峽而去，六人約定在星星峽與楊陸會齊，再出星星峽繞道至瓦剌京都。但便在各人疾奔星星峽之路上，分別遇著了北魏派來的高手，數場血戰，只剩下楊陸一人。

楊陸遇到之敵人正是魏定國，兩人打了一夜，魏定國吃了楊陸一掌，楊陸被魏定國點了一指，卻是吃虧較大，尤其內臟傷勢也不太妙，楊陸鼓起餘勇，一夜間趕了兩百餘里，眼看星星峽在望，忽然又碰上一個蓋世高手，一場交戰，楊陸再也無能為力……」

白鐵軍聽得目眥皆裂，沉聲問道：「這下手的是誰？」

那老僧凝視白鐵軍一會，緩緩地道：「你知道也是不濟，此人功力太高，你如去找他，也是枉自送死。」

白鐵軍怒氣陡生，正待開口再問，只見錢百鋒一施眼色，當下忍住不說。

那老僧又道：「楊陸當時傷重垂死，那出手的高手只是受人之託，並不知實情，唉，如果當時知道實情，現下可大大不同了。」

白鐵軍忍不住問道：「什麼？」

那老僧道：「當初六人出土木之圍，每人身上都帶著一紙關係瓦剌國本之文件，但卻只有楊陸所攜是個真本，唉，如果那人當時知道了，現下只怕已當了瓦剌當今皇帝。」

眾人又是一震。

那老僧道：「原來周公明得知瓦剌皇帝昔年因國內大亂，先皇死於亂中，偽詔而居大位，真正先皇太子卻流落中原，周公明不知從何處得到太子皇家證件，他要楊陸攜之入瓦剌京城，忠於先皇之將士將起而響應，京師一亂，前方還能打仗麼？」

錢百鋒心中不住暗恨道：「這正是斧底抽薪之妙計，壞便壞在當年那幾個糊裡糊塗的老王八，既壞大事，還累我蒙不白之冤……」

老僧接著道：「再說那瓦剌領軍圍英宗於土木堡之元帥，正是昔年先皇之禁衛軍大統領，如此一定回師京都，英宗之圍立解，但北魏技高一籌，早便派人狙擊，結果楊陸是一敗塗地了。

北魏真意是欲得那太子皇室證件，可以此挾令瓦剌當今皇帝，是以療傷一日，又沿途追蹤而來，終於發現楊陸強支傷體步步唯艱北行。

魏定國見到楊陸，哈哈笑道：『楊陸，你還有什麼話說？』

楊陸慘然一笑，疾步前行，奔了幾步，再也支持不住，一跤摔在地上。

魏定國正待上前，忽然身後飄然來了一人，輕描淡寫幾招，便將楊陸救走。

魏定國雖然眼睜睜看著那人將楊陸救走，但心中卻是明白，楊陸一條命是再也活不成了。」

當下錢百鋒道：「出手救楊老幫主的，可是東海董氏昆仲麼？」

那老僧沉然地斜著頭，半晌道：「董氏昆仲？哼！」

錢百鋒沉吟不語，那老僧道：「江湖上傳說丐幫楊老幫主身陷星星峽之役，其實那只是丐幫香主替身，昔年裡六大高手身著幫主服色，是以誤傳至今，甚至有人傳說真正丐幫幫主埋骸之地，只怕是在東海島中哩。」

白鐵軍心中一動忖道：「老僧所言有些合理，有些有似不合，這老僧到底是誰？昔年之事怎麼知道得這麼清楚？簡直如身歷其境一樣。」想至此再也忍不住道：「你到底是誰？」

那老僧淡淡一笑道：「你們想要知道昔年之事，老衲已講得一清二楚，老衲是誰，小施主何需喋喋？」

白鐵軍望著那深沉的臉孔，忽然心念一動，脫口而叫道：「你……你便是出手傷我義父的人？」

那老僧不言不語，一長身大步而去，白鐵軍起身欲追，錢百鋒見那老僧一起一落，已在七八丈之遠，對白鐵軍道：「你左我右，咱們一定追得上他！」

白鐵軍點頭起步，如飛向前。

五八　星峽傳說

天色逐漸變暗，天邊出現兩道燦爛的晚霞，這時，在遠處的官道盡頭上，出現了兩個小小的人影。

漸漸，這兩個人影逐漸由小變大，只見左邊一個面目清癯的老者，右邊一個俊美的少年。

那少年仰首望了望天空道：「明天又是個好天氣。」

老者道：「咱們走出這個彎道，就有客棧可以投宿了。」

少年道：「爹爹，孩兒總覺得那銀嶺神仙鬼鬼祟祟的，似乎還有滿腹不可告人的隱秘。」

老者道：「薛大皇這人城府極深，就是他對咱們說的，我也不敢全信。」

那少年道：「就以這次來說，咱們二人好好走在一起的，那天晚上他忽然不告而離，一個人不知又偷偷跑到什麼地方去了。」

老者道：「但是當年之事他是個最主要的關鍵人物，他所說的咱們寧可信其有，不可信其無，好在……」

他說到這裡，也仰首看了看天，心中似乎在盤算一件什麼事情，過了一會才繼續說道：

「好在咱們現在已經有了不少線索，一步步下去，總有水落石出的一天。」

那少年道：「銀嶺神仙說楊老幫主如何？」

左白秋道：「楊陸率著大隊人馬突遭巨變後，奮然獨出星星峽，實在是抱著有死無生的決心，他知道，既然那隱藏在暗中的敵人能用這等防不勝防的詭計殺害群雄，那麼自己獨闖星星峽的行動，敵人斷無不知之理，是以楊陸人未到星星峽，心中已料定敵人在星星峽上定然佈有埋伏。」

左冰道：「楊老幫主既知如此，何不換一條路走？」

左白秋道：「從那塞北進入吐魯蕃，星星峽是必經之道，如果翻山越嶺，時間上便要耽誤數日之久，在那時情況之下，楊陸除了硬闖星星峽有什麼辦法？」

左冰道：「後來呢？」

左白秋道：「楊陸到達星星峽時，正是薄暮黃昏之際，那天本來是個大晴天，不知怎麼搞的，忽然之間，烏雲密佈大雨傾盆而至，楊陸冒雨趕了一程，雨停之時，天已全黑，整個山野暗得伸手不見五指，陣陣陰風吹來，透著一種神秘的恐怖氣息。

這時，忽然山崖兩邊傳來一聲陰森森的呼號之聲：『楊陸，回去，楊陸，回去……』

楊陸停下身來，仰首大喝道：『是那一路的朋友，請出來讓楊陸見識一下。』

山崖兩邊不見有人出來，只不斷地傳來陰森森的呼叫聲：『楊陸，回去……』

楊陸冷笑一聲，對那呼叫之聲不加理會，繼續拔步前行，這時兩邊那陰森森的叫聲變得更加響亮，聲音在山崖峽谷之中迴盪不已。

『前面是死路，楊陸，前面是死路……』

楊陸暗中計算，再有半里路程，就進入峽道最窄的地段，到那裡時，這批裝神弄鬼的傢伙大概就要出來動手了。

楊陸一面想著，一面提神戒備，黑暗中只看到地上濕沙帶著微微的灰光。

忽然之間，兩崖壁上又傳出了聲音，這一回是好幾個人整齊地叫道：『楊陸，楊陸，回頭是岸！』

楊陸理也不理，拔身就向前衝，這時，一聲怪笑傳出，只見兩邊崖上跳下了五個蒙面人。那爲首的一個哈哈笑道：『楊陸，叫你回頭走，你沒有聽見麼？』

楊陸道：『老兄你還是先報個名字再說吧。』

那蒙面人笑道：『你也不必知道咱們是誰，反正咱們認得你就行了。』

楊陸道：『也罷。』他說完就向前衝，身形如箭，那蒙面人一聲大喝，五個人一起圍了上來……」

左白秋說到這裡，左冰問道：「楊幫主足遍跡天下，難道聽不出那人的口音，看不出那人的身法麼？」

左白秋接著道：「照說楊老幫主雙掌打遍天下，沒有哪一門哪一派的招式身法認不出來，也沒有哪個成了名露了臉的人物會不認得，但是奇就奇在這裡了，那五個蒙面人一湧而去，閃電之間楊陸和他們五人各換了一掌，竟然沒有一個人的招式他能認得出來……」

左白秋說到這裡想了一想道：「楊陸當時雖然驚震，但是他只是一心一意要想快些闖過這星星峽，是以也不暇多想，只是奮起掌力，對著五個蒙面人一口氣發出閃電般的攻擊。」

左冰道：「那五個蒙面人的功力如何？」

左白秋道：「那五個蒙面人不知是從哪裡鑽出來的人物，每人一手怪拳，威力之大，令人不可想像。楊陸是何等功力，在五十招後。便逐漸落於下風……」

左白秋說到這裡，聲音忽然變高了一些，他道：

「到了一百招上，楊陸忽然發了狠，施出大擒龍手來，硬打硬撞連鬥了三十掌，五個蒙面高手竟被他一口氣打死兩個，打傷一個，剩下的連忙扶著傷者呼嘯而去，楊陸的內臟因而被震傷，但他絲毫不加考慮，立刻起程趕路。」

左冰道：「後來如何？」

左白秋道：「楊陸跑出尚不及數十丈，忽然兩崖上面又傳來人聲，只聽得一個鬼魅般的聲音道：『楊陸，回頭去，楊陸，回頭去……』

楊陸聽得又怒又寒，心想這樣一關一關地闖，若是敵人一關強似一關，自己如何闖得出星星峽？

他心中雖然這樣想著，身形仍是向前不停，說時遲，那時快，山崖上又躍出三個人來，一樣地蒙著面巾，但是從這三人的身形上一看，便知道這三人的功力猶在方才那五人之上。

但是楊陸在這種情形下，縱然心中有躲避之意，卻也沒有第二條路可走，他依然向前一躍，大聲道：『三位要攔楊陸麼？』

那三個蒙面人成品字形散開，當中一人道：『你向後走，咱們不攔你。』

楊陸向後望了一眼，只見黑暗中一道狹路彷彿不知其遠，他哈哈笑道：『楊陸今日還有向後走的路麼？』

他衝上前去，開掌便打，那三人竟然又是一身怪招，他們各人功力較之方才那五個蒙面人高出不少，但合戰的默契卻是遠不如那五人，楊陸和他們鬥了數十招，自己感覺內傷將要發作了，他暗中忖道：『若是像這樣拖下去，拖得愈長，我的傷勢發作得愈嚴重，要想脫身也就愈無希望，不如豁出去拚它一下，看看造化如何吧。』

於是楊陸又施出了大擒龍手，在一百招上，忽然大喝三聲，將三個一等高手一一斃在掌下。但是楊陸自己也因一口真氣不繼，張口噴出一口鮮血……」

左白秋說到這裡停了一下，左冰聽到楊陸的威風凜凜，不禁悠然神往。

過了一會，左白秋繼續道：「楊陸自知再要強行趕路，只怕立刻就得死在路上，他靠在道邊的樹幹上調息了一番，才再跳起來繼續趕路……」

左冰道：「那星星峽到底有多長的路程，怎麼還沒闖出去？」

左白秋道：「那峽谷倒是沒多長，但楊陸身上已負重傷，當真是咫尺千里呵。」

左冰道：「他有沒有再碰上襲擊？」

左白秋繼續說下去：「楊陸調息了一會後，只想盡快闖出這段峽谷，然而他堪堪轉過那山腳，忽然從山崖上跳下一個人來，他指著楊陸道：『楊幫主，我不同你計較，你快回頭走吧。』

楊陸定目看去，只見那人高頭大馬，雖然蒙著面，卻能看得出來是個和尚，楊陸拱了拱手道：『大師在此相攔，敢問一句……』

那和尚道：『不敢，楊幫主有話請說……』

楊陸道：『大師相攔，敢問是楊陸在什麼地方曾得罪過大師麼？』

那和尚笑道：『沒有，沒有，老實說，老衲與楊幫主還是第一次見面哩。』

楊陸道：『那麼大師可是爲了土木堡的事阻攔楊某？』

那和尚道：『也不是，老衲素知你楊幫主以天下爲己任，是條鐵錚錚的好漢，而老衲是個最沒出息的野和尚，既無國家民族觀念，亦無忠孝仁義，談得上什麼土木堡的國家大事？』

楊陸道：『好，如此最好，咱們既無私仇，又無目前土木堡大事的衝突，大師今日放我楊某一馬，待事後楊某如果尚有三寸氣在，定然尋著大師，有什麼過不去的，大師要怎樣就怎樣，楊陸不敢說半個不字。』」

左白秋說到這裡停了一停，嘆了一口氣道：「楊陸這人領導丐幫稱雄武林，實在有他的一套，他義無反顧，不過必要時卻也能顧全大局，實是一個人傑，他那時身負重傷，實在無法再拚硬仗，是以打算能說得過去便說過去。」

左冰道：「那和尚怎麼說？」

左白秋道：「那和尚哈哈一笑道：『老實說，老衲今天來攔你過星星峽，實是倒楣已極的事，你不必費思心瞎猜，你猜也猜不到的，老衲來此，完全是因爲跟一個人打賭輸了，答應替他做到一件事，如此而已，說來慚愧，嘻嘻……』

楊陸一聽是這麼一回事，氣得差點哭了出來，心想這等重要的國家大事，卻被這個瘋和尚不三不四地相攔，他只得道：『依大師所言，不過是打了個賭而已，楊某身上擔的卻是事關天下安危的大事，大師豈可相提並論？』

那和尚道：『不對不對，老衲平生什麼都不講究，只講一個「信」字，這點信用都不講，老衲還能算人麼？』

楊陸知道這個和尚頭腦不大清楚，跟他纏下來必然毫無結果，只得道：『依大師之意如何？』

那和尚道：『依老衲之意，楊幫主還是向後轉，老衲樂得交差。』

楊陸道：『楊陸若是能回頭，也不會在前兩關不惜殺人闖關了。』

那和尚道：『什麼？前面還有人攔你？』

楊陸道：『兩關一共八個人相攔，嘿嘿，可也沒有把楊某攔下。』

那和尚道：『算你行，那你再試試老衲這一關吧。』

楊陸嘆口氣道：『大師，你是逼人太甚了。』

他說完就強撐負傷之軀，上前舞掌就拍，那和尚大袖一揮，呼的一掌擋來，楊陸大喝一聲：『你……來自少林？』

那和尚冷冷笑道：『老衲雖然來自少林，少林寺裡卻沒有老衲這一號人物。』

楊陸和他碰了一掌，心中大大驚震，這和尚的少林神功竟達如此驚人境界，卻是怎麼也想不出少林老輩高手中有這麼一個人來。

楊陸道：『大師，爲你一人之執迷，縱使今日楊陸死於你手，你甘心承擔那天下眾口之罵麼？』

那和尚嘻嘻笑道：『老衲向來是不顧這一套的。』

楊陸一面聽著他說，一面心已橫了，他強提著一口真氣，沉聲道：『既然如此，楊某得罪了。』

他一躍身形，直對著那和尚衝了過去，那和尚雙袖一揮，一記少林劈空掌當面打來。

楊陸暗嘆道：『看來楊陸今天是斃命於此了。』

他左掌一帶，力道才發，胸中便是一陣劇痛，但是他仍然忍著那一陣劇痛，硬把一股強大無比的掌勁發了出去。

那和尚的少林劈空掌一觸上楊陸的掌力，忽然有如石沉大海，無影無蹤，那和尚大喝一聲：『好楊陸，名不虛傳！』

楊陸已經身如旋風，飛快地繞過那和尚的身邊，搶道而行，那和尚大喝道：『看掌！』只見他身上衣袍忽然抖動，一記金剛掌對準楊陸背上打到，楊陸只覺背上彷彿被千斤之力壓倒，他一晃身形，身形不停反進，而且速度快得令人咋舌。

那和尚轟然一掌擊在石崖上，楊陸已經飛過他的身側，和尚掌勢才盡，身形卻如行雲流水一般向後猛退，一遞掌，以平行的方向堪堪拍到楊陸左肩。

楊陸施出平生絕學，竟在這電光火石之間施展出移花接木的小巧輕功絕學，以漂亮無比的迷蹤步法呼地轉到了和尚的左邊。

和尚大喝一聲：『你走得了麼？』

他掌勢不收，左掌同時又向左發出一記少林金剛掌，楊陸避無可避，只得一頓身形，反手拋出一記摔碑手。

兩人易向而立，楊陸冷冷地道：『不是走不了，而是這地方太狹窄了。』

這時他已立身星星峽山道最狹窄的地方，那和尚提氣揚掌，發出一聲沉重無比的氣喘之聲，楊陸知道他要動用少林最強勁的內力發掌了，而在這裡被堵住，除了硬拚，找不出第二條路來。

那和尚呼的一掌拍來，楊陸只覺滿腔力不從心的難過，對方的力量毫無阻礙地直壓己身，他心中忽然感到一種難以形容的悲哀，想到多年來叱吒風雲的英雄歲月，即將隨著這一掌的到臨而逝去了。

想到死，他立刻想到數十個死得不明不白地天下英豪，他忽然想到如果這時自己一死，不僅他們永遠是死得不明不白，天下大勢也就不可收拾，在這時候，楊陸的勇氣忽然再起……」

左冰急切地問道：「楊老幫主就跟他幹起來了？」

左白秋道：「楊陸猛提一口氣，不閃不避，揚起左掌一吞一吐，居然又發出一記大擒龍手。

那和尚和他一碰之下，大喝道：『楊陸，咱們是一樣的，你這也是從少林偷來的嘛！』

『你到少林寺去打聽打聽，連老方丈在內，哪個識得大擒龍手？』

那和尚大喝道：『你再接老衲一掌！』

楊陸氣喘如牛，對著來勢猛一伸掌，又是一記大擒龍手，轟然一聲暴震，那和尚身軀一晃，倒退三步，楊陸卻是面如金紙，搖搖欲墜。

楊陸心中此時已經八分迷糊了，他忘了一切，只記得一件事，那就是立刻衝將出去。

這時，楊陸若是嚥下一口氣，只怕他再無半分戰鬥之力。他身軀雖然搖晃得有若風吹即倒，但是全身最後的功力已集聚右掌，呼之欲出。

只見他主動對著那和尚猛一吐掌，大擒龍掌如巨斧劈山，直撲向和尚。

那和尚雙掌一揚，十成功力運起，硬硬對了一掌，只聽得一聲慘叫，一聲悶哼，狹谷中彷彿被霹靂巨雷震了一下，碎石灰塵飛揚滿天，那和尚背靠著石壁，面上有如白紙，他望著楊陸，只見楊陸頭髮飄散，雙手半揚，如一座鐵塔般立在原地。

那和尚揮了揮手，低聲道：『楊陸，我服了，你走吧！』

楊陸一聲不響，忽然拔起身來就向前衝，一口氣閉住奔出十餘丈，才一換氣，便是一口鮮血湧出，他理都不理，繼續向前飛，一張口又是一口鮮血。

他奔出數十丈，一路吐血而行，到了山腳上，再也支撐不住，一跤仆跌地上。

他心中尚留著一線清醒，他知道若是倒在這峽道中，那麼這一夜的苦戰便算是白打了。

於是他手腳並用地開始在地上爬行，點點滴滴的鮮血一路流了過去，誰會相信不可一世的丐幫幫主此刻正用那生命的餘暉支撐著，手腳並用在地上爬？

他愈爬愈慢，最後幾乎成了一寸一寸地前進，拚著最後一點力量爬過了一個急彎，只覺迎面勁風吹來，四周光線微亮，前面道路地形忽然開闊。

楊陸再也支撐不住，向下一滾，人便失去了知覺，但是他的心裡清楚的知道一件事，那便是他終於闖過星星峽了。」

左白秋說到這裡，輕輕吐了一口氣。

左冰在默然中想像楊陸浴血苦戰的神勇，竟癡癡然忘了開口問下去。

過了一會兒，左白秋道：「楊陸畢竟闖出了星星峽。」

左冰開口道：「後來呢？楊幫主他……」

左白秋道：「楊陸當然沒有死，否則後來的戲是誰去唱？」

左冰道：「那和尚沒追上來？」

左白秋道：「那和尚根本就有神經病，他放楊陸走了，誰知道他跑到哪裡去了。」

左冰道：「那……」他說到這裡，忽然想到一件事來，連忙問道：「銀嶺神仙說了這許多，但他怎麼知道的？他那時在什麼地方？」

左白秋道：「你聽我說下去便知道……」

左冰暗忖道：「這才是最重要的關鍵了。」

左白秋道：「楊陸滾落路邊，等到他醒來的時候，他發覺自己正安穩地躺在一個林子裡。」

左冰道：「到了一個林子裡？」

左白秋道：「不錯，他躺身的對面坐著一個人，正用上乘內功爲他療傷，那人就是薛大皇。」

左冰啊了一聲，想了一下，道：「銀嶺神仙替他療好了傷，於是楊陸就告訴了他這一切經過？」

左白秋道：「正是如此。」

左冰又想了一想道：「後來呢？」

左白秋道：「據薛大皇說，後來他替楊陸療傷，楊陸只好了七成，便要立刻上路，薛大皇留他不住，只好讓他走了。」

左冰道：「那麼薛老前輩呢？」

左白秋道：「薛大皇說他因另有要事，就匆匆和楊陸分手了。」

左冰道：「我總覺得這其中有些問題……」

左白秋道：「咱們當時聽他說完時，也覺得有幾分不對勁之處，但是薛大皇既如此說，咱們也就姑且信他。」

左冰道：「最大的問題是薛老前輩久居塞北，爲什麼會忽然趕到西疆，而且正巧碰上了楊老幫主？」

左白秋點了點頭。

左冰道：「他有沒有說那前兩批狙擊楊老幫主的蒙面人是什麼來歷？」

左白秋搖了搖頭。

這時，他們兩人已走出了那大彎道，前面出現一片平林，夜幕初垂之際，歸鳥成群而過，遠處依稀可看見一兩道裊裊炊煙，左冰道：「快要有人家了。」

左白秋：「咱們稍爲走快一些，早些趕去投宿比較方便。」

左冰點了點頭。

兩人行了一程，左冰忽然叫道：「那個和尚……」

左白秋怔了一怔道：「你說那狙擊楊陸的和尚？」

左冰道：「正是，那和尚不知現在可還在人間？」

左白秋道：「你問這個做什麼？」

左冰道：「我們假設銀嶺神仙薛老前輩所說的前半段都是實話——事實上，這前半段是實話的可能性很大，因爲在這一段所發生的事情都沒有牽涉到薛老前輩本人在內，事不關己，他何必費心思編個謊來騙人？」

左白秋道：「不錯，你繼續說下去。」

左冰道：「假定這半段事情是實，則所有的人裡面，與那設計殺害土木堡勤王志士的陰謀沒有關係的，只怕僅有那和尚一人了，咱們要是能尋得著他……」

左白秋想了一想道：「冰兒，你這一番顧慮極有道理，就怕那和尚現在已經不在人間了。」

左冰道：「如果能尋得著那和尚，我相信必能使許多難解之謎一一揭開。」

左白秋皺了皺眉頭道：「我看這樣吧，咱們上少林寺一趟。」

這時他們穿過一片茂盛的林子，漸漸接近了一個有如棋盤般的小山莊，十幾幢村舍星羅棋布地散在田園四周，家家戶戶都正是晚飯的時候，炊煙和正要罩下來的黑夜密密地接著，村舍裡的小油燈已經點了起來，昏黃的燈光在黑暗的大地上閃爍。

左冰走了幾步，忽然又想起一件事來，他轉頭問道：「爹爹。」

左白秋道：「什麼事？」

左冰道：「你猜那薛老前輩爲什麼要不告而別？」

左白秋搖了搖頭道：「這個人雖非窮凶極惡，但也是一肚子詭計，咱們現在靠他追本溯源，只有多多提防他一些。」

左冰點了點頭。

左白秋道：「我看咱們還是分頭行事比較好。」

左冰道：「孩兒上少林寺？」

左白秋道：「我上少林寺去，你繼續去洛陽，帶著我的信去見駱老爺子，周公明也是一大線索。」

左冰道：「明早就動身？」

左白秋點了點頭，他指著前方，阡陌上的莊稼漢背著鋤頭，牽著水牛成群地正走向家去。

他們怎知道，金刀駱老爺已經不在這世上了……

五九　邪氣佳人

左白秋離開了左冰之後，沿著道路行走，這一條路彎彎曲曲。也不知到底通向何方，不過路勢倒很平坦，是以行走十分迅速。

這時天色向晚，左白秋收住疾奔的足步，心中暗思道：「看來這一條路必然是繞向什麼山野之地，否則在這種時分，道上一路不見人跡，荒僻之極，若是走得慢些，不知今夜趕不趕得出山區還成問題。」

他四下打量了一下，只覺路面越來越是窄狹，兩道旁邊盡是大樹，枝葉茂密，樹影層層照映在地上，更加顯得陰暗。

他皺了皺雙眉，似乎考慮了一下，然後緩提一口真氣，身形更加加快，一路疾奔而去。

奔了約有一頓飯的功夫，這時天色大黑，左白秋只覺體內真氣運換自如，足步愈加輕快，他內力造詣已臻化境，雖然路上是黑暗無比，但他雙目所及，四五丈方圓仍是清晰可見。

驀然之間，左白秋的身形猛地一止，輕輕一矮身形，向左方一閃，無聲無息之間，已閃入了右方樹影之後。

他緩緩提了一口真氣，雙目運足目力向前方望去，果然只聽一陣輕微足步之聲傳來。

左白秋靜靜聽了一聽，雙眉一皺忖道：「這種時候還有人行走此地？倒要瞧瞧到底是什麼來路的。」

他正思索之間，那足步之聲卻是悄然停止。

左白秋耐心地等了好一會，卻是再也沒有聲息，不由心中一凜忖道：「莫非來人也有什麼發現不成？」

他自樹葉之後望去，只見四周一片黑暗，路勢險惡異常，心中思索不已，一時打不定主意，到底要否繼續再行。

正在這時，忽然足步之聲又響起，這一次，那足步之聲似乎很爲沉重，那足步聲走了一陣，左白秋已可感到來得近了，突然一道火光一閃，那足步聲登時停了下來。

左白秋吃了一驚，閃目向那火光之處望去，只見火光閃動，原來是一個火摺子持在一人手中。

只見原來是一個人騎坐在另一人的雙肩之上，難怪那在下的一人足步沉重。

火光閃動之處，只見兩人都是一身黑衣，面上冷冰冰的，左白秋猜不透這兩人是在幹什麼，只覺有一股說不出的神秘和古怪。

那在下的人向左方走了幾步，那坐在他肩上的黑衣人似乎對那左方一叢樹林注意了半晌。

這時他們兩人距左白秋大約足有五六丈之遙，雖有火摺照明，但那火苗很小，隨風上下跳動，左白秋雖窮盡目力，也瞧不出兩人到底在幹什麼。

突然那在下一人開口說道：「老二，你仔細一些，可不能出差錯！」
那在肩上一人嗯了一聲道：「兄弟知道，只是……」
他停了一停話聲，似乎用手撥動了一下樹枝，細細察看了一下，接著又道：「只是，依兄弟之見，咱們可多半是白忙一場。」
那在下的人哼了一聲道：「大先生既是如此費心勞神，想來他必有十足把握。」
那在上一人笑了笑道：「這一條路可真是一根腸子直通到底，別無其他通路，除非那二人果真一出發便選此道，否則……咱們白忙一場定了！」
那在下一人卻不回答。
那在上一人似乎忽然想起一事，開口道：「大哥，咱們倒想漏了一事！」
那在下一人嗯了一聲道：「什麼事？」
那在上一人道：「就算那二人果然上道而來，保不定在他二人之前，還有一個倒楣鬼湊巧路過此處，那……」
左白秋心中一凜。
只聽那在下一人道：「這等荒僻野地，又是黑夜如墨，哪還會有什麼人路過此地？」
那在上一人卻是不贊同，他用手又撥了撥樹葉，開口說道：「好了，這佈置的確萬無一失，只看那兩人的造化了。」
那在下一人道：「你就怕有人先通過此地，咱們過去一些，守在暗中，以防果真有人路過，咱們也好攔阻。」

那在上一人這時自他肩上翻身下地，一邊笑道：「什麼時候大哥也學會了婦人之仁？若是那來人硬要通過如何？」

那爲兄一人冷笑道：「那豈非廢話，他既一心找死，咱們加快成全他，反正只要不影響咱們佈置便成！」

兩人邊說邊走開去，想是去尋找一處藏身起來，左白秋心中大疑，從兩人口氣之中，分明在此地附近佈置什麼危險事物，不知他們對象的「二人」是誰？不過從兩人口中所言「大先生」，左白秋直覺聯想到北魏魏定國！

左白秋心中思索不絕，這時兩人已走遠了，左白秋心中暗忖道：「那兩人想是絕未料到我已來到這附近，只是，我也不知到底有何凶險，豈非要被困留於此？」

他心中一想，立刻下了決定，故意左手一推，那樹身被他內力一壓，登時吱吱響了起來！果然那遠方火光立刻一黑，一個聲音沉聲道：「什麼人？」

左白秋心中暗哼一聲，身形緩緩走出樹影，卻是一言不發！

那兩人身形如飛一左一右夾襲而至，來到左白秋身前不及一丈之處，一齊收足停下。

左白秋雙手微拱，故意道：「兩位是呼喚老朽？」

那兩人怔了一怔，似乎不料左白秋是從何時已來到附近，那爲兄一人沉聲道：「老先生由何處而來？」

左白秋故意怔了一怔，然後向身後那邊已經過佈置不通的方向指了一指道：「老夫一路由那邊行來。」

那兩人一起大吃一驚，似乎想不通爲何有人通過而那佈置並未發生效果的模樣。
那爲兄一人沉吟了片刻，突然冷笑道：「老先生想是說笑話了！」
左白秋雙眉一皺道：「這位此言是何用意？」
那人哈笑一聲道：「老先生是明知故問麼？」
左白秋雙目一閃，兩道精光暴射而出，冷笑道：「你可是有什麼詭計麼？」
那人大吼一聲道：「老頭子，你躲在這附近有多久？」
左白秋冷笑道：「老夫自那邊一路過來，看見那邊有好幾株樹橫倒地上，可是兩位所爲？」
他信口編造，那兩人卻聽了一怔，說道：「什麼大樹倒在地上？」
左白秋故意笑了一笑：「兩位不相信麼？咱們一起同去看看如何？」
那兩個漢子聽得面面相覷，左白秋心中益發感到懷疑，心念一轉，冷哼一聲道：「老夫在前帶路，兩位請跟隨……」
那左首一人嗯了一聲，向同伴微微施了一個眼色，沉聲道：「在下看這倒是不必了，老先生既然由那邊來的，那多半是不會錯。」
左白秋道：「既是如此，老夫一人過去瞧瞧如何？」
那漢子陡然面色一沉，怒聲道：「老先生，咱們告訴你一件事，請你自己衡量衡量！」
左白秋冷冷道：「若是一言直出，也省得許多口舌！」
那漢子面色寒如冰水，沉聲道：「老先生大約也感到咱們一再相阻，不許通過回程道路是麼？」

左白秋心中不知他到底要說些什麼，他料不到這漢子竟會採取這一種應付之法，一時猜測不透用意，僅頷首不語。

那漢子突然一聲冷笑道：「老實說，老先生方才曾說自通路那一端一路行來，以在下之見，這乃是胡說八道！」

左白秋雙眉一挑道：「這一句話怎麼說？」

那漢子冷笑道：「老先生在附近藏身已久，只是咱們一時大意，未加留神，但是，在下以為此事既不關你的閒事……」

他話聲未完，左白秋冷然插口說道：「到底是何事你仍未說出。」

那漢子哼了一聲，向身旁一人道：「兄弟，這老頭既是如此追問，以你之見如何？」

那人明白他話中之意，微微笑道：「大哥，你就說給他聽便是！」

那為兄的冷冷一笑道：「若是在下所猜不錯，你既在這附近聽到咱們交談，也應已聽出一個端倪？」

左白秋見他吞吞吐吐，心知必是拖延時間，雙眉不由一皺。

那漢子卻又接口說道：「不瞞你說，咱們在此乃是為了算計兩人。」

左白秋仔細傾聽，同時雙目留神那漢子面上神色。

那漢子頓了一頓又接著說道：「方才在下與兄弟在四下林之中都佈滿了機關，現在若是有人經過，那機關立刻發動，不論什麼都將慘斃當地，是以咱們一再相阻老先生，怕老先生誤觸機關，命喪當場，咱們固是於心不忍，再加上這機關發動之後，那兩人即可安然過道，豈非更爲難堪？」

左白秋雙目一轉，冷笑一聲道：「這等機關埋伏，難道果真如此有效麼？」

那漢子微微笑了一笑，卻是不作答覆！

左白秋略一沉吟又道：「原來是這一回事，照此說來，確是不關老夫之事了。」

那漢子微微一笑道：「老先生好說了！」

左白秋冷笑道：「只是，如若兩人所攻擊的兩個對象正是與老夫有所關連，那便不同了。」

那漢子微微一笑道：「這一點在下也曾想到，不過在下考慮過，不論這兩人與老先生有否牽連，也不論老先生所言是虛是實，在下都準備以實相告。」

左白秋哼了一聲道：「是麼？」

那漢子笑了笑道：「那是因爲，不論今日之事何如，咱們都不能放走你，所以你雖得知一切，嘿嘿……」

左白秋面上的神色忽然一鬆，似乎忍不住感到好笑起來，他插口說道：「原來如此，老夫倒是看走眼了。」

那兩人互相對望了一眼，突然一左一右，緩緩走上前來。

左白秋心念微轉，故意冷笑一聲道：「老夫到現在還不知道那兩個即將慘死的人到底是什麼身分？」

那居左爲兄的漢子停下來，哈哈大笑一聲道：「說出來，你可能不會相信呢！」

左白秋這時體內真氣早已貫注，只是他內功造詣甚爲高明。面上自然，毫無一絲跡象，其實已如待發弓箭，隨時有爆炸的可能。

那漢子接著道：「那兩人一老一少，可是名重天下的人，老的一個爲十年前武林第一魔頭錢百鋒，想來老先生總聽過吧，年輕的乃是丐幫幫主白鐵軍……」

左白秋只覺心中大大一震，他一口真氣直衝起來，開口之際，語氣有如金石落地，一字一字道：「你們安排的是什麼機關？」

那漢子雙目一橫，臉上笑容陡然全收，大吼道：「你知道的還不夠多麼？」

突然間，一聲低嘯自小道的方向傳來，那兩個漢子面上神色一變，左白秋心知必是在那一方守望的人已發現了來人，想來多半便是錢、白兩人。

左白秋雖知錢白兩人的功力極爲高強，但念及這機關乃是北魏所設計，必然是置之於死地方才甘心，魏定國的手段左白秋但望心寒不已，這時眼見錢、白兩人已走上小道，由那嘯聲判斷，兩人足程不過一盞茶功夫，心中不由大急，再也忍耐不住，大吼一聲道：「到底是什麼機關，兩位不肯相告？」

那兩個漢子對望了一眼，突然一齊身形暴起，一左一右襲向左白秋。

左白秋一口真氣直沖而上，左手猛然向外一弓，右手好比出洞猛虎，一砍而下！

他這一掌才出，掌緣勁風之強，竟然引起一聲銳響，那兩個漢子身形猶在一丈之外，只覺一股內力有如排山倒海遙擊而至，不由一齊驚呼出聲！

左白秋身形陡然之間好比鬼魅一般一閃身下，簡直有如一道灰光，身形暴射而出，左右掌一分再合，只聽得啪啪兩聲，那兩個漢子竟然在什麼都尚未看清之時，已遭擊中胸前穴道。

左白秋不待兩人僵直的身體倒地，身形在空中一折，一左一右持住兩人，大吼道：「什麼機關？你說是不說！」

那居左一人一抬頭，只見左白秋雙目之中神光暴射，殺氣森然，不由打了一個寒噤，那居右的一人卻大吼道：「你是那錢百鋒什麼人麼？」

左白秋心中急慮，哪還有心情聽他故意拖延，左手內力陡增，那漢子只覺全身一陣奇寒，有說不出的難過，忍不住大吼一聲，但那奇寒奇酸的感覺卻是有增無減。

左白秋面露殺機，一字一字道：「你說是不說？」

那人只覺那目光中有一種說不出的攝人心神，全身一寒怔怔地道：「是炸藥！」

左白秋左手一鬆，那人一跤跌在地上，竟是已然昏絕過去。

左白秋回首一看，只見小路上仍是黑沉沉一片，樹林交雜，哪裡看得出有什麼機關？

且說左冰獨自而行，他和爹爹聚散無常，早成了習慣，是以胸中並未有什麼依依之情。一路上追著日影而行，不多時日影西墜，趕到一處大鎮。

左冰腹中飢餓，漫步走入城中一家酒樓，揀了一個靠窗角落，點了數樣菜餚配酒小酌。

這時正當華燈初上，酒樓中甚是熱鬧，左冰長吁一口氣，俯望街上行人熙攘，人人都疾步而行，或為商旅，或為販夫，每人臉上都是一片疲態，正要趕回去吃頓晚飯，休息一天的疲乏。

左冰瞧著瞧著，心中不禁感到寂然，暗忖：「不知那一天我也能在自己家中吃飯？」這雖是極小願望，但左冰這些日子浪跡天涯，何曾有一日寧靜地度過？此事對他自然成爲一種奢望了。

他正胡思亂想，忽然樓梯動處，走來一對少年男女，左冰眼快，早就認出他倆人來，正要起身招呼，忽見這兩人神態親暱，似乎沉醉在柔情蜜意之中，對於四周人眾根本並未絲毫注意，倒不好意思打擾他們。

這對少年男女年紀極輕，那男的長得挺拔秀逸，真如臨風玉樹，那女的貌美如花，臉上一片純真，恰如濱水白蓮，他倆這一出現，整個酒樓中人眼睛都是一亮，心中無不暗自喝采道：「好一對璧人。」

那少女微微一笑，向眾人投過一瞥友善的目光，便選了一處雅座坐下。

左冰見他倆人無恙，心中也是高興得很，心中想道：「董敏更出落得標緻了，這太湖姓陸的不知前生積了何德，如此美人傾心相許。」

想到此，又感自己甚是無聊，舉杯飲了一口酒，又想道：「看來這姓陸的巨毒已解，董二先生膝下只有這一個寶貝孫女兒，愛屋及烏也不知爲他花了多少心血，唉，多麼幸福的一對璧人！」

他想著想著，不由連連喝了幾杯，臉上泛起微紅，心中更是開朗，只聽見那董敏點了幾樣價廉清淡之菜，那姓陸的少年臉上神色頗不自在。

那堂店招呼下去，董敏柔聲低語道：「陸哥哥，咱們可得省點兒，這一路上花費太多了，不要盤川花盡，回不了家才慘哩！」

她低聲細語，整個酒樓中就只有左冰內功深湛，能夠聽得清楚，那太湖陸公子不以爲然低聲道：「天天都吃這種粗濫之食，敏敏，我怕妳人會憔悴了，婆婆不氣才叫怪哩！」

董敏嫣然一笑，柔聲道：「我從小便節省慣了，陸哥哥，你不要以爲婆婆怎樣，她雖出身大貴之家，但一向也是樸素淡泊，她雖然有許多許多值錢的玩意兒，可是從來也懶得穿呀戴呀的。」

那陸公了臉上表情微微尷尬，柔聲道：「我錯了。」

他倆人說話聲音雖低，但倆人那種摯愛相呵、至死不渝的表情，卻是人人都能領會得到的，左冰心想：「這兩人摯愛對方，已達不能自己的地步，在他們心目之中，對方的重要早就超過了自己本身，自己也是爲對方活著。」

左冰心中甚是感動。

左冰聽這一對小情侶談笑，心中卻想到：「上次白髮婆婆一下子便給我四錠黃金，原來她樸素如斯，這人竟刻己以厚待人，真是天生高華，名門閨香。」

左冰吃得差不多了，他想起身會帳，順便和這對小情侶打個招呼。他才一起身，忽然門簾掀處，走進一個華麗女子，全身珠光寶氣，明艷照人，眾人眼前不由又是一亮。

那華麗女子年紀也是極輕，看來不過十八九歲，但她那身打扮，珠垂翠冠，玉釵碧簪，長裙垂地，隱隱泛著柔柔光彩，更襯托得這女子似仙似幻。

左冰心中好奇，不禁又坐了下來，打量了她兩眼，那華麗女子有意無意間對左冰一笑，左冰只覺眼前一陣目眩，心內恍然，有一種從來未有的願望，想要多看這女子一眼，如果能和她說上一句話，那真是死亦瞑目了。

他迷糊了一陣，忽然聽到董敏輕輕地道：「陸哥哥，這女子項上那串珠子，只怕少見。」只聽見太湖陸公子道：「我將來也替妳弄一副來，那珠子項鏈掛在妳身上，一定比這女子美十倍不止。」

董敏連忙道：「我才不希罕哩！」她雖是如此說道，但女子愛好珠寶奇巧之物，乃是天性所至，偷空又瞟了那女子項上珠寶數眼。

那華麗女子一招手吩咐店夥道：「來一桌全席，乾果四碟，時下水果四種，我說全席是：熊掌、鴨舌、鹿脯、猴腦、燕窩，那魚翅、海參便不必了。」

她邊說那店夥邊記，記到後來眼都發直了，等她說了一個段落，那店夥傻傻地道：「那熊掌、猴腦、鹿脯都是稀貴之菜，姑娘要請客大宴麼？客人什麼時候來，如果來得太早了，小店怕無法準備齊全。」

那女子一怔道：「我哪裡要請客了？我一個人吃的！」

那店夥的心中一呆，幾乎碰倒桌上茶壺，他支支吾吾半天才說道：「這一桌可要花上數十兩大銀，再說……再說姑娘一個人也吃……不了這許多。」

那女子臉一沉道：「你囉嗦什麼？你這店號稱山珍海味齊全，如果少了一樣，當心姑娘一把火把你這黑店燒光。」

她橫蠻不講理地說著，眾人雖覺這女子傲氣凌人，但美人無論輕嗔薄怒，蠻橫刁難，都自有一番美麗，是以並未生出反感，那店夥不由得看呆了。

那女子又怒道：「喂，你看什麼？快下去吩咐廚房！」

那店夥癡癡地道：「小人……小人看姑娘……姑娘生得實在好看……」

他此言一出，眾人都自樂了。

左冰心中暗暗替那店夥擔憂，忖道：「這刁蠻女子怎容得這小子口舌輕薄，一定會大發雷霆。」

但等了一會，卻只見那女子笑嗔道：「呸！你懂得什麼好看不好看！」

那店夥唯唯諾諾下去了。

左冰心中忖道：「這女子不知是何路數，看她一身打扮，實在是像來自深宮的金枝玉葉，但行事之間漫無法度，全無皇家閨秀之氣派，這倒奇了。」

那女子無意間又瞟了左冰一眼，臉上笑意盎然，神情又似善意，又似揶揄，左冰被她笑得不自然起來，心中頗為不安。

那女子轉頭對董敏笑了笑，逕自走上前去。

董敏臉色微變，雙目凝視那女子，看她有何舉動，這百忙當兒還不忘注意那心上人陸公子的表情，只見他臉上淡淡然毫不殷勤，心中不由一喜。

那女子走到董敏桌前，自己拉出一張椅子逕自坐下，董敏冷冷地道：「不知這位姊姊有何貴幹？」

那華服女子笑道：「我見小妹妹生得像花一般好看，便忍不住前來瞧個清楚。」

董敏見她年紀比自己也大不了多少，居然倚老賣老，而且大凡像董敏這般半大年齡的少女，最忌別人以小孩視之，當下心中有氣，正待發作，但見那女子笑靨如花，語氣友善又稱讚自己，實在罵不出口來。

那女子笑道：「小妹子，妳放心，青菜蘿蔔各有所愛，妳心中愛的寶貝，別人說不定視爲敝履，連瞧都不用瞧一眼。」

她語中十分露骨，眾人見這兩個美麗少女鬥心鬥口，心中又是好笑又是希望看個熱鬧，那本來已自用完飯的客人，都坐定不走。

董敏勃然大怒，小臉漲得通紅，沉聲道：「咱們可認不得姑娘，也不敢攀這交情，妳……妳請去用飯吧！」

那女子雖和董敏只相差一兩歲，但舉止卻極是老練，她嫣然一笑道：「小妹子妳不認識我，我可認識妳，妳有個天下最最了不起的爺爺，還有一個像神仙的婆婆，是也不是？」

她說到後來，聲音漸漸放低。

董敏心中一驚道：「妳是誰？妳怎麼知道？」

那華服女子道：「我可知道得清楚，這小子姓陸，唉，這樣的傻小子，偏有這等福氣，真叫人心中好生不服。」

陸公子臉上一紅，但他系出名門，自幼家教極嚴，怎能和一個女子鬥口爭長短，當下哼了一聲，一言不發。

董敏再也忍不住罵道：「妳是什麼意思，有意找碴兒麼？姑娘可不是什麼好欺的人。」

那華服女子只是打量著董敏，口中連聲讚道：「好一個玉貌姑娘，偏偏生性這樣純潔多情，唉，如果有這麼一個姑娘替我梳頭，這一輩子也夠啦！」

董敏心中更是一驚，臉色愈來愈紅，暗自忖道：「我替陸哥哥在小溪邊梳頭的事也被她瞧見了，這女子跟蹤我多時，我怎麼卻未發現？」

那華服女子道：「小妹子，我真羨慕妳能夠如此一心一意去愛那小子，妳喜歡我這珍珠項鏈是不是，便算大姊姊送給妳陪嫁之物吧！」

她說完伸手解下項上珠鏈，放在桌上，董敏心中更是又驚又惑，半晌說不出話來。

那女子道：「這珍珠鏈子雖是價值連城，但如和小妹子一片純真的一顆心比起來，那又微不足道了，妳推辭也是沒有用，姊姊想要做的事，從來都不會放手的。」

董敏搖頭道：「那妳這次可不行了，妳我素昧平生，再怎樣我也不會接受妳這名貴之物。」

那華服女子笑笑不語，起身便走。

董敏急叫道：「且慢！」

那華服女子搖頭道：「我決定之事，從無人能夠改變。」

董敏是少女脾氣，她雖極愛那珠鍊，但她生性並非愛好虛榮之人，這時少女性子一使，哪還想到這是價值連城的寶物，便是萬里錦繡河山請她去當皇帝，她也是不暇多顧了，當下拿著項鍊，趕上前硬要還給那女子。

這時整個酒樓客人都呆了，先前因兩人低聲說話，是以並不知她們談些什麼，後來見那女子拿出珠鍊，人人屏息聚神觀看結果。人人心中都想世間竟有這等怪人，這等珍貴之物送給素昧平生之人，而別人竟不領受這般情，當真是天下奇聞了。

那女子臉色一變怒道：「妳受是不受？」

董敏搖搖頭道：「偏偏不受。」

那華服女子大怒叫道：「別不識好歹，妳當我這玩意兒沒有人要麼？」

董敏倔強道：「管妳有人沒人要，我便是不要。」

那華服女子凶狠狠瞪著董敏，那陸公子走上前來，怕那女子突然撒野，董敏猝不及防要吃大虧，左冰也是暗暗戒備，心想這女子實在邪門得緊，如果她陡然動手，自己也不能袖手旁觀。

那女子怒視董敏，過了一會，忽然目光柔和下來，雙眼中充滿了懇求，半晌低聲道：「小妹子，我求求妳給我一個面子。」

說到後來，竟是語音發澀，秀目中孕育淚光，董敏心中一軟，嘆口氣道：「妳真是怪得很，這樣名貴之物，去賣些錢豈不甚好，偏偏要送我，這是幹什麼？」

那女子一喜道：「小妹子，那妳是答應了？」她笑嘻嘻地又道：「小妹子，除了妳之外，又有誰有資格戴此寶物？」

董敏這人天性最是吃軟不吃硬，她見那女子楚楚可憐求她，心中再也硬不起來，收起那串珍珠道：「多謝姊姊，請教姊姊尊姓大名？」

那女子笑笑道：「名姓乃身外之事。何足掛齒？」

董敏也頗乖巧，當下也不再追問，半晌道：「姊姊，咱們共飲一杯，以祝妳我相會之緣如何？」

那女子拍手叫好，伸手拿起酒壺，倒了兩杯黃酒，舉杯一口飲盡，董敏喝酒，從來只是沾唇而已，此時不願失了面子，拚著一條命也是一口飲下。

那女子豪爽地道：「小妹子，妳我一見如故，異日有事，愚姊自當效力，我送妳一件物事，妳行走東南沿海，只要出示這玩意兒，包管一路上管吃管用，人人像接公主娘娘一般善待妳！」

董敏也不推辭，她這人最是異想天開，此時既有心和這女子相交，便不再俗套客氣，伸手接過，原來是塊碧翠玉牌，放在手中，泛泛生輝。

陸公子在旁一見這玉牌，當下神色一變，半晌道：「姑娘來自東海？」

那女子哈哈大笑道：「你這傻小子見識倒還不差，糟了，糟了，我可露出底來，我是真心和小妹子結交，你可別庸人自擾，推三阻四，大家都是無味。」

她說到後來，只見董敏顏色不善，心知自己所言辱及那傻小子，是以這個寶貝姑娘心火了，當下心中一陣感觸，悵然不樂忖道：「唉，如果有一個人這樣關心我，便是死了，也自心甘情願。」

那太湖陸公子神色尷尬，默然不語。

董敏低聲道：「咱們吃飽了，這便走啦！」轉身向那女子道：「姊姊，咱們這便別過，異日有緣，一定會在江湖上再重逢。」

那女子道：「妹子珍重！」

她目送董敏兩人走下酒樓，影子消失在街心之中，忽然悲從中來，哽咽無語，過了一會，整桌菜餚都陸續送上來了，她用筷子隨便吃了幾口，拍手便找店夥結帳。

正在此時，酒樓上又走進一個二旬七八的青年來，左冰打量這人面色白淨，長得倒是清秀不凡，但眼神不時露出陰鷙之色，氣質也有些庸俗。

那青年走近那女子桌前，滿面喜容地道：「凌姑娘，妳要我做的事都辦妥了。」

那華服女子淡淡地道：「我要你打聽那人來龍去脈，你都弄清楚麼？還有那馬寡婦一家七口都安置好了麼？」

那青年臉色微變低語道：「凌姑娘，此間非談話之地，咱們晚上三更時分，在東郊『貞婦橋』頭會面如何？」

那女子點點頭道：「也好！」

那青年忽然滿面諂媚之色道：「我替姑娘做的事辦好，姑娘答應我的事呢？」

那華服女子媚笑道：「你放心，我忘不了。」

她一笑之下，真是媚態橫生，那青年不由瞧得呆了，左冰也覺眼花撩亂，回頭一看，酒樓中人臉上都是不屑之色望著那青年，紛紛結帳離去，那青年卻視若無睹。

那青年低聲笑語道：「能得仙子垂青，小生萬死莫辭。」

那華服女子也笑道：「嘴上說得好聽，誰不知你天性風流，喜新厭舊，最最無情無義。」

那青年急得指天發誓，恨不得掏出心肝來看，鬧得十分熱烈，左冰忽感心內有點不舒服，他不願再看這醜劇，邁步下了酒樓，大街上找了一家清淨客舍住下，洗滌一番後只覺疲倦非常，倒在床上，不多時昏昏睡去。

睡到二更時分，忽然窗櫺一響，啪一聲破空而來，左冰行走江湖多時，他內功又甚深湛，雖在沉睡之際，一有異動，立刻醒將過來，當下屏息凝神，雙手一運動，身子有若狸貓一般，平空橫起，貼在窗側牆邊。

忽然又是啪的一聲，白光一閃，左冰驀然長身閃到窗前，雙掌一合一推，施展「隔山打牛」的上乘內功，直擊而去。

只聽窗外咦了一聲，左冰推開窗戶，窗外月色一片皎潔，靜悄悄哪有一個人影，他長身而去，四出搜索一番，卻是毫無結果，他心中忖道：「來人能硬接我一記『隔山打牛』內功，身手自是不弱，說不定又是北魏那群徒子徒孫跟上我了。」

沉思一會，走入屋內，點起燈來，只見桌上一紙素箋，上面寫道：

「妾閱人多矣，未見若公子之秀外慧中者，公子身在危境，切記謹慎，今宵東郊有約，公子有興，翩然蒞臨，作一壁上觀，則賊眾無所用其伎矣，豈非快事。知名不具。」

那字體娟秀瀟灑，分明是出自女子之手筆，左冰微一沉吟，恍然大悟忖道：「定是那女子引我出屋，這才入室投書，這人輕功之佳妙，竟能逃過我之搜索，當真也不容易。」

轉念又忖道：「她說我身在危境，我卻漫無感覺，這倒是令人不安之事，左右無事，這便往東郊一行，看個熱鬧也好。」

當下盤算一定，披上一件長衫，越窗而去。

這夜月色甚好，清風徐徐，左冰長吸一口氣，胸中大是舒暢。

他行了一會又自忖道：「我難道是真想去瞧熱鬧？看來只是想去探探那女子海底，但我為什麼會對此感到興趣？」

他想到此，心中不覺悵然若失，那巧妹多情的眸子又浮上眼底，左冰加緊腳步，再也不敢多想。

他輕功極俊，不多時已走到郊外，又東行了半盞茶時光，只見月已當空，正是三更時刻。

左冰抬眼一望，忽見前面遠遠之處人影一晃，他放慢腳程，緩緩找那暗蔽之處躍進，不一會果見前面一座雙石獅子鎮守的石板橋，橫跨在那潺潺小溪之上。

左冰找到一處蔽身之處，過不多久，一條人影飛快而來，還沒有走到橋上，忽然暗處又竄起一條人影，口中低聲招呼道：「是凌姑娘麼？」

那先前黑影一身緊身夜行衣，更顯得體態苗條，正是左冰在酒樓上見到那個華服女子。

那女子答道：「是啊！金公子，咱們這是死約會，不見不散。」

那在暗處竄出的人正是酒樓上後至的青年，當下一聽那姑娘口中說得不倫不類，只有嘿嘿乾笑兩聲應道：「姑娘說笑了，哈哈！」

兩人低聲談了半盞茶時光，那凌姑娘媚笑道：「金公子，辛苦你了！數日相離，你可清瘦了些，喂，你走上前讓我瞧瞧看。」

金公子聽到這美人款款柔情關心自己，早就魂飛魄蕩，急忙走上前道：「幾日不見，姑娘更出落得標緻……嘿，妳……妳真……真狠心。」

左冰只聞砰的一聲，那金公子直挺挺臥在地下，凌姑娘冷冷地道：「你一生不知毀了多少女子貞節，拆散了多少美滿姻緣，死有餘辜，怎怪姑娘心狠。」

黑暗中左冰心中直跳，他萬萬想不到這般貌美如花女子，卻有殺人不眨眼的心腸，看來那金公子定是遭了暗算，死多活少了。

他對那姓金的青年其實甚是厭惡，但此時目睹那女子下手狠辣，不禁大大不以爲然，身子不由自主閃出，上前察看可否挽救回一條命來。

他才一現身，那女子笑吟吟頭也不回地道：「左公子，是你來了麼？」

左冰心中納悶，冷淡地應了一聲。

那女子極是敏感，當下碰了一個釘子，大覺失去面子，怒火大熾，冷冷地道：「這厮被我點中死穴，你本事再大，卻也救他不得。」

左冰彎身一探那金公子脈息，果然氣息已斷，早就斃命，他緩緩站起身來，凝視那嗔容滿面的凌姑娘，嘆口氣道：「這人罪不至死，妳何必下此毒手？」

凌姑娘冷冷地道：「姑娘要誰死，誰也逃不掉，你婆婆媽媽像個什麼男子漢大丈夫？」

左冰啞然，他從未碰到這等蠻橫不講理的女子，只好自認晦氣，一言不語，垂手而立。

那女子見左冰不理不睬，自己喝罵他也無動於衷，羞憤之下，竟是口不擇言罵道：「姓左的，你別自以爲了不得，像你這等人，我手下多的是，誰不聽話，我便殺誰，從無人敢哼半聲。」

左冰心道：「妳再狠，別人當面假裝敬妳畏妳，背後還不是落個『母夜叉』、『女羅剎』而已，妳這人不懂道理，拿那女子三從四德聖賢之道和妳講，那真是對牛彈琴，白費口舌。」忽然心中想到一事，忍不住道：「凌姑娘，妳說誰不聽妳話妳便殺誰，是也不是？」

那凌姑娘見終於激得左冰說話，心中怒氣早消了幾分，當下裝得凶巴巴地道：「正是。」

左冰道：「這姓金的對妳唯命是從，奉承之極，妳幹什麼又要殺他了？」

那女子一時語塞，她一向獨斷獨行，從未想過爲什麼？這時吃左冰用言語套住，一時之間沉吟無計，只有嘴硬到底道：「姑娘高興！」

左冰冷冷地道：「原來姑娘是個嗜殺成癖的魔星，算我看走了眼。」

他懶得再多說，伸手懷中取出一支短劍，蹲下身子，運起內勁，挖了半天，挖成一個數尺方圓深坑，將那金公子葬了。

他塡好最後一層土，心中甚是零亂，這姓金的適才還是活生生的站在眼前，此刻卻是魂遊地府，他在黃泉路上，一定大大含怨懷恨的了。

他心中想道：「世上沒有一個人能夠操縱別人的生命，人命襲於天，難道本事高、功夫強的人便可殺人如草芥麼？」但轉念想到北魏這幫人手段之毒狠，隱隱間又覺得應該有正義俠士挺身而出，鋤滅這些敗類。

他喟然嘆息，看看天色已是四更將殘，東方朝霞萬道，黎明將至，他抬著沉重步子，正要啓程回客舍，忽然暗處一個柔和的女音道：「左公子，我問你，你剛才說什麼話？」

左冰一怔，暗忖這女子怎地仍然逗留在此，也不知她安的什麼心思，當下脫口道：「我說我瞧錯人了。」

那女子驀地目泛奇光，半晌化爲萬道幽怨，盡在左冰面上注視著。

左冰道：「小人這就別過姑娘。」

那女子放聲叫道：「左公子且慢，聽妾身一言。」

左冰本待不和她多事糾纏，但見她身著單衣，晨風中不住抖慄，楚楚可憐，心中又是不忍起來，佇立而住。

那女子道：「左公子，你知這姓金的是什麼人？」

左冰搖搖頭。

那女子道：「此人是朝廷一品大員之子，自幼好武，從名師學了一身本事，但卻陰狠缺德，性好漁色，這一帶大姑娘、小媳婦，被他恃強壞了貞節的人何止千百，人人恨之入骨，但他有官家撐腰，本事又強，高來高去，大家也奈他不何。左公子，你不見他一上酒樓，人人都面露深惡痛絕之色？」

左冰點點頭。

那女子接著道：「上次我和他相逢，本想出手除了他，但心想他幹的缺德事太多，如果毫無補償，豈不大大便宜了他？他恃強和我動手，想要強來，我故意和他打得難分難解，後來握手言和，他答應依我三事。」

她侃侃而道，左冰愈聽愈是慚愧，自己不明就裡，不分青紅皂白，硬把罪狀往她身上推，那是太不公平的了。

那女子又道：「第一件事是凡被他欺侮過的女子，如果未羞憤自盡的，一律償銀五百兩，第二件事打聽一個人身分，這人和官府關係密切，託此人打聽消息那是最有效的，第三件事便是救出馬寡婦一門七口，那馬寡婦有個女兒被縣裡捕頭看上，硬要討為姨娘，馬寡婦不肯，那捕頭便誣她通匪，全家下獄，姓金的這廝為討好我，大大出力，親自找縣令疏通，判過無罪釋放。」

她口才極佳，說得有條不紊，左冰心中暗暗佩服不已，那女子說得興起，接著道：「我和他交換條件，如果他辦妥這三事，我便答應……答應……」

她說到此，忽然臉色緋紅，再也說不下去，左冰瞭然於胸，心中暗目忖道：「這廝色令智昏，和這女煞星打交道，不但生意作不成，連老本也蝕盡了。」

轉念想到一事，心中不由暗暗失笑：「這女子性子倒是直爽，她說得高興，幾乎連那不能出口的也脫口而出，雖是如此，但話中之意誰也聽得出來。」

那女子見他臉帶笑意，還當他在嘲笑，心中又苦又羞，竟是眼簾低垂，再也抬不起頭來。

左冰瞧了她一眼，只見她雙頰紅得有如東方朝霞，羞澀之態，別有一番美麗，令人神往，但想到她素簡中所言：「妾閱人多矣！」又是一陣不自在。

兩人默默相對一刻，那女子道：「我這去還有要事，前程總有相會之期，危機重重，公子珍重，咱們這便別過。」

左冰也道：「姑娘珍重！」

那女子眼睛發酸，再也不敢多看左冰一眼，頭都不回邁步而去。

六十　徜洋情海

左冰望著她背影，心中竟生依依之情，晨風清冽，左冰打了個寒戰，精神抖擻，天色已將黎明，他轉身行了幾步，忽然左邊小樹林中一縷簫聲嗚嗚繞裊而來，那聲音極是熟悉，心中一喜忖道：「原來玉簫劍客便在，咱們好久不見，不知這位老兄別來無恙否？」

當下疾步入林，隨著簫聲而進，穿過了一片樹叢，只見遠遠樹下靠著一人，林中光線黯淡，依稀看出是那玉簫劍客的瀟灑面孔。

左冰走近一看，那洞簫架在一枝叉枝上，那玉簫劍客用一隻手五個手指控制音調，卻是婉婉動聽，絲毫未走半音。

左冰心中一慘，忖道：「玉簫劍客一臂斷後，只有如此吹簫，這人吹簫功力深厚，饒是如此，比起別人吹出高明何止十倍。」

他見玉簫劍客雙目微閉，似乎沉醉在那樂音之中，根本未曾注意到自己前來，左冰也不願打擾，靜靜坐在一旁聆聽。

過了一會兒，那簫聲愈來愈低，漸不可聞，但側耳細聽，微聲嗚嗚已至悱惻纏綿之境，真令鐵石心腸的人也是心酸不已，左冰鼻端發酸，心中不如意的事潮湧而至，直覺世上盡是傷心愁痛之事，人間苦多樂少，連為什麼要留連在這世上，也是模糊的了。

驀然簫聲一止，那玉簫劍客睜開雙目，滯然看著左冰，一言不發。

左冰叫道：「玉簫大哥，小弟聞簫聲而至，知老兄又在弄音，別來可好？」

玉簫劍客銜著他露齒而笑，笑容斂處，一陣茫茫苦思之態道：「你……你……」

話未說完，仰面跌倒，左冰心中大驚，連忙上前扶持，忽聞一股薰香從玉簫劍客袖中透出，非蘭非麝，好聞已極，左冰才嗅了一口，只覺胸口發痛。

他自從熟讀崆峒秘笈，對於下毒之技、真是瞭然於胸，當下心中一凜，百忙中從懷中取出一粒自己照秘笈所載配製的解毒丹，才一入口，那玉簫劍客口中吼吼發聲，忽然身子直挺挺而起，一口咬住左冰手臂，牙齒深深陷入。

左冰一陣劇痛，心中一陣清醒，但只一瞬之間，只見四肢鬆散，昏昏欲墜，他長吸一口真氣，但才吸了一半，身子一軟，昏然倒地。

這一昏也不知多久，有時微微一醒，又自昏厥過去，心中只覺一陣顛顫、一陣平穩，有時天明，有時漫漫黑夜。但他童陽真氣緊護胸前大穴，凝而不散，那毒雖是厲害，也虧他修持的是上乘內功，是以毒素尚未侵入內臟。

這天左冰悠悠醒轉，他睜開雙目，只見自己睡在一間華麗無比的大廳之中，那四壁全是名珠寶玉，閃爍出耀人光芒，左冰用力揉著眼睛，卻並非夢境，隱隱約約只記得自己中毒倒地，那後來的事便全茫然一片。

他只覺身子微微搖晃，那四壁裝飾也是微動不止，左冰運神苦思，卻不知自己到底身在何處？

又過了一會，忽然廳外一陣細碎腳步之聲，不多久廳門呀然一開，一個青衣女子走了進來，左冰不明己身遭遇，當下連忙緊閉雙眼，偽裝昏迷，以觀其變。

那青衣女子走上前來，伸手撫了撫左冰額間，吶吶自語道：「真奇怪了，大先生施展金針過穴，說是三個時辰便會醒轉，如今時刻已至，怎麼毫無動靜？」

左冰一聽到「大先生」這句話，心中陡然一驚，暗自忖道：「『大先生』？難道是那東海『董大先生』救了我？啊！對了，我身子顛簸，原來是在船上。」

想到此，心中真是大驚，正要出言招呼，忽然一個熟悉的聲音道：「小蘭，左公子怎樣了？」

那青衣女子道：「還是昏迷不醒！」

那熟悉的女音憂然道：「這便奇怪了，爹爹金針過穴是天下一絕，讓我來瞧瞧看。」

左冰這時想起這熟悉的女音是誰，當下忽的坐起，嚇得那青衣女子尖叫一聲。

那熟悉的女音也叫道：「小蘭，他……他怎麼了？」

青衣女子道：「他……他……」

話未話完，那廳外女子已是急竄而進，那青衣女子這才接下去道：「他……醒來坐起了。」

左冰一見那進廳女子，只覺百感交集，一時之間，半句話也說不出，四目相對，那青衣女子知機溜走了，左冰只覺額間一股幽香。

左冰定定神道：「凌……凌姑娘，多謝妳救我性命。」

那女子正是左冰在酒樓上邂逅的華服女子，這時白衣長裙，打扮得甚是樸素，更增雅緻，她囁嚅地道：「左……左公子，你真嚇死我了！」

左冰不好意思，半晌道：「姑娘，我是在船上麼？」

那女子點點頭道：「這是我的坐舟，咱們出海已快一天啦！」

左冰急道：「出海了？我還有要緊之事要辦。」

那女子柔聲道：「不要緊，等身子養好再去辦也不遲啦！」

左冰試著一運氣，全身仍是懶散不能聚氣，當下頹然睡倒，爲今之計，也只有等毒素去盡，功力恢復再說了。

他性子豁達，想到雖急也是枉然，便不再著急，對那女子道：「凌姑娘，我昏了很久吧！」

那女子屈指一數道：「今天是第六日了，唉！咱們一路上避敵逃走，你又昏迷氣息微弱，我不敢放手去鬥，真是一言難盡。」

左冰知她的性子，從來一向都是天地不畏、鬼神不懼，如果她口中說是「一言難盡」，那當真是受盡委屈了，當下心中大是感激，口中卻是不善表達，只點點頭道：「下毒的是誰人？」

那女子道：「後來碰到爹爹，爹爹也出了手，這才趕退敵人，爹爹說奇怪，你年紀輕輕，怎會和遠在漠北的北魏結下如此深的大梁子？」

左冰心中大怒，恨忖道：「又是北魏這幫人！遲早咱們得清算清算。」

那女子見他臉色一變，更是蒼白，當下心中一陣痛惜，柔聲道：「你多日未進食，煮碗蓮子湯你先喝了吧！」

她一拍手，那青衣女子端來一碗熱氣騰騰的蓮子湯，左冰這時才覺飢餓，也不客氣大口喝了。

那女子見他喝得香甜，心中又甜又喜，柔聲道：「你先休息休息，待會我再來……」她秀目一瞥，那青衣婢女已走，這才接著道：「再來陪你聊天。」

她說罷嫣然一笑，緩緩退出大廳，雙目中柔情萬端，直往左冰身中繞注。

左冰待她走得遠了，心中只是翻來覆去想著這女子來歷，卻是想不起來。他最後賭氣忖道：「先養好身體再說，管她什麼來歷，好在她對我一片好意，我便安心在此享福幾日豈不甚好。」

他心念一放，腹中饑意已除，不一會果然又走入夢境。

左冰休息醒轉過來，他自己也不知到底睡了多少時候，抬頭只見廳中大燈已然點起，那燈是琉璃片嵌成，也不知燒的什麼油料，火焰竟成淡淡紅色，光影映著那滿廳寶玉珠翠，似真似幻，真如置身仙境寶殿一般。

左冰輕輕掀開軟被，只見自己身上所著非絲非帛，用力揉之，卻是一平若鏡，絲毫不起皺紋，心想這一定又是什麼異產絲織，那凌姑娘當真富可敵國，便是皇室貴冑，也怕難以和她相抗衡了。

他天性無滯，心中對那女子款待卻也未曾耿耿於心，他走下床來，暗自失笑忖道：「我左冰是發跡了，一個布衣寒士，如今錦袍加身，看來名揚四海的日子不會太遠了。」

他獨自胡思亂想，忽然廳門一開，悄悄走進一個麗人來，口中含笑道：「左公子，您醒來了？」

左冰聞聲而知人，當下連忙回頭道：「凌姑娘，多蒙救我性命，又復賜我錦衣，大丈夫受人滴水之恩，自當泉湧以報，如姑娘於在下之恩，只怕再難補報得足。」

那凌姑娘秀眉微皺道：「左公子，這話只怕並非出自你本心吧！」

左冰臉一紅，竟是語塞。

那凌姑娘笑吟吟地道：「你一謝再謝，大違你瀟灑天性，豈不令人難受麼？」

左冰笑笑正要答話，姑娘又道：「你本直率人，何必為俗禮所拘，叫人生疏了。」

左冰哈哈一笑道：「姑娘高見更勝在下一籌，願遵貴命。」

凌姑娘道：「酸溜溜地全不成模樣，真是不倫不類，我最初見你是什麼樣子，現在還我率真來。」

左冰聽她語帶譏諷，知道此女一定是飽學才女，當下更是不敢輕率，支吾道：「姑娘最初見我是在酒樓狼吞虎嚥，可惜此地無酒無餚，否則又可表演給姑娘看也。」

凌姑娘見他全在敷衍，心中一苦，暗忖道：「我待你一片真心，你如不願和我交往，說明白便是，何必竟講些不著邊際之言。」

她不再言語，左冰見她笑容突斂，竟現出一種淒涼神情來，心中不解道：「姑娘難道以前見過在下？」

凌姑娘嘆口氣道：「我……我很久……很久前便遇到你了，我從前看你是饑塡粗餅，渴飲泉水，視富貴若浮雲，瀟灑得像天上清風一般，從未爲一己生活艱苦而自卑自賤，還伸手管自己愛管的事兒，唉，那日子可真快活。」

左冰心中一驚忖道：「原來我在江湖上流浪時她便看過我，那……那已經很久了啦！她一路跟蹤於我，難道便是要聽我幾句無關痛癢的客套話？難怪她會傷心了。」

左冰想到此，正想要安慰她幾句，但忽又想道：「我和她非親非故，除了這些話，還能講些什麼？」

那凌姑娘幽幽又道：「我見過你的趣事可多著哩！有一次你看穿那小市集一個江湖無賴騙賭，詐騙那些可憐又貪心的鄉下老實人囊中賣糧之錢，結果你上前去在骰子中弄了手腳，害得那無賴連輸六番，連壓底的本錢全吐出來了。」

左冰微微一笑，心中想到上次拆掉那「韓老三」的賭攤實是大快人心之事，這時由一個如花似玉的女子口中說出來，也不禁沾沾自喜。

那凌姑娘又道：「我又見過你一次爲一群村姑解圍，逼退強梁惡霸，結果惡霸是趕跑了，但你受一群村姑糾纏得無法脫身，氣也不是，怒也無用，那窘相真教人好笑，幸虧你天性瀟脫，用計脫身，但其中一個村姑叫阿……阿什麼……」

左冰忍不住接口道：「阿珠！」

凌姑娘白了他一眼道：「虧你還記得這麼清楚，可見心念伊人，當時全是違心之舉哩！」

左冰臉色微紅。

凌姑娘又道：「那阿珠知留你不住，要死要活跟你走，又要獻身又是服侍你做丫環，哈哈，可虧你機智，先甜言蜜語說了一大篇，最後走出村外林子中，也不知你藉什麼花招，竟讓你從小徑溜走了。」

左冰心中發虛，生怕這美貌女子說出他溜走的原因來，那這張臉可大大掛不住，當下聽她並不知道，心中不由鬆了口氣忖道：「我是藉最低級的法子『便急』溜走，這事如果讓這姑娘知道，以後再難爲人也。」

凌姑娘見他一臉得意之相，心中不服氣地道：「你要什麼鬼花招，當我猜不出麼，你們男人那幾套，我可都知道，還不是……」

左冰如臨大敵，連忙阻止道：「後來那阿珠怎樣了，姑娘一定知道。」

凌姑娘道：「告訴你，多情的左公子，那阿珠不到二個月，和村中少年私奔啦！」

左冰啞然，心中甚是無味。

那凌姑娘又逼一句道：「你們男人家自以爲處處留情，別人都會死心塌地等你一輩子，其實，哼！真是對你好的人，你卻又是沒有感覺一般，真是不識抬舉。」

她雙目清澈如水，又逼視左冰一眼。

左冰心中一動，忽然又想起「妾閱人多矣」那句話，想道：「妳當然對男子瞭若指掌，妳經驗豐富，三教九流的朋友全有，那便難怪了。」

凌姑娘道：「不過我最欣賞你的一件事，卻是一次你為逗一個放牛童子歡笑，在地上又滾又叫，全沒有一點大人偽作矜持的樣子，後來騙那童子可以把失牛找回，這便花盡身邊所有的銀子，買了頭差不多樣子的牛，說好說歹，將牛主說服，相信你賠的那條牛比原來那條好的多，到這時候，我才知道你嘴巴是很能講話的。」

左冰苦笑道：「後來可苦了好幾天，天天加倍做工，才算賺了點盤纏。」

凌姑娘道：「何止好幾天，整整半個月呢！」

左冰聽得甚是感動，忖道：「這姑娘真是關心於我，但這是為什麼呢？」

左冰昔日雖和巧妹交往過，那巧妹更把他當自己丈夫一般親熱看待，但心底深處卻從未嘗過愛情之味，是以只覺一片茫然，愈想愈是不通。

兩人默然相對，那琉璃燈心啪啪發出爆響，廳中一片寂靜，那凌姑娘含情脈脈，也不願多說一句話，破壞這幽美情調。

忽然一聲沉沉角笛之聲從廳外傳來，那凌姑娘對左冰道：「我去去就來，你等我陪你吃晚飯。」

說完嫣然一笑，飛奔而去。

過了一會，海上角笛齊鳴，似乎來了一大隊船艇，左冰心中好奇，想要走上甲板瞧瞧，又怕別人疑他窺人陰私，一時之間，沉吟不定。

驀然角笛一止，艙面上鐵器鏘鏘，腳步奔走之聲急促，卻是未聞半聲喧囂人語，忽然那凌姑娘熟悉的聲音叫了一句，只聞轟然一聲，船身震擺不已。

左冰心中大驚忖道：「原來來了敵人，凌姑娘指揮和敵人幹上了。」

他想到此，心中竟是同仇敵愾，關心起凌姑娘的安危來，當下忍耐不住，推開廳門，走過甬道，一運氣縱上船艙，忽覺眼前一花，踉踉跌出幾步這才站穩。

只見船舨上如臨大敵，燈火輝煌，兵器出鞘，在船前船尾及兩舷之處，蹲著四門巨炮，其中一門猶自輕煙裊裊，硫硝之味瀰漫整個甲板上。

左冰只見凌姑娘背著他遠遠站在船首，手持一具號形傳聲筒，嘰嘰呱呱說著，左冰卻是一句話也不懂，心中老大納悶。

左冰舉目一看，自己立身這條大船四周，圍滿了許多堅固長形快艇，都是火炬照明，那快艇圈外，卻是幢帆連接，黑夜中只見海上點點火光，也看不清到底還有多少條大船。

那凌姑娘又說了一陣，忽然手一揮，一片白色巨幟緩緩自主桅升起，疾風中啪啪作響，那幟上繡著一個宮裝美女，繡工生動，加上那圖形美女極是艷麗，真令人有栩栩若生之感，最叫人不解的，是那美女手中卻捧著一具白骨骷髏頭，大大破壞了這圖面之美好。

那旗幟一升起，四周船隻上眾人一陣歡叫，高聲喝道：「鬼川，鬼川。」

那凌姑娘一揚手，眾船紛紛升起船幟，起錨而航。

凌姑娘緩緩轉過身來，只見左冰迎風而立，她心中一急，再也顧不得指揮，也顧不得眾目睽睽，快步奔了過來，口中抱怨道：「甲板上風這麼大，你新病初癒，快下去啦！」

左冰見局勢已解，也覺身子虛弱有點支持不住，當下依言下甲板而走，那凌姑娘說了兩句，也緊跟而去，船上眾人不由相視一笑。

左冰才進大廳，凌姑娘卻已趕到，她開口便道：「你怎麼不愛惜身子？此刻海風凜冽，寒徹透骨，你內功雖好，但新病之後尚未復原，寒氣透入內臟，可是好受的麼？」

她又嬌又嗔地數說左冰一大頓，左冰不但不曾覺得她囉嗦，反倒希望她再多說幾句，心中更感舒暢。

左冰面帶慚色，傾耳聽她數說，半晌才道：「我……我是怕妳一個人應付不了，這才上去看看，卻想不到自己不中用，弱不禁風，倒教姑娘擔心了。」

凌姑娘一聽，忽然花容一變，癡癡瞧著左冰，眼中淚光閃閃，左冰心中一驚，琢磨自己話中之言，實在想不到有何傷了這姑娘之心。

過了半晌，凌姑娘低聲道：「左公子，您真的關心我麼？」

左冰點頭不語，凌姑娘破涕嫣然笑道：「左公子，多謝您啦！」

左冰道：「凌姑娘，妳為什麼哭了？」

凌姑娘笑靨如花，那頭上一頭柔絲顫動不已，過了好半天才結結巴巴地道：「您……您……真是一個大……大傻子。」

左冰一怔，凌姑娘見他臉上白皙毫無血色，但俊雅之貌卻是依然，知是大毒已去之癥候，當下不禁愈看愈愛，湊近身來，輕輕在左冰頰上親了一下，反身飛出了廳門。

左冰心中大震，他還未曾多想，口中脫口道：「姑娘且慢。」

凌姑娘回頭嬌媚一笑道：「我知道您此時心中疑雲重重，我上去招呼他們安排善後之事，馬上便來陪您。」

他輕巧的步子愈走愈遠，左冰不由自主地伸手摸摸被親過的臉頰，只覺一股非蘭非麝幽香獨留頰邊，心中真如四周大海一般，波濤起伏不止。

他並非從未和少年女子相處過，但從前和小梅只是數面之緣，彼此覺得可親而已，那時和巧妹同行，心中存著憐憫之心，而且處處提防自己，怕一時血氣衝動，作下貽羞天下的事情來。

此刻那凌姑娘可說是處處善解人意，而且毫不裝著矜持，對自己一片傾心，噓寒問暖，左冰初嘗情味，心中又是甜蜜又是羞慚，只是昏亂一片，那前因後果全都想不到了。

左冰呆呆出了一會神，他定了定心，暗忖道：「巧妹爲我如此，我難道如此無義？但她乃是崆峒派弟子的愛妻，我若與她廝守，豈不敗壞她玉潔冰清之節操，凌姑娘對我這等好法，我難道能夠無動於衷？但怕她是遊戲人間，她所歷男子多人，難保對我不是遊戲一番。」

想到此，左冰心中不由隱然發痛，更覺凌姑娘舉止輕浮，分明是玩弄自己，想到極處，不禁咬牙切齒，痛恨不已，那平日瀟灑無羈的風格早就蕩然無存。

忽然一個柔婉的聲音在耳後輕聲道：「喲，你發好大的脾氣，爲什麼？」

左冰一驚，長嘆一口氣，心中漸漸平靜下來，他臉上神色一瞬之間連變數次，待他回頭來，已是神色若往，淡然地道：「姑娘這快便回來了。」

凌姑娘滿心愉悅，一腔熱情，根本未曾注意左冰臉色變化，她興沖沖地道：「左公子，您心中一定奇怪我剛才嘰嘰咕咕說的是些什麼？」
左冰點頭道：「我行走江湖，確是未曾聽過如此方言，不知姑娘原籍何方？」
那凌姑娘笑道：「這哪裡是中華語言，嘰嘰呱呱怎能比得上大國言語？這是東瀛倭國的言語。」
左冰心中一奇。
凌姑娘道：「你知道適才是怎麼回事？」
左冰搖頭。
凌姑娘又道：「剛才是一大隊倭國運餉銀之船舶，咱們船上孩兒們想要搶些花用，我本來也知這些銀子都是倭國軍閥搶來的不義之財，劫之不傷天理，但搶劫之下，難免傷人，我不願意剛和你認識，便讓您認爲我凶暴殺人越貨，這才下令放過船隊。」
左冰道：「他們那麼多條船，妳一條船再厲害卻也單拳難敵四手，化干戈爲玉帛原是上策。」
凌姑娘嗔道：「您是陸上英雄，海上之事知道什麼，就憑那四門鐵將軍，這些船隊再多，也只有棄甲投降，你以爲那十幾隻快艇濟事麼？不消數十炮，便可使全軍覆沒。」
左冰道：「是紅衣大炮麼？」
凌姑娘道：「正是，不過這紅衣大炮是子母連環，一次裝填彈藥，可以連發六次。」
左冰道：「相傳該炮來自夷人，製作極是複雜，威力至爲驚人，如果同時連發六彈，血肉之軀如何能擋，別說在海上舟楫飄揚，便是城堅垣厚，也是難以抵禦。」

凌姑娘道：「那些船上人本來還不敢輕信我大發慈悲，以為我詐計突起攻擊，所以一直不肯走，後來我令水手掛起『鬼川先生』旗幟，這才歡躍而去。」

左冰道：「鬼川先生是誰？」

凌姑娘沉吟道：「便是與您金針過穴，替你拔淨體內毒素之人。」

左冰驚訝道：「原來便是令尊，請姑娘引見。」

凌姑娘抿嘴笑道：「那要看您造化，我爹爹多年來身心鬱鬱，脾氣孤僻，見不見您，我可沒有一個準兒。」

左冰道：「『金針過穴』施術之人最傷元氣，令尊對我如此厚待，我豈能不拜？」

凌姑娘道：「他老人家對您著實不差，他精通相人之術，說不定看準您將來大有出息，先示恩打個底子，哈哈！」

左冰道：「這次令尊可準看走了眼，小人窮途末路，一介寒士，怎會飛黃騰達？倒是小人生平最傾慕天下奇人異行，令尊便是不見，小人也要硬著頭皮去見。」

凌姑娘嗔道：「不准你這麼沒出息。」

左冰聳聳肩不語。

凌姑娘又道：「你見我父親時，說話可得小心點，他本事大得很，一動怒可吃不消啦！」

左冰笑笑道：「省得，省得！」

凌姑娘道：「您身子還弱，不能到上面去瞧瞧海上夜景，一定悶得發慌，我陪您玩幾樣小玩意兒，打發時間如何？」

左冰不置可否，凌姑娘起身從一個櫃中取出一盤圍棋來，對左冰道：「圍棋發源於中華，歷代高手群起，縱橫十九道、方寸之間，最能見人悟性，你聰明無比，表現一點才華吧！」

左冰自幼在落英塔中，無聊之間便和錢伯伯圍奕，棋力之高，已到大國手之譜，當下見棋心喜，坐正身子，放好棋盤，便要廝殺。

凌姑娘道：「不過有句話在前面，您病後神疏，我雖勝之不武，您若苦費神思，我心裡最不願意，咱們只是消遣，輸也當贏，贏也是輸，總而言之，把時間打發去了便成。」

左冰聽她說得似是而非，心中一怔，忽然想道：「輸也當贏，贏也是輸，難得這女子氣度如此豁達，她這是在點醒我麼？」

當下想到幼時和錢伯伯對奕，自己棋力實在已勝過此老，但自己性格便是不斤斤計較，往往一時放過，終局計子，輸了數子，心想圍奕便是步步為營，處處爭先，如果胸中如此豁達，輸贏淡然視之，那輸的機會是要多得多了。

他沉吟半晌，凌姑娘砰然一聲，已下定一子，口中說道：「女先男後，我便不客氣了。」

左冰一定神，只見她著子右上方三三處，當下不假思索在五五位應了一子。

兩人下了數子，凌姑娘嗔道：「原來又是『東坡棋路』，咱們對奕，講求先發制人，突起奇兵，你這一味應後，算什麼高手，簡直是個市井無賴之徒哩！」

左冰笑道：「先發制人固佳，後發未始不能制人。」

凌姑娘呆了呆，一子沉吟未下，說道：「您口氣和爹爹一樣，爹爹常說，武學中如能練到後發制人，在敵人已出手一瞬間定下破解之道，那便是武林之中不世大師。」

左冰聽得眼睛一亮，口中道：「令尊所言，令人茅塞頓開，異日有緣拜晤，一定受益匪淺。」

凌姑娘下定一子道：「那便看您造化吧！」

兩人對奕多時，凌姑娘下一子，左冰便應一子，下到中盤，凌姑娘一個失著，被左冰撿了個大便宜，再也回生乏力，推盤認輸，左冰只見她臉一微紅，隱約間透出不服氣神色。

左冰心中對她雖存芥蒂，但只要一和她相處，便是從心底透出歡愉，心中忖道：「我道這姑娘如此豁達，但輸贏之心仍然不免耿然。」當下故意道：「東坡棋雖是品低，但也未嘗不是一種極厲害招數。」

凌姑娘被他一激，忍不住哼聲道：「你別臭美了，我……我有意讓你來著。」

左冰笑道：「此言倒是不假，適才我冒全軍覆沒之險逼了一子，姑娘持了三次要放在那致命之處，卻是猶豫不下，既是存心相讓，又何必耿耿輸贏？」

凌姑娘哼了聲：「你知道便好，我起先以爲你棋藝平凡，卻未想到功力倒還不壞，呀，天已晚了，快快休息啦！」

左冰道：「我睡了多天，此時精神煥發，姑娘再留片刻聊聊如何？」

凌姑娘忽然想起一事道：「你腹中該餓了，我去弄碗蓮子湯給你喝。」

她說完一拍手，婢女便送上一碗熱氣騰騰的湯，想是早已準備好的，她逼著左冰喝下，又陪左冰閒聊一陣，再次催左冰睡下休息。

她親手替左冰鋪好被褥，又替左冰放下翠色紗帳，柔聲對左冰道：「好好休息，咱們時間還多哩！」
左冰心中一甜，凝視著她，只見她也正在瞧著自己，當下心中大感不好意思，支吾道：「姑娘手下留情，咱們明天再來過。」
凌姑娘輕聲道：「我哪裡理會那贏和輸？我和你誰輸誰贏又有什麼關係了？」她輕輕摸摸左冰額間道：「還好，吹了陣惡風，幸好沒有發燒傷寒。」說完飄然而去，腳步聲極是輕碎，左冰心中飄飄忽忽，便如凌姑娘腳步聲音一般，不知是喜是愁。
左冰閉目而睡，心中想道：「管她是好姑娘，壞姑娘，只要對我好便該感激她，管她什麼來歷，會否糾纏不清，先睡上一覺，反正日子還長得緊。」
他便是有如此性子，那想不通的事便拋開不想，不一會沉沉入了夢鄉，夢中，只覺隱約間有人輕輕撫摸他額頰，又有人替他拉上被褥。
翌晨天氣大好，那艙中窗子玻璃透進陽光，左冰這才醒來，只覺船行海上，便如居於陸地空中一般安穩。
他見盥洗器皿早已放好，心中微感慚愧，自覺一生之中，只怕以這幾日過得最是舒服，處處都有人細心妥貼服侍。
左冰梳洗完畢，聽門上輕輕叩了幾下，凌姑娘的聲音道：「喂！懶蟲，醒了麼，已是紅日三竿啦！」
左冰連忙上前開門，只見凌姑娘滿臉洋溢著醉人之笑容，手中捧著一碗湯麵道：「快點吃啦，今日天清氣爽，航海逢此佳日，真是您的福氣。」

左冰道：「託福！託福！」

凌姑娘白了他一眼道：「誰要瞧你這油腔滑舌了？快吃快吃，等會兒帶你上甲板去，讓你這『井底之蛙』看看海天之闊，便不會如此沒出息啦！」

左冰匆匆吃完湯麵。兩人聯袂走去廳外，兩人並肩上了甲板，左冰只見艷陽普照，海闊天青，一望過去，盡是一片碧藍無際，那遙遠之處，海天一色相接，也分不出何處是海，何者爲天。

左冰心曠神怡，和風接身，令人舒適不盡，他來自漠北，所歷盡是大山黃沙，一片枯寂，氣勢雖是雄偉，但總覺了無生意，上次和李百超渡海東行，一來天氣不佳，二來所乘輕舟一艘，顛簸甚苦，哪有閒情逸興觀賞？此時留連海天無涯景色，良久說不出話來。

凌姑娘柔聲道：「古人道：『不登大山不知天之高，不臨深淵不知地之厚，登山臨淵，乃知天高地厚。』其實應該再加上一句『不渡海洋，不知天地之大也。』」

左冰點頭道：「姑娘說得正是。」

凌姑娘道：「我和您交往以來，只有這句話是發自您胸中之言。」

左冰連道：「這……這……」

忽然想到自己著實常做違心之言，他此時心境開朗，精神爽怡，不好意思再強辯下去。

兩人賞玩良久，忽見遠遠白影如山，緩緩移向船邊而來。

凌姑娘道：「鯨魚又在戲水了，明兒準還是好天氣。」

左冰定神瞧去，只見一大群龐然巨物愈游愈近，形狀似魚非魚，似牛非牛，比起那西間黃牛何止大上數十倍，左冰驚心問道：「這海中之物怎的如此龐大，我真不懂，牠靠吃什麼維持這大身形？」

凌姑娘道：「當然是食小魚啦，海中生物真是千奇百怪，包羅萬象，取之不竭，食之不盡。」

左冰見那群鯨魚愈游愈近，心中吃驚問道：「這麼大的玩意，那船小一點的不是吃牠一撞便翻舟啦！」

凌姑娘點頭道：「便是咱們所乘這種大船，如果碰上鯨群搗亂，也是相當討厭之事，我叫炮手開炮把牠們打發退走。」

她說完從懷中取出一支小小角笛一吹，笛聲方止，轟然一聲，煙霧瀰漫，待到硝煙淡散，再看海上一片平靜，那鯨群早已退光了。

凌姑娘道：「硝煙刺激，對你身體不適，咱們下廳聊天去。」

左冰雖是貪戀海上風光，但不忍拂凌姑娘好意，兩人緩緩下艙進廳。

左冰道：「早知海色如此壯麗，我倒願意生在海上。」

凌姑娘笑道：「你可沒有見過惡風巨浪，顛簸仆跌，生命隨時都在一髮之間，那航海的人都恨不得早上陸地，從未有一個人留戀大海，公子爺，你是『在一行怨一行』，如果真的長年馳行海上，你不悶得發瘋才叫怪哩！」

左冰卻聽得悠然神往道：「那生活才有刺激。」

凌姑娘抿嘴一笑，見他童心猶存。也不和他多辯，取出一副大羊皮紙來，對左冰道：「咱們來玩玩這『晉陞譜』。」

左冰一瞧，只見那羊皮紙上寫得密密麻麻，全是吏治有司名稱，那最上面的畫著一個清癯老者，身邊用篆書寫著「皇帝」兩字。

左冰笑道：「我可沒做皇帝的福分，不玩也罷！」

凌姑娘道：「那也說不定，咱們出拳猜指數目，如果猜對了指數，便照那指數晉陞，但不一定連升便可坐上寶位，你看，譬如升到這個官，再贏了便去連降十級，從頭幹起。」

左冰只見那官名是「御史」，心中暗忖道：「從來言諫之官最易招罪，一個不佳，不說連降十級，連身家性命都是不保，這譜雖是用來玩耍，其實警世醒俗，那當年製譜的人只怕另有一番深意。」

兩人出拳猜指，左冰猜了一會便發覺凌姑娘最愛出雙，而且最常出「四」，這個訣竅一得，立刻連連陞遷，直步青雲，春風得意。

但每次上寶位，便是忽生橫禍直跌下來，那丞相、大將軍輪番幹了也不知幾次，卻是總達不到黃袍加身。

兩人興致極高，專心一致猜著，凌姑娘猜拳雖是輸得多，但按步就班，終於被她坐上皇位。

凌姑娘高興得像個孩子一般，顧盼之間，以皇帝自居，左冰心中不服，又從頭玩過，連來三次，都是凌姑娘先至寶座，左冰心中並無得失之心，也未在意，那凌姑娘卻嘆氣道：「看來你真是命苦，做不了大官。」
左冰笑道：「皇帝娘娘金口玉言，那是當然的了。」
凌姑娘嗔道：「又是皇帝，又是娘娘，那有這等稱呼？真是粗人無識之輩。」
左冰道：「是的！只有女子當皇后娘娘，哪有女子當皇帝的？」
凌姑娘道：「武則天不是一個例子？」
左冰道：「她硬要當皇帝，結果還不是皇朝被人推翻，落了個萬年罵名？」
凌姑娘哈哈笑道：「您說得也有理，做個皇后也便夠了，如果癡心窺那至尊之位，只怕遭鬼神之忌，天地難容，哦，咱們玩得高興，我可忘了，你該吃點心啦！」
她說完快步出廳，左冰心中想道：「這女子極有智慧，難得又如此開朗，真是少見的奇女子。」
過不多時，凌姑娘揣來一碗冰糖銀耳湯，那女婢送上八樣甜鹹細點，凌姑娘用小匙不住攪拌吹冷，又嘗了一口道：「不太熱了，公子請用。」
左冰瞧著她的動作，心中忽發奇想忖道：「她細心體貼，嘗熱吹冷，直像多情的妻子在服侍病中的丈夫一般。」
想到此不禁訕訕不好意思，暗道：「別人不避嫌如此待你，你卻想佔便宜，左冰啊左冰，你真是人品卑下，無以復加的了！。」
他一匙一匙吃著，那銀耳原就甜膩可口，左如此時心中柔情蜜意吃得更是香甜，只覺一生之中，再未吃過比這更可口的東西。

吃完銀耳湯，天色尚早，離午飯還有一段時間，凌姑娘道：「左右無事，咱們再來玩個骰子兒，傍晚時刻便要泊港到家了。」

左冰道：「海上之行，我正感到興高采烈，就要泊陸上地，真好掃興。」

凌姑娘低聲道：「只要您有心，日後……日後我陪您暢遊各大海洋，常年海上，也未始不好。」

左冰聽她柔聲說話，又是感傷又是多情，當下也不知自己該說些什麼，不由自主輕輕握住那雙柔暖溫膩的小手。

凌姑娘眼簾低垂，雙手任他握了許久，半晌輕輕掙脫，從懷中取出一個石丸兒來，又翻箱倒架尋了半天，找出一個寸許渾圓的黑木碗。

凌姑娘道：「咱們來比眼力手勁，每回投十次，看誰將石丸兒投進碗裡次數多。」

左冰含笑答應，他內功深湛，目力又極其準確，心想這玩意兒是靠真才實學，自己總不會再輸與她。

凌姑娘放好木碗，退後十步，垂身用黛筆在地上劃了一線，左冰站在木碗跟前，只見凌姑娘啪的一聲，石丸已然發出，端端落入碗中，便似丸碗之間有吸力一般，那石丸兒一入碗中，立刻靜止不動。

左冰拾丸拋去，一來一往，那凌姑娘十次皆中，笑容滿面走上前來，示意左冰開始。

左冰心想：「我如十次皆中，頂多不過和這女孩家平手，須得顯出奇巧，這才掙些光采回來。」

當下退後十步，一凝神發出第一丸，那石丸去勢其疾，破空之聲大作，眼看要飛向牆頭，忽似受力一墜，正好落在碗中，左冰正自得意，只見那石丸碰然跳起老高，落出碗外。

凌姑娘歡笑道：「一丸不中了。」

左冰大感奇怪，又發出第二丸，這次不敢再弄巧，規規矩矩直投而去，但那木碗彈性極大，又將石丸跳了出來，左冰連呼道：「邪門，邪門！」

第三次發丸，手中帶了三分旋勁，果然一舉成功，投中碗中，但待他悟到此中訣竅，已輸了兩丸，不得不垂首認輸。

凌姑娘道：「這玩意雖是平常，但如不得訣竅，管你多好準頭，終歸投不中的，你倒還算聰明人，一下子便醒悟了。」

左冰笑笑道：「不經一事，不長一智，什麼小事都有其間妙竅，倒是這木碗奇怪，怎的彈性如此之足？」

凌姑娘道：「這哪裡是木碗了？這是南海特產檀竹製成之碗，不沾油垢，便是用了千百年，仍是烏溜溜潔淨若新。」

左冰道：「此木黯然無彩，卻有這般妙用，看來以貌取捨，是大大差錯的了！」

凌姑娘道：「我小時候父母管得極嚴，後來母親死了，父親身受莫白之怨，脾氣變壞，對我管得更嚴厲了，我長到十六歲，卻從未出過家門一步，從前年起，父親才放鬆我。」

左冰心道：「原來妳獲自由，便似無韁之駒，任性亂爲了？」

凌姑娘見他臉色一變，心中一陣悵然，低聲道：「你別胡思亂想，我是怎麼……怎麼樣的人，你總有……總有知道的一天。我小時候深居無聊，父親教我練功，我和幾個婢女年紀相仿，女孩兒的玩意除了針線刺繡外還能有什麼？所以我們想了個法子，將繡花針吊起，練習平空穿線，過了幾年，我這手功夫已經到家，雖在黑夜之中，憑空穿針也是百無一失，父親也想不到我練成這種功夫，便教我暗器發放。」

左冰道：「妳後來在江湖上行走，以妳如此功夫，一定是名滿天下，妳認識的人很多麼？」

凌姑娘道：「我也不必瞞你，我精於扮相化裝之術，我以多種面目出現江湖，別人哪裡知道我底細？我是認識很多人，而且多半是少年男子，但我……」

左冰又逼了一句道：「妳和他們都……都很……很要好麼？」

凌姑娘幽幽地道：「你別問我這些好麼？你不相信我，我多說又有何益？」

她心中雖有一千一萬個要表白真相，但見左冰目光炯炯逼人，忽然有一種受辱的感覺，再不肯如此低聲下氣出口了。

左冰適才話一出口，心中也極爲吃驚，暗忖自己怎麼會變成狹窄計較之人，兩人心中有事，默默然再也談不下去，過了一會，凌姑娘幽然走了。

六一　胸中之秘

船上開飯很早，下午傍晚時分，凌姑娘吃完飯一個人站在甲板上觀看夕陽，左冰站在不遠之處，想上去搭訕說話，但他少年臉嫩，徘徊數次，總是不好意思去找凌姑娘談天。

那夕陽愈來愈下去了，海上一片金光赤練，壯麗美觀。

左冰抬眼只見前面眼界之處隱然顯出一塊陸地，過了一會更是清晰，那村上炊煙裊裊而升，看得更清楚了。

凌姑娘再也忍耐不住，回頭低聲叫道：「左公子，咱們到家了。」

左冰柔聲道：「凌姑娘，妳別傷心，我相信妳便是。」

凌姑娘舉袖擦擦眼角道：「你心裡怎麼想，我是一點也不知道，我……我也願這船永遠不要靠岸，那我……便可和你永遠在一起了。」

她說出這刻骨深情的話來，左冰大是感動，上前輕扶著她道：「咱們日後相見機會極多，有的是日子哩！」

凌姑娘不語，那船漸漸靠近陸地，左冰往陸地上瞧去，只見岸邊站了十幾個女子，最前面卻是一個俊秀少年。
那少年見船一靠岸，立刻衝上船來，摟住凌姑娘高興地道：「雲妹，可想煞我了。」
左冰瞧得一陣心酸，緩緩掉頭不看，那凌姑娘也似極爲高興，抱住那少年親了親，忽然想到左冰，待要與他引見，只見左冰身子背過去，正在觀賞陸上風景。
凌姑娘一怔，隨即恍然大悟，心中又甜又氣，暗自忖道：「真是傻哥哥，什麼事不問原由，便是先自生氣，那瀟灑的性格哪裡去了？」
想到此，心中還真的怕他生氣，便上前低聲道：「我的事，你問我爹爹便知道了！」
那少年笑道：「雲妹，妳真偏心……」
他尚未說完，凌姑娘已被一群婢女擁了上來，左冰聽得心內發煩，只覺那少年男子一舉一動都是討厭。
凌姑娘湊上來道：「左公子，你到我們家客館去休息，我梳洗一番便陪你見爹爹去。」
左冰無言地跟著大伙下了船，眾人走了半里，來到一處大院，朱漆大門，兩邊橫臥二頭石獅，極是氣派，左冰和凌姑娘等紛紛入院。
凌姑娘嫣然一笑道：「待會再見。」婢女擁著便向左邊走去，那少年男子仍然和她並肩而行，神態極是親密。
左冰跟著兩個女婢往右走，不多時走過一條長長花廊，來到一處精緻平屋跟前。
那兩個婢女引先而入，左冰根本毫無心情，揮手叫兩個婢女走了。
那婢女臨去之時道：「左後方是浴室，早已燒好浴湯，公子請梳洗。」

左冰道了謝，他昏迷至今，猶未沐浴潔身，當下也不客氣，舒舒適適洗了一身，只覺大是輕快，輕衫便履，緩緩走出屋子，只見月上樹梢，四周群花吐芳，空氣極是香馥。

忽然一陣朗朗讀書聲從屋後傳來，左冰聽了一陣，那唸書之人正在朗讀「南華經」，讀音圓潤真如珠落玉盤，消遙自在之情溢於言語。

左冰心念一動，循聲而去，轉了幾個圈子，聲音雖在近前，但卻找來找去也找不到那讀書人所在屋子。

過了一會，那讀書聲微微一止，一個蒼涼的口氣沉沉嘆息著。

左冰無奈，只有站在原處，忽覺自己適才所進的平房也不見了，四周盡是奇花異卉，芳草淒淒，左冰心中一驚，暗忖道：「莫要是進了別人佈下的陣式，主人雖無惡意，但我這做客人的私闖禁地，豈不令人齒冷。」

他正自著急，那清朗讀書聲又起，這次讀的卻是文文山「正氣歌」。

那人讀得極是緩慢悲涼，似乎一字一字細細咀嚼，左冰只有耐心聽著，但聽了一會，只覺此人滿懷憂傷，鬱抑之氣蕩漾，最後念到「風簷展書讀，古道照顏色。」更是一字一哭，聲音全變得啞了。

左冰只覺悲涼之氣直透而上，文文山當年之境，便如眼前目睹一般，連自己身困於此，也不覺忘了。

那人念完「正氣歌」，左冰心中一輕，忽然傳來一個蒼勁的聲音道：「佳客前來，何吝相見？」

左冰大是羞慚，回答也不是，不回答也不成，正自尷尬之間，只聞那蒼勁聲音又道：「左七右八前行十步，老夫倒履相迎閣下。」

左冰知是主人指點，當下依他所言，只走了十步，前面豁然開朗，一幢大屋聳然而立，回首一瞧，自己適才所進之平屋，不過在十數丈之外，心中大是吃驚。

他快步上前，只見一個五旬左右清癯老者迎於門扉之前。

那老者一拱手道：「袖裡乾坤，小方貽笑大家，閣下請進。」

左冰打量他一眼，只見他臉上憂思縷縷，但生得相貌堂堂，不怒自威，步履間龍行虎躍，令人肅然生敬。

那老者自己介紹道：「老夫鬼川，公子大駕蒞臨，幸何如之。」

左冰當下連忙躬身一揖道：「老伯活命之恩，小侄此生不敢相忘。」

那鬼川先生哈哈大道：「些許之勞，何足掛齒，公子請。」

他肅容入內，左冰進了屋子，只見大廳極大，可容數百人不止，卻是淨潔無比，右側全是書櫃，藏書何止數千巨冊，當下學著主人盤膝而坐，抬目而望，前方掛了幾幅字畫，露出古樸雅味。

那鬼川先生道：「公子根基深厚，假以時日，一定成就大器。」

左冰遜謝不已，他眼睛注視那前方一幅對聯，心中大是不解，上面寫著：

「功滿天下，謗滿天下，功耶？謗耶？青史自有定論。

人謀天機、神謀天機，人乎？神乎？大將早鑄天成。

鬼川大將千古」

鬼川先生見左冰臉色惑然，他心中恍然對左冰道：「鬼川大將早死，殘軀遊魂，心存故主，不知何年何月，才得重歸家園。」

他說話之間，神情極是淒涼。

左冰天性聰慧，早見蹊蹺，當下道：「在朝在野，只要心存忠義，管那天下悠悠之口，我心自比皎月，何人能犯？」

鬼川先生道：「豈不聞眾口鑠金，眾醉獨清，屈子道清閒不容於世，武穆精忠而蒙莫須之罪，老夫身心早死，所以苟存一息者，欲見吾主一面也。」

左冰心中忖道：「這人依稀之間仍具大將風格，他身負奇冤，放浪海上，此時和我初次見面，交淺言深，不知是什麼原因？」

鬼川先生見左冰默然，忽的呵呵笑道：「公予前程遠大，英雄本色，老夫一味喪氣，真是該罰，該罰！」

他正說話之間，忽然門外一聲嬌喚叫道：「爹爹！爹爹！女兒回來了。」

鬼川先生眉頭一展，應聲道：「芸兒！妳瞧誰在此處？」

屋門一開，那凌姑娘長裙曳地，大步走進，她一見左冰笑道：「想不到你到得早，不用我引見便見著了爹爹！」

鬼川先生道：「左公子，你和東海董家兩位先生有何淵源？」

左冰一怔道：「晚輩與董二先生孫女相識，前輩何以得知？」

他此言一出，凌姑娘臉色突然一變，一言不發，席地而坐，雙目瞪著左冰，神色大是不善。

鬼川先生道：「董氏昆仲愛屋及烏，傳授公子至上內功，老夫為公子金針導穴，只覺公子體內脈道運行不已，竟能自行抗毒不侵，天下除了董家至陽神功外，再無第二種功夫能在昏迷之際，猶自產生抗力。」

那凌姑娘神色更是不善，左冰忙道：「晚輩昔日偶得崆峒秘笈，替董家小姐至友太湖陸公子療毒，董氏二先生曾以『醍醐灌頂』大法助晚輩修為。」

鬼川先生呵呵大笑，雙手連搓道：「原來如此！原來如此！老夫庸人自擾，芸兒，別將臉沉得像死人一樣，哈哈！」

凌姑娘秀臉一紅，半晌說不出一句話來，她心中忽然想到一事，向她爹爹道：「你們兩個談談，女兒去熱壺茶來。」

鬼川先生因愛女快步而走，臉上羞澀之容滿佈，他一生之中何曾見過這乖女兒害羞過，當下老懷大樂，搓手對左冰道：「公子福緣深厚，又得董家二位先生垂青，小女頑劣，原難侍候公子，公子多多擔當，老夫感同身受，哈哈！」

左冰聽他口氣，好像要將女兒許配自己，一時之間不知如何答覆。

鬼川先生又道：「老夫生平最是佩服董家二先生董其心大俠，公子如見二先生，請代老夫問候，便說老夫心灰意冷，多年未訪拜故人，請他原諒則個。」

說話之間，凌姑娘已捧上一套茶具，又親手替兩人酌了兩小杯，鬼川先生端起茶杯道：「此茶來自海外仙山，非同小可，公子請。」

左冰品嚐一口，只覺香透腹肺，又冽又爽，確是生平未見之上品。

凌姑娘道：「爹爹，左公子毒都除了麼？」

鬼川先生點頭道：「左公子內功深厚，那毒自金針導出，調息一周天，早已恢復如常了。」

凌姑娘還要說話，鬼川先生道：「公子面上紅色直透華蓋，遇合便在眼前，時機稍縱即逝，遲則有失機緣，老夫未敢久留，這便派輕舟送公子往回。」

左冰大喜稱謝，忽見凌姑娘又氣又急，花容失色，心中也是依戀不忍。

那鬼川先生笑道：「癡丫頭，來日方長，此刻公子正事要緊，怎的如此小女兒態來，豈是我鬼川之女？」

凌姑娘一聽，知阻之無用，便道：「我送公子上船去。」

鬼川先生微一頷首，送兩人出門。

兩人走了一會，忽聞背後屋中鬼川先生清朗的讀書聲又起：「三十空門原不著，除光去塵體自同，痕垢卻盡光始現，心法變忘性卻真……」

那聲音愈來愈低，卻是愈來愈淒清，凌姑娘低聲道：「我爹爹從前是倭國田中幕僚第一護國大將軍。」

左冰點點頭道：「我知道。」心中卻想道：「原來鬼川先生是倭國之民，但他喜愛中華文化，對於中華史書這般瞭然，我這中華臣民也自嘆弗如了。」

凌姑娘又道：「昔年之事，我尚未出生，爹爹又不肯講，但據我這多年來觀察，爹爹負了奇冤，別人都說爹爹陰謀篡位自立，後來爹爹便帶娘來到海上，他昔年為將極得軍心，那些部下陸陸續續都跟來了，終於發展成今日局面。」

左冰道：「是非自有公論，令尊之冤總有洗雪之日。」

他只覺手一緊，右手被凌姑娘握住，凌姑娘附耳低聲說道：「你……我要你問爹爹的事，你問了麼？」

左冰一怔問道：「什麼啊！」

凌姑娘大急，半晌說不出一句話來，兩人默默走近海邊，那快艇早已升帆待發，凌姑娘不禁流下眼淚來。

左冰道：「我事一完，一定出海尋妳。」

凌姑娘哽咽道：「我是怎麼樣……的人，你總有一天會知道，我……」

她趁四下黑暗，再也忍不住，親了親左冰。

左冰一怔上船，那水手一聲叱喝，起錨迎風而去，左冰舉起兩手叫道：「姑娘珍重！」只覺那船行極速，凌姑娘的影子愈來愈小，左冰眼睛發酸，站在船尾甲板之上，海風呼呼吹來，他卻恍若未覺，好半天凌姑娘身形看不見了，左冰這才如大夢初醒，緩緩踱入艙中。

且說白鐵軍與錢百鋒分頭猛追那古怪和尚，兩人速度如飛，繞過一個大林子，只是瞬息之間的事，然而到了林子盡頭，依然不見那和尚的蹤影，錢百鋒向白鐵軍打了一個招呼，白鐵軍飛縱過去。

錢百鋒道：「咱們再向下追去。」

兩人從那背山的一條小道直追而下。

白鐵軍道：「鐵老前輩，你說這和尚所說的可是實話？」

錢百鋒道：「據我看大致不差。」

白鐵軍道：「但楊老幫主怎會跟這和尚幹起來？」

錢百鋒道：「當年楊陸率著天下豪傑向土木堡進軍之時，路上忽遭巨變，天下豪傑一一中毒遇害，楊陸奮然獨闖星星峽的事，這其間還有一段連貫不上的時間，可恨這段時間就是事情的關鍵。」

白鐵軍道：「但是楊老幫主最後怎麼又會趕到落英塔來？」

錢百鋒長嘆道：「這個……你要知道麼？」

白鐵軍道：「正是，晚輩對此事一直百思而不得其解。」

錢百鋒道：「這要從老夫如何被關進落英塔說起……」

白鐵軍道：「願聞其詳。」

錢百鋒道：「那年老夫應楊幫主之邀，前往丐幫大寨共商大計，結果忽然事出意外，我為救左老兄而遭暗算，沒有能趕上大隊人馬，左老哥雖然代我匆匆趕到，卻只看到丐幫大寨被毀的遺跡，這段故事，你已知道了？」

白鐵軍點了點頭。

錢百鋒繼續道：「老夫匆匆也向西去，一路上馬不停蹄，星夜疾奔，直到甘蘭山上，老夫中了埋伏……」

白鐵軍道：「中了何人之伏？」

錢百鋒道：「我正從那古木大道上經過，忽然出來六個大漢，齊聲叫道：『好賊子，咱們可被你害慘了！』說罷一齊跳上來對我攻擊。

當時我大叫道：『是哪一路的朋友，有話好說！』

那六人齊叫道：『誰是你的朋友，咱們雖然打你不過，今天可要跟你把命拚了。』

老夫當時弄得丈二金剛摸不著頭腦，定睛仔細一看，六個人裡倒有五個穿著破破爛爛的布衣，我當下大叫道：『各位可是丐幫的朋友？老夫……』

我話尚未說完，他們便大叫起來：『你害死了咱們的兄弟，還有什麼話好說？』

說罷便一湧而上，對我性命相搏。

當時我心中大大吃了一驚，連忙閃身躍開，大叫道：『有話好說，有話好說……』

但那幾人似乎失去理智，只是用最狠毒的招式拚命對我招呼。」

白鐵軍聽到這裡，插口問道：「他們說錢老前輩你害死了他們的兄弟，可是指的山東大寨被毀的事？」

錢百鋒笑道：「我也不知道，那時候那還容得我多問一句？」

白鐵軍道：「結果如何？」

錢百鋒沒有回答，白鐵軍側目望了他一眼，只見他臉上顯出一種茫然的痛苦，白鐵軍心中已然知道結果是如何了，不再多問，只是輕輕搖了搖頭。

過了一會兒，錢百鋒道：「結果……六人中五個被我打死了。」

白鐵軍默然，他心中暗暗忖道：「武林中人把錢百鋒視爲魔頭，他當年的脾氣確實有些地方太過火了一點。」

錢百鋒過了一會道：「逃走的一個，是那沒有穿著丐幫衣服的人，當時我也懶得追他，便繼續趕我的路……」

白鐵軍道：「錢老前輩你單人匹馬……」

他尚未說完，錢百鋒已打斷道：「你且聽我說，當時我急於趕路，什麼都不暇細思，只希望早一些趕上大隊人馬，好好大幹一番，卻不料走出不到三里路，又碰見了一批丐幫的好漢，那逃脫未穿丐幫衣服的傢伙也在其中，顯然是他跑去拉來的救兵。」

白鐵軍點了點頭。

錢百鋒道：「老夫雖然魯莽，但這時也知道必須忍耐，不可再殺丐幫的好漢，否則以後對楊陸如何交代？奇怪的是那幾個丐幫兄弟一見了我，同樣是一副不共戴天的模樣，老夫實在無法應付，又不願再傷人，只好施展一路重手法長拳，把幾人逼開幾步，拔腿就越過他們跑了。」

錢百鋒說到這裡，想了想道：「現在我想起來，這其中大有問題……」

白鐵軍道：「錢老前輩是說那未穿丐幫衣服的人？」

錢百鋒道：「正是，我事後回想，那第一批的丐幫兄弟無論言語舉止都有些不對勁，而這一批丐幫見我一躍而過，似乎猶疑了一陣，並未追趕上來，老夫先前曾和當先一人對了一掌，當先之人掌力頗是高明，這一來，老夫就更覺奇怪了，試想這批丐幫好手分明力量不弱，既是一副與老夫不共戴天的模樣，又怎會讓老夫突圍跑了，尚且猶疑不決？」
白鐵軍道：「前輩現在可想通其中道理？」
錢百鋒道：「聽了薛大皇的一席話，老夫才想通其中的關鍵，原來這批丐幫兄弟是奉了楊幫主之命趕回京城去鎮亂的，他們重任在身，難怪暫時放過老夫了。」
白鐵軍想了一想道：「據我想來，這其中還有毛病……」
錢百鋒喜道：「我已想通是怎麼一回事，你倒說說你的意見……」
白鐵軍道：「晚輩雖然不明就裡，卻總覺得那個未穿丐幫衣服的漢子是個問題人物。」
錢百鋒拍手道：「你猜得真不錯，在老夫想來，不僅那個未穿丐幫衣服的漢子，連第一批碰上的幾個漢子也都不是丐幫的。」
白鐵軍道：「何以見得？」
錢百鋒道：「第一批幾人是經左邊捷徑趕到的，是以比第二批丐幫早到了一步，試想丐幫若是急急忙忙要直回京去，怎麼可能還分兩批，一批走捷徑，一批繞遠路？」
白鐵軍點點頭道：「前輩你的意思是，丐幫兄弟根本就不知道有捷徑可循？」
錢百鋒道：「不錯，那先前一批人化裝成丐幫弟子，由那未著丐幫衣服的漢子率領著搶先趕回京城，不知為的是什麼。」
白鐵軍道：「這很容易解釋，他們只要藉著丐幫的名義到京城胡搞一通，則真正丐幫的好漢到了京城亦難以辯白，如此就可壞了丐幫大事，但那未穿丐幫衣服的大漢為何又會和第二批丐幫好漢搭在一起？」

錢百鋒道：「他見夥伴被老夫一一殺了，索性將計就計，迎上第二批丐幫好漢挑撥一番，說是老夫毀了他們的山東大寨，殺了他們的兄弟。」

白鐵軍道：「這個推測十分合理，但那未穿丐幫衣服的大漢究竟是誰？」

說到這裡，他忽然啊了一聲道：「我好像也曾聽湯二哥講過這麼一回事，他只說曾跟老前輩你動過手，那漢子他們也不認識。」

錢百鋒喃喃道：「據我看，八成是那傢伙。」

白鐵軍道：「是誰？」

錢百鋒道：「薛大皇從前說過，楊陸率眾北征時，就在大夥兒中毒前，有一個大漢陪著周公明匆匆趕來。」

白鐵軍道：「你猜是那大漢？」

錢百鋒道：「極有可能。」

白鐵軍道：「從前湯二哥給我述說過這一段往事時，只是輕描淡寫帶過去，是以我從來沒有注意到那個神秘大漢，如此看來，那神秘大漢是條大線索了。」

錢百鋒道：「不錯，希望他尚在人間。」

他停了一停繼續道：「我擺脫了丐幫，便繼續趕路，走到一處岔路，我不知應該朝那一面走，結果我選錯了一條路，好在這條路只是多繞幾日路程，最後兩條路還是能會合的。」

白鐵軍道：「那時皇帝已經被圍？」

錢百鋒道：「正是，等老夫在高處看到戰火邊緣之時，大勢已去，這時，老夫忽然碰見了故人……」

白鐵軍道：「什麼人？」

錢百鋒道：「姚九丹。」

如果左冰在場，他一定恍然明白了，姚九丹就是他在絕谷中所碰見的人。

錢百鋒繼續說道：「我與此人有舊，見了面自然高興，問他怎會出現在此，他說也是想來參加救駕大舉的，同樣是來遲了一步，沒有跟上大隊，我問他可曾看到楊陸，他說前幾日曾碰著一個神秘老者，告訴他楊陸他們已經潛進重圍中去見皇帝了。」

白鐵軍道：「前輩，他說是一位神秘老者？」

錢百鋒點了點頭。

白鐵軍道：「你猜會是誰？」

錢百鋒：「當時我連想都沒有時間想，事後我想了許久，卻也想不出會是什麼人。」

白鐵軍腦海中忽然閃過一絲靈光，像是忽然之間抓到了什麼，但是仔細想起來，卻又不知道自己抓到了什麼，他只是仰著面，茫茫然苦思半晌。

錢百鋒繼續道：「當時我立刻託他混進重圍替我把左白秋找來，因爲當時我還不知道自己跟丐幫中怎麼會產生了誤會，心想先找到了左老弟再說……」

白鐵軍道：「左老前輩也沒跟上大隊？」

錢百鋒道：「是呀，但是當時我並不知道，於是我託姚九丹替我尋一尋左老弟，我看著姚九丹去了，這才轉身到崖上觀看，卻不料這一上崖，整個形勢大變了……」

白鐵軍從他的語氣中感覺出緊張來，他連忙問道：「怎麼？」

錢百鋒道：「我一躍上崖頭，忽然有人偷襲我，老夫舉掌就打，那人卻是拔足就逃，老夫追了上去，只見那人身著異服，分明是個西域蠻人，老夫追了幾丈，那人輕身功夫忽然加速施展開來，只見他身如流星，竟是一流身法。」

錢百鋒停了一停，繼續道：「當時老夫也施展輕身功夫，一路猛追下去，只是霎時之間，已經追出甚遠，前面一片奇形竹林，那異服漢子衝入竹林中，一閃即沒，老夫大步追入，豈料一入竹林，忽覺四面雲霧騰騰，東西與南北難辨……」

白鐵軍道：「奇門陣法？……」

錢百鋒道：「一點也不錯，我錢某對這奇門鬼玩意兒也還懂得一點，但是當時我左轉右轉，竟是轉不出方寸之地。」

白鐵軍道：「那異服漢子是故意引你走入這奇門陣法的？」

錢百鋒道：「想來雖如此，老夫在陣裡轉了半天，忽然聽見一聲大喝：『無恥的小人，有種的咱們面對面的拚一下！』

當時老夫一聽，便知道陣裡一定還困了別人，我正要開口探問，忽然一股強勁的力道直向我背後襲來，我一個縮身，反手揮出一掌，只覺得對方的力道中忽然發出一種左向的引發力，老夫的掌力竟然完全被帶到一邊，有如石沉大海。

老夫驚咦了一聲，反手一掌拍出，用的是小天星內家掌力，心中默默喊道：『倒下！』

然而一股奇異無比的黏滯之力將老夫一掌之力向左橫帶數寸，老夫竟是險些一個立足不穩，這倒是老夫平生所罕有碰見的事，當時老夫一個回身，望目一看，只見一個魁梧的大漢立在一棵大竹前，老夫一看他的模樣和打扮，心中忽然想起一個人來，當下問道：『你是烏老大還是烏老二？』

那人冷冷地道：『在下烏九原。』

老夫冷笑道：『原來是烏老大。』

烏老大道：『錢百鋒，你既然溜了，又何必趕來？』

當時我怔了一怔，隨即明白他是指丐幫出發前老夫忽然失蹤未能隨隊同行的事，我也不加解釋，只是冷哼一聲道：『老夫的行動自能作主，高興怎樣就怎樣，你管得著麼？』

烏老大道：『在下只是問你一聲，你到此地打的是什麼主意？』

我哈哈笑道：『打的什麼主意？你這話是什麼意思？』

烏九原忽然道：『山東丐幫大寨被毀，可是老兄的傑作？』

我沒有料到他竟敢如此開門見山的問出這句話來，當下怒道：『你要怎麼說全可以，老夫可要試試烏家在關東震天的名頭是不是虛混得來的！』」

錢百鋒說到這裡，停了一停。

白鐵軍暗暗嘆道：「多少事全被你這該死的壞脾氣給毀了！」

錢百鋒望了白鐵軍一眼，繼續說道：「當時我說出這句話，便準備和那烏老大先幹一場了，卻不料烏老大只是冷冷笑道：『錢百鋒，烏某只是想把事情先弄清楚，可不是怕你。』

我逼他一句道：『你打敗了老夫，自然讓你把事情弄清楚。』

烏九原道：『咱們在丐幫大寨臨行的前一晚，你到那裡去了？』

我大聲喝道：『叫左白秋來，他會告訴你一切。』

烏九原楞了一楞，大叫道：『左白秋？』

我見他表情，心中也覺奇怪，忙問道：『怎麼？左老弟沒有跟你們在一起？』

烏九原搖頭道：『沒有。』

我當時心中一急，口不擇言，大喝道：『你們把左老弟怎麼了？』

烏九原跨前一步，冷然道：『錢百鋒，你不要節外生枝，顧左右而言他！』」

錢百鋒說到這裡，嘆了一口氣，對白鐵軍道：「試想以我當年的脾氣，這一句話如何聽得進去？我一怒之下，舉掌就打，口中喝道：『你不先動手，老夫就不能教訓你了麼？』

烏九原見老夫動手，立刻以攻搶攻，就這樣，咱們打了起來……」

白鐵軍急於知道後果，忙問道：「後來呢？」

錢百鋒道：「長白烏氏兄弟名震關東。那的確是名不虛傳，他一手奇異無比拳招完全走的是粘滯阻打的路子，卻又和中原的太極門迥然不同，老夫和他連戰百招，絲毫沒有佔到上風。」

白鐵軍道：「結果如何？」

錢百鋒道：「這時，東邊竹叢中忽然有人叫道：『九原兄，是你在說話麼？』

烏九原大叫道：『是錢百鋒，我已經和他幹上了。』

那邊那人叫道：『你在什麼方向，我試試看能否走得來？』

烏九原一面出招，一面答道：『據我看大概在你的西面……』

我一聽他們的對答，立刻知道那人必也是困在竹陣之中了，我一面暗思這陣法的古怪，一面注意烏九原的拳招……」

說到這裡，錢百鋒的臉上忽然顯出極是奇怪的神色。

白鐵軍忙問道：「後來呢？」

錢百鋒道：「後來，大約是兩百招上，不知怎的，我一掌猛然拍出，後面暗藏三記殺手，原來是想逼他向左退的，卻不料烏九原似乎忽然之間全身力道一鬆，我的掌力未遇任何抵抗，長驅直入，一連三記殺手全都打在他的胸前……」

白鐵軍驚得啊的一聲叫了出來，瞪大了眼望著錢百鋒。

錢百鋒繼續道：「當時我也驚駭得傻住了，只見烏九原口吐鮮血，仰身便倒，這時，忽然左邊一聲悲呼，一條人影如箭而至，撲倒在烏九原身邊，大叫道：『大哥，大哥……』

我心中閃過一個念頭，暗忖道：『這必是烏九飛了。』

果然那人哭喊兩聲，站了起來，雙目中如同要噴出火來，指著我大喝道：『錢百鋒，你害了我大哥，我與你拚了！』

他躍身出掌飛腳，三個動作一氣呵成，姿勢美妙之極，我沉著應了一掌，只覺這烏九飛功力猶在烏九原之上，更加以他氣憤膺胸，出招又狠又毒，五十招內，我只有自保的分兒。」

白鐵軍道：「如此說來……」

錢百鋒打斷他的話道：「你且聽我說下去，到了百招後，老夫逐漸把握戰局，以攻為守，然而就在這時，幾乎是一模一樣的情形下，烏九飛又是門戶全開，被老夫一連擊中三掌，翻身倒斃地上！」

白鐵軍連話都說不出來，只是怔怔地望著錢百鋒。

錢百鋒的臉上流露出無比複雜的神色，他長嘆了一口氣道：「當時我連思考的能力都似乎消失了，只是呆望著兩具屍體，自己心中根本就不敢相信就這樣一連兩個絕代高手死在我的手上……

也不知過了多久，忽然一聲比冰還要冷的聲音從我身後發出！

『錢百鋒，你大開殺戒了！』

我一個反身，仔細一看，只見兩把劍斜斜地對著我，正是號稱天下第一劍的卓大江和何子方。

我當時心中亂極，只是茫然道：『卓兄……』

我話尚未說完，卓大江已厲聲打斷道：『誰是你卓兄？』

我一聽這話，心中怒火直升上來，冷笑道：『你要怎樣？』

卓大江道：『烏氏兄弟死在你手上？』

我傲然道：『是又怎樣？』

卓大江道：『錢百鋒，那麼這陣也是你擺下的了？』

我冷冷一笑道：『那不是。』

卓大江道：『你好狠的手段！』

我打斷他的話道：『這兩個蠻子，我不殺他，他豈不殺了我？』

卓大江一抖手中長劍道：『問題是卓某難以相信錢百鋒你能在正常的情形殺死烏氏弟兄！』

他說到這時，用眼光望了望何子方。

何子方緩步上前到了烏氏兄弟的屍身邊，低下身子仔細一看，忽然厲聲大喝道：『錢百鋒，你嗜殺成性，但天下豪傑勤王共襄舉義干你何事，你竟大屠天下英雄……你……』

他激動得說不下去，卓大江大吃一驚，上前一步問道：『子方你說……什麼？』

何子方大聲道：『烏氏兄弟七竅流血，身上泛紫青之色！』

卓大江勃然色變，厲聲道：『和那數十位天下英雄死狀一樣？』

何子方道：『一模一樣！』

卓大江刷的一下反轉身來，面色有如嚴霜，那時我只知天下各路英雄在楊陸率領之下直奔土木堡，確不知已經突遭巨變，各路英雄忽然中毒而死，是以聽卓大江和何子方這一番話，只是覺得有點迷糊，當下道：『你們說什麼，我完全不懂……』

卓大江怒喝道：『錢百鋒，你還要賴麼？』

他一抖長劍，劍光有如一條長龍直奔過來。

我知道這號稱天下第一劍的好手不太好惹，當時雖有百般疑惑，卻也無暇細思，只是全神貫注，揮掌相迎。

那何子方按劍站在一旁，並不上來相助，我心中想盡快把戰局解決，好好問個清楚，是以一上來便施出全力，瞬目之間，已經連攻了七十餘招。

然而卓大江劍法委實是高明之極，七十餘招之中，招招半守半攻，簡直叫人嘆服，我在心中想：『今日要想勝過這兩兄弟，只怕是大大不易了。』

戰到百招之上，卓大江施出了聞名天下的點蒼快劍，我在他五十招內竟然遞不出手，老夫平生會過劍術名家無數，到這一次，才算真正服了。

到了三百招時，忽然竹林四周濃煙冒起，霎時大火從四面八方捲了進來，正好把我們爭鬥的地方圍在中心。」

錢百鋒說到這裡忽然一停，白鐵軍道：「有人放火？」

錢百鋒點了點頭道：「正是如此，但當時點蒼雙劍還以爲是我安排的，卓大江一收長劍叫道：『子方緊跟著姓錢的！他總不能把自己也燒死！』

雖然起火，卻依然是在竹陣之中，是以卓大江叫何子方緊盯著我，只要我能出去，他們便能跟著出來，殊不知我也不知該如何出陣，一時之間，不禁呆住了。

那火趁風勢，來得極是兇猛，片刻已至睫眉，咱們三人站在那裡傻瞪眼，這時，忽然一個宏亮的聲音飄來：『卓大俠，你們在那裡？』

卓大江一聽這聲音，立刻喜道：『道長來了！』當下大聲喝道：『咱們被困在大火中心！』

不一會，只見兩人從大火中如飛而至，正是武當掌教天玄道長和駱金刀，道長一衝進來立刻大叫道：『跟我走！』

只見他從那迷離的竹陣中左圍右迴，身法如電，點蒼雙劍緊跟著他身後，我也老實不客氣跟在點蒼雙劍的身後，也不知轉了多少次，只覺迎面凌風拂來，不再帶有煙味，已經出了火場竹陣。

他們四人才一立定腳跟，點蒼雙劍便叫道：『烏氏昆仲完了……』

天玄道長大驚追問：『怎麼回事？』

當時我心中想：『今日的事好生奇怪，莫非是這幾個傢伙想藉口殺了我？我早知道這些名門正派確視我錢百鋒如同厲魔，哼！』但繼而想道：『我還是先找左老弟，大概一切問題都可解釋了，何必跟他們一味蠻鬥？』

想到這裡，抬目一看，只見自己正立身在一個岔路口上，當下一個閃身便向右邊一條路奔去，他們四人發覺時，要想追我，已是不及……」

六二　撲朔迷離

錢百鋒說到這裡，歇了一歇，白鐵軍道：「楊老幫主和卓老前輩等人分手後，獨闖星星峽求救兵去了，卓大俠等人又怎會出現在此？」

錢百鋒道：「當時我也不暇細想，只是對他們憤恨無比，現在想起來，必然也是被人引入陣中困了起來。」

白鐵軍臉上露出驚色，喃喃道：「如果說，敵人佈好了陣，先引開了懂得陣法的天玄道長，然後把點蒼雙劍及烏氏兄弟誘入陣中，再設法把錢老前輩你騙進去，最後再突然用毒配合你的拳勢害了烏氏昆仲，輕而易舉地把毒害天下豪傑的罪狀加到錢老前輩你的身上……好周密的毒計！」

錢百鋒長嘆一聲道：「現在分析起來，正是這麼一回事。」

白鐵軍道：「錢老前輩，你離開了他們四人，可有找到左老前輩？」

錢百鋒又是一聲長嘆道：「下面的事情演得更離奇了，咱們歇一歇再講吧！」

白鐵軍點了點頭，這時兩人已遠離少林，前面一片丘陵，間或也有不大的平地，一目望去，只見小山林立。

錢百鋒和白鐵軍放步奔了下去，走到一片林子前面，白鐵軍道：「左面有條小路，據我看來，若要走出這片丘陵，走這條小路可以縮減一半以上的路程。」

錢百鋒點了點頭。

兩人從左邊小路走了下去，忽然聽到一聲輕輕的嘯聲，兩人不覺怔了一怔。

白鐵軍道：「這是什麼聲音？」

錢百鋒笑道：「不知是什麼騷人墨客，又在清嘯抒懷了。」

白鐵軍道：「我有一點懷疑……」

錢百鋒道：「懷疑什麼？」

白鐵軍道：「爲什麼我們一走入這條路，嘯聲就起了，倒像是暗號似的，前輩你聽，現在就沒有再聽到嘯聲了。」

錢百鋒想了一想道：「你懷疑得也有道理，可能有人料定咱們會走這條捷徑，便在前面設了埋伏？」

白鐵軍道：「晚輩不過是懷疑罷了。」

錢百鋒道：「假設你的懷疑是對的，那麼問題擺在眼前……」

錢百鋒停了一停道：「誰知道咱們從少林寺一路下來？除非是那老和尙他先下來了，又派人在這條路上設了什麼埋伏。」

白鐵軍道：「還有薛大皇也知道。」

錢百鋒怔了一怔。

白鐵軍道：「咱們是否繼續前進？」

錢百鋒道：「當然繼續前進，加倍小心就是。」

於是兩人繼續向前奔去，走了不到半里路，前面一個急彎，兩邊都有大樹，忽然彎道的那邊傳來一個驚駭的喝聲：「炸藥？」

錢百鋒和白鐵軍不約而同地猛可站住，兩人對望了一眼。

錢百鋒正自暗忖，那邊喝道：「炸藥！千萬不要動！」

錢百鋒聽那聲音，大喜叫道：「左老弟，是你！我和丐幫白幫主在一道。」

彎道那邊正是左白秋，他別了左冰趕上少林，在路上碰上兩個鬼鬼祟祟的漢子，當下把兩人點住了，正問出「炸藥」兩字，錢百鋒和白鐵軍就趕到了

左白秋大叫道：「我發現了兩個人在這裡埋伏了炸藥，但是到現在還查不出機關在那裡，你們千萬不要動。」

錢百鋒和白鐵軍抬目望去，只是一條小道，向左彎去，兩邊都是大樹，看不出絲毫端倪來。

只聽得那邊左白秋的聲音：「炸藥埋伏在哪裡？你快快說出，免你一死。」

那兩個漢子顯然是抵死不說，左白秋氣得厲聲大叫。

錢百鋒開口問道：「左老弟，這個小彎使咱們兩個見不著面，從彎道的中心算起，到你立足這處有多遠？」

左秋白道：「大約兩丈。」

錢百鋒對白鐵軍道：「從咱們立足之處到轉彎處，也有二丈路——咱們要不要試一試？」

白鐵軍道：「飛躍過去，中間在空中轉彎，直落到左老前輩身旁？」

錢百鋒道：「不錯，如此完全凌空飛渡，可不會觸動什麼機關吧？」

白鐵軍道：「問題是那彎轉得太急，衝力必然大消，能不能再飛兩丈到達左老前輩身旁？」

錢百鋒道：「咱們試一試。」

他一面高聲叫道：「左老弟，你一看不行的話，立刻發掌送我回來。」

只見他猛一吸氣，整個身軀如同陀螺一般在空中飛快地轉了兩圈，那前進之勢頓消，而旋轉之勢仍是極強。

他轉到第三圈上，忽然雙臂一張一縮，整個人向左飛出，正好落在左白秋的身旁。

這時，那被左白秋點了穴道的兩個漢子，面上露出極爲緊張的神色，其中一個猛然一跤摔倒地上，倒像是不慎跌了一跤。

那邊白鐵軍已經飛身而起，他到了那轉折點的空中，身軀如同臨風玉樹，雙袖一陣揮動，漫天都是他的袖影，則他的身形就在這一片袖影之中，轉向緩緩落向左白秋這邊。

然而就在這時，忽然震天價響的爆炸聲從路邊兩棵大樹的樹幹裡發出，霹靂一聲，白鐵軍聲在空中，暗叫一聲要糟……

在左白秋和錢百鋒的驚呼疾退聲中，白鐵軍在這一剎那之間顯出了他無與倫比的機智與功力，只見他悶聲一哼，一股真力忽然下沉，整個人如同被大力所帶，呼的一下就摔落地上，那下降之勢，委實是快得有如電光火石，他身軀才一著地，已經呼呼貼在地皮翻滾出十丈之外。

這種情形下施出這一招下降翻滾，真乃是不可思議之作，然而白鐵軍卻使得天衣無縫，漂亮之極。是以雖然他狼狽地轉過身來，左白秋和錢百鋒相對的四目中卻發出無比驚訝的光芒。

那兩個漢子全都被炸死，白鐵軍走上前去查看，只見那具曾經假裝跌倒在地的漢子，手下面的泥土草叢裡，埋有一個小小的方盒，想來就是引發炸藥的機關了，那路邊的下面，有一個佈置得十分巧妙的坑，用雜草偽裝掩飾起來。

白鐵軍指著那坑洞道：「若不是左老先生發覺了他們，他們躲在這下面的坑裡引發炸藥，那是萬無一失。」

左白秋道：「這兩個漢子也真厲害，捉住他們什麼也沒有問出來。」

錢百鋒冷冷地道：「問不問出來也都差不多，反正敵人是處處明朗化了。」

白鐵軍心中暗暗地忖道：「你們都錯了，敵人的主要目的，怕是要殺死我白鐵軍！」

錢百鋒問左白秋道：「你怎會到了這裡來？」

左白秋把經過情形大概說了一遍。

錢百鋒道：「冰兒呢？」

左白秋道：「他帶了我的親函到洛陽去尋駱金刀去啦。」

白鐵軍啊了一聲，眼前浮起駱金刀臨死前的情景，他不禁癡然呆住了。

左白秋奇怪地望了他一眼，問道：「怎麼一回事？」

白鐵軍嘆了一口氣道：「駱老爺子已經不在人世了！」。

左白秋大吃一驚，連忙追問，白鐵軍把大致情形說了一遍。

左白秋不禁長嘆道：「昔年土木堡之戰都沒要了他的命，卻不料十多年後，依然為這事喪了老命！」

白鐵軍一聽到「昔年土木堡」五字，心中又是一顫，他趁機問道：「那昔年土木堡救駕的經過中，左老前輩您的遭遇是怎樣的？」

左白秋望了他一眼，又望了錢百鋒一眼。

錢百鋒道：「我的事都已對他說過了。」

左白秋道：「說起老夫當年的事來，那的確令人又悔又恨，若不是老夫一時不慎中了敵人詭計，又焉得有今日之局勢？錢大哥又怎會在落英塔苦度十幾年？」

他說到這時不由嘆聲連連。

白鐵軍正想問下去，只聽得一個又深沉又洪亮的聲音從身邊響起：「列位施主請了！」

在場三人無一不是當今武林頂尖高手，竟然未曾察覺到這人是何時走近的。

錢百鋒猛一回頭，只見一個相貌奇怪無比的陌生老和尚站在路邊。

這和尚白髯過胸，面色卻是出奇的紅潤，是以猜不透他真實的年齡。

錢百鋒拱了拱手道：「大師請了，敢問……」

那老僧身上穿著一襲怪色大袍，看上去一根根的衣線清晰可數，卻又隱然泛出一種柔和的微光。

錢百鋒上下打量著這和尚，卻是不知這和尚是何來歷。
那老僧道：「老僧借個過道。」
錢百鋒回首一看，那窄狹的路面，被自己三人並排站著全給擋住了，當下歉然一閃身道：「對不起，大師請！」
那老僧合十爲禮，大步走了過去，對地上的屍體連看都不看一眼。
他走了幾步，忽然停下身來，仰目了望不遠處的高山，忽然呵呵笑了起去，那笑聲震耳，令人生出一種奇怪的感覺。
那老和尚笑了一會，忽然低聲吟道：「少小離家老大回，鄉音未改鬢毛摧……」
錢百鋒與左白秋對望了一眼，錢百鋒低聲道：「莫非是少林寺的？」
左白秋點了點頭。
錢百鋒低聲道：「要不要纏住他問一問？」
左白秋心中忽然閃過一點靈光，他望著那和的背影，默默禱告：「但願是他……但願是他……」
錢百鋒已經追前一步，叫道：「大師請留步……」
那和尚停下身來，緩緩轉過面來，雙目牢牢盯著錢百鋒，道：「施主有何事指教？」
錢百鋒道：「敢問大師此去可是要上少林？」
那老僧道：「是，也不是。」
錢百鋒爲之一怔，問道：「如何『是，也不是』呢？」

那老僧道：「老僧雖要上少林，卻不要進去。」

錢百鋒道：「大師可願聞我一言？」

那老僧顯得有些不耐煩，道：「施主請言。」

錢百鋒道：「大師可以不必上去了！」

那老僧聞言怔了一怔，然後道：「願聞其詳。」

錢百鋒道：「大師此時上少林，除了碎瓦頹壇，屍骨累累之外，什麼也沒有了！」

那老僧雙目一翻，牢牢盯著錢百鋒，然後沉著聲音道：「施主你如何知道的？」

錢百鋒見他目光有異，不禁暗自留神，謹慎地答道：「老朽方才從少林寺下來。」

那老僧道：「全死光了？」

錢百鋒道：「全死光了。」

老僧道：「可是你們殺的？」

錢百鋒心中一驚，口中答道：「當然不是。」

那老僧忽然微微笑了一笑，喃喃自語道：「是不是你們殺的有什麼關係，是不是任何人殺的都沒有什麼關係，關我什麼事？」

他一面說著，一面哈哈笑了起來，像是在笑錢百鋒，又像是在自嘲。

他笑了一會兒後道：「管他死光沒有，老僧還是要上山去看一趟。」

他說完也不打招呼轉身就走。

那老僧轉身就走，錢百鋒想不出用什麼話來激他，站在一旁一直不曾開口的左白秋忽然開口道：「好些人死光了也算不得什麼，只可惜了楊陸這條好漢。」
他這句話說得玄玄虛虛，那老和一聽到這句話，卻是猛然停步，轉過身來，瞪著左白秋道：「施主你說什麼？」
左白秋道：「老夫說可惜了楊陸這條好漢。」
那老和尚道：「你認識楊陸？」
左白秋尚未回答，錢百鋒搶著答道：「不只認識，老夫尚且知道楊陸現在那裡。」
那老和尚眼睛一亮，顫聲問道：「在那裡？楊陸在那裡？」
錢百鋒道：「在塞北落英塔。」
那老和尚冷哼一聲道：「老僧還知道他在東海哩。」
錢百鋒知他不信，連忙向白鐵軍打個眼色，白鐵軍會意，一言不發，忽然上前半步，左掌一揚一圈，右掌卻忽然閃電般擊出，前面一方巨石立成碎粉。
「大擒龍手！你……小施主，你是誰？」
老僧果然驚得雙目圓睜，瞪著白鐵軍。
白鐵軍不慌不忙，恭身答道：「晚輩白鐵軍，丐幫第十一代幫主！」
那老和尚似乎對他們信了九成，忙問道：「楊陸他真在落英塔？」
左白秋道：「自然不騙大師，只可惜……」
他話尚未說完，那老僧已插道：「施主願帶老僧見他一面？」
他說這話時，焦急形於色。

左白秋緩緩道：「可惜大師你看不到他了。」

那和尚緊張地道：「他死了？」

左白秋心中暗暗忖道：「這老和尚連楊陸死了都不知道，可見他至少隱居了十年……」想到這時，對自己心中的推測不禁又多了幾分把握，當下道：「是了，楊陸死了，可憐他爲了國家，辛辛苦苦率領天下英雄西出救駕，結果在星星峽被一個半瘋的賊和尚不分青紅皂白打死了。」

那老僧大喝道：「胡說，誰說打死了？」

左白秋和錢百鋒對望一眼，兩人心裡都自有數。

左白秋續道：「當時雖沒有死，但楊陸還是等於死在瘋和尚的手裡。」

錢百鋒接著道：「一點也不錯，楊陸雖然闖過了星星峽，但那瘋和尚太過毒辣，一面把楊陸逼成內傷，一面教北魏魏定國埋伏在星星峽外，試想楊陸重傷之軀，如何抵得住北魏的蓋世神掌？」

左白秋道：「楊陸一生行俠仗義，是條頂天立地的漢子，他自己誤了一命倒也罷了，可惜壞了國家大事，他必是死也不能瞑目的。」

那老僧正要開口，錢百鋒又接著道：「可憐那楊陸身受無數重傷，苦撐著最後一口氣到落英塔要見我，想來必是要告訴我一件什麼事的，他一步一爬，血滴黃沙，到了塔裡，尚未開口已經斃命……」

他和左白秋一吹一唱，前面說的頗多是藉想像胡吹，但最後這一句卻是句句真實。

錢百鋒一面說著，一面緬懷前景，他是個至性的人，不覺英雄淚下。
那老和尚忽然之間變得滿面羞慚之色，他吶吶地問道：「你們說的都是真的？」
左白秋道：「當然是真。」
那老僧道：「老僧再向你們打聽一件事……」
左白秋道：「大師但言不妨。」
那老僧道：「你們可聽過有一個叫郎倫爾的人？」
左白秋道：「不錯，聽過。」
那老僧道：「他現在……」
左白秋雙目緊盯著他，一字一字道：「他也死了。」
那老僧面上閃過一絲奇異的表情，低頭默思。
左白秋道：「老朽也有一事想要請教大師。」
那老僧道：「施主你說……」
左白秋道：「大師與楊陸是什麼關係？」
那老僧聞言臉色一變，忽然大笑道：「關係？什麼關係也沒有……」
左白秋道：「那麼大師何以關心楊幫主的生死？」
那老僧想了想道：「老僧與他有一面之緣。」
左白秋緊跟著道：「在星星峽？」
那老僧全身猛然一震，雙目牢牢盯著左白秋，然後忽然呵呵大笑起來。

他指著左白秋道：「你……你都知道了？」
左白秋道：「老夫知道一切，卻也不是都知道了。」
老僧道：「現在告訴老僧，你們是誰？」
左白秋道：「老夫左白秋。」
錢百鋒道：「老夫錢百鋒。」
老僧道：「你們知道也就罷了，老僧就是那星星峽中阻鬥楊陸的瘋和尚！」
左白秋故作怒極狀，指著他大罵道：「你……你好狠毒的手段，楊陸跟你有什麼過不去，你單打獨鬥便了，幹什麼要一批一批地狙擊他作車輪大戰？」
老僧大喝道：「左白秋，你胡說！」
左白秋道：「天下人誰不曉得楊老幫主死在你瘋和尚手裡。」
老僧道：「此話當真？」
左白秋道：「當然不假，楊陸爬出星星峽時，已是奄奄一息，如何能敵得住北魏。」
老僧翻起眼來仔細想了一想，然後一言不發，口中喃喃道：「少林寺我也不必去了。」他一面說著，一面便向來時的路途走去。
錢百鋒道：「大師那裡去？」
那和尚停下身來，想了一想，走了三兩步，又停下身來，然後回頭道：「老實告訴兩位一事，楊陸在星星峽碰上老僧時，雖然已經了兩次惡戰，但是依然功力無匹，豪氣干雲，老僧用全力未必能傷得了他一皮一毛，而且……」

他說到這裡，似乎不願意再談下去的樣子。

左白秋連忙問道：「而且什麼？」

老僧不答，雙目仰望天空，流露出一種激動的神情。

錢百鋒催問道：「而且什麼？」

老僧的目光收了回來，望了三人一眼，然後淡淡地道：「而且，事實上是楊陸救了老衲一命。」

錢左兩人一齊驚呼道：「什麼？你說什麼？」

老僧道：「老僧說，事實上，在星星峽楊陸救了老衲一命！」

錢百鋒道：「但是……但咱們聽人說，是你把楊陸逼成重傷……」

那老僧冷笑一聲道：「聽說？哼，你們是聽薛大皇說的吧？」

錢百鋒大驚道：「你怎麼知道？」

老僧不答，只是跨步就走。

左白秋忙問道：「大師何往？」

那老僧道：「老衲去尋薛大皇！」

錢百鋒與左白秋回對望了一眼，左白秋道：「大師你去找薛大皇做什麼？」

老僧不再理會，只是大踏步向前走去。

錢百鋒卻在這時開口道：「大師你要找薛大皇，只怕走錯了方向罷。」

那老僧聞言，又停住了腳步，回頭道：「施主你知道薛大皇現在何處麼？」

錢百鋒道：「自然知道。」

那老僧道：「可否能指點一二？」

錢百鋒道：「大師能告訴在下，爲何要去尋薛大皇麼？」

老僧考慮了一會，然後道：「楊陸在星星峽中救老衲之時，薛大皇突然出現，偷襲了他一掌！」

錢百鋒和左白秋全都大大吃了一驚，暗中忖道：「薛大皇講的那段往事中，果然還有隱情……」

左白秋正想再問，那老僧道：「現在，錢施主，你可願告訴老僧何處可以尋到薛大皇？」

錢百鋒道：「我們剛從少林寺下來時，曾在山上看見薛大皇……」

此言一出，左白秋大大吃了一驚。

那老僧道：「多謝指點。」說罷便又向少林寺匆匆走去。

左白秋低聲問道：「錢大哥，你說薛大皇在少林寺上出現？」

錢百鋒方才匆匆述說經過情形時，忘了對左白秋提及薛大皇在少林出現的事，是以左白秋大爲驚奇。

錢百鋒道：「我和白鐵軍正在和那武功絕高的神秘老和尚糾纏著，薛大皇忽然十分詭秘地出現，我們問他怎麼沒跟左老弟你們在一起，他一臉尷尬之色，後來咱們分頭追那老和尚，也就沒有理他了。」

左白秋道：「薛大皇本來和我和冰兒在一起的，那天晚上他忽然鬼鬼祟祟地不告而別溜走了，原來是趕到少林寺來，這傢伙的問題可大了。」
錢百鋒道：「咱們索性再上少林一趟。」
左白秋道：「有理。」
白鐵軍道：「咱們跟著這個老僧上去，目前不要讓他發覺。」
錢百鋒點頭稱是，道：「先查清楚這邊再說，至於那個武功絕高的神秘老和尚，咱們以後才去找他，他所說的，只怕也有大半是假的。」
左白秋道：「咱們這就隨上去。」
三人尾隨那和尚，悄悄從原路走向少林。
白鐵軍道：「不知薛大皇是否已經離開了？」
錢百鋒道：「走也走不了多遠，咱們從另一面山上，即使那老和尚找不到他，咱們也可以碰上他。」
三人跟到山腳，見老和尚已從東邊上山，立刻同時由西面後山上去，三人施展輕功起來，其快如電。
不一會又到了少林古剎，只見四面靜悄悄的，不遠處大雄寶殿前橫七豎八地躺著幾具屍體。
左白秋嘆道：「少林古剎，自來是武林正宗領袖，出家人與世無爭，想不到卻也陷入這場大劫之中，真是可嘆。」
白鐵軍道：「這場少林巨變和武當山上的巨變顯然性質不同，武當山被毀，只是敵人想給天玄道長一個打擊，而且志在消滅中原武林主流，而少林之變，只怕還有滅口的性質在內了。」

錢百鋒道：「咱們不要再談話，行動要儘量小心些。」

白鐵軍和左白秋跟跟著錢百鋒悄悄走入大雄寶殿內，只見殿內一片靜悄悄，錢百鋒向左白秋打了一個眼色，左白秋會意，便退到殿門外，躲在一個殘缺的大石獅後，悄悄監視著四周。

白鐵軍和錢百鋒悄悄循舊路摸入了內殿，只聽見藏經閣中隱隱傳出人聲。

兩人對望了一眼，極其小心地摸了進去，走得近了，那人聲也聽得較爲清楚。

錢百鋒聽了一會，用手指頭在地上寫道：「正是薛大皇和方才那和尚。」

白鐵軍點了點頭。

只聽得閣內傳來薛大皇的聲音：「你來這裡幹什麼？」

那老僧的聲音道：「老衲的事要你管麼？」

薛大皇的聲音帶著一種譏諷的口吻：「我還道是你發過誓脫離少林，義無反顧哩，想不到落葉歸根，連你老兒也免不了這個俗套……」

那老和尚的聲音道：「老僧不聽你這一套，你鬼鬼祟祟地溜到少林寺來，在方丈的遺物中亂翻一通，我也不管你這許多，老僧只要問你一句話！」

薛大皇道：「你要問什麼？」

那老和尚道：「那年星星峽事後，你爲什麼要騙我說楊陸並未死？」

薛大皇道：「誰騙你了？楊陸那時是沒死啊！」

那和尚怒道：「你還要騙我，楊陸就是讓你們幾個下流胚子給害了，你還想栽到我身上來，這也罷了，我只問你爲什麼要騙我？你說楊陸沒死，到東海去了，這是你說的，是也不是？」

薛大皇強硬地道：「不錯，有什麼不對？」

那和尚怒喝道：「去你的祖宗，楊陸當時就死在落英塔裡了！」

薛大皇道：「誰……誰說的……」他顯然露出驚慌之態。

那和尚道：「誰說的？嘿嘿，你想不到今天老衲碰見了錢百鋒吧！」

薛大皇的聲音在霎時之間又恢復了鎮靜，他哈哈笑道：「錢百鋒那隻老狐狸的話怎能聽？你上他的當啦！」

那和尚道：「他們就在山下不遠，走，咱們去對質去。」

錢百鋒一掌震開閣門，大步走了進去，他指著薛大皇道：「不必對質啦，錢某在此！」

薛大皇一見錢百鋒，臉上神色大變，白鐵軍向外吹了一聲口哨，通知左白秋正點子已經找到，然後也隨著進入內來。

錢百鋒指著薛大皇道：「薛大皇，你編的好故事，是你救了楊陸一命，哈哈，如此說來你倒是楊陸的恩人了？」

薛大皇冷笑道：「信不信由你。」

錢百鋒道：「這也不談了，你在星星峽中乘危偷襲楊陸一掌，把他打成重傷，這又如何說法？」

薛大皇哼了一聲道：「這瘋和尚的話怎能爲憑？」

那老和尚怒道：「好呀，薛大皇，你當面抵賴，星星峽裡的事，除了楊陸已死，天知地知你知我知，當著我的面，你還能賴麼？」

薛大皇道：「老和尚，可又是什麼事打賭輸給了魏定國，被他逼著來誣賴於我？」

薛大皇這一句話好生厲害，一方面強調自己所說的事的真實性，一方面將情況弄得撲朔迷離，真僞難辨，錢百鋒與白鐵軍不禁雙雙望了一眼，顯然有些動搖。

薛大皇冷冷地道：「我若替北魏偷襲楊陸，魏定國又怎會急於要致我於死？」

左白秋冷笑道：「那是另一回事，你不要想混爲一談！」

那老和尚道：「好，薛大皇，你今日要還我一個公道來！」

薛大皇道：「你們是恃眾欺人了？」

那老和尚嘆道：「老衲的事跟他們無關——」

他話尚未說完，薛大皇忽然伸手一揚，只聽得轟的一聲，整個室內霎時佈滿了濃煙，對面不見人影，錢百鋒大叫站在門口的左白秋。

「左老弟，留神！」

接著劈劈啪啪一連五聲硬碰掌力的聲音，然後一切歸於沉寂。

錢白鋒在濃煙中大叫道：「左老弟，怎樣？」

左白秋道：「跑了，在濃霧中只能聽風接掌，硬打了他幾掌，結果還是跑了。」

錢百鋒和白鐵軍緩緩摸了出來，那老和尚也跟著摸了出來，錢百鋒道：「咱們追下去吧。」

左白秋點了點頭，那老和尙誰也不理，逕自一個人先追了下去。

白鐵軍道：「咱們仍是三個人一道追下去？」

錢百鋒想了想道：「我看還是這樣吧，我和左老弟追下去足夠了，你快到洛陽去一趟，一則尋著左冰，二則你那……」

白鐵軍道：「正是，駱老爺子臨終交給我的東西，我總要先交給他的後人。」

左白秋道：「如此甚好，咱們立刻動身吧。」

三條人影如飛一般衝出了少林寺，追到山下，白鐵軍便和左錢二人告別了。

錢百鋒道：「一月後，咱們在此見面。」

白鐵軍道：「一言爲定。」他行了一禮，轉身如飛而去。

六三　壯士斷腕

大街上，來往的行人擁擠得像是趕集一般，繁榮的市場邊矗立著一棟高大的酒樓，雖說是酒樓，卻的確大有氣派，朱色的大木柱上橫著雕花的巨木，正當中「天下第一家」五個大字龍飛鳳舞。

這時，在二樓上靠近窗邊的小桌上，坐著一個虎臂熊腰的青年，他面對著窗口，一面緩緩呷著手中一杯陳年老酒，一面望著窗外的街景。

忽然，樓梯登登作響，三個魁梧的江湖漢子魚貫而上，那三人一上來便是橫眉豎眼地大喝大嚷，幾個斯文客人連忙躲到一邊去。

酒保慌慌張張地趕過來，臉上堆著戰戰兢兢地笑容道：「三位大爺一路辛苦，快請坐，請坐。」

那三人中一個鷹鉤鼻的漢子大聲道：「店小二，大爺們喜歡的好酒好菜只管上，咱們是又渴又累，要快點。」

那店小二連忙躬身答是下去了。

這三個大漢走到正當中的一張桌子，各據一方地坐了下來，那鷹鉤鼻子的大漢道：「大哥，咱們這一趟跑到百粵去，雖然辛苦了一些，可是這筆生意也做得真痛快。」

他對面一個滿臉鬍鬚的漢子咧嘴笑道：「就是咱們從百粵帶回的那批藥材可也夠瞧的了。」

他身側那個身著白衣的漢子道：「再過兩個月，又是咱們宴請雞角山王大哥他們的日子啦，今年咱們生意做得順利，正好大大地鋪張一下，叫雞角山的好漢一個一個看傻了眼，哈哈。」

那鷹鉤鼻子的大漢坐下來還不到半盞茶時間，又直著喉嚨大叫：「小二，怎麼酒菜上得這麼慢？」

樓下酒保連忙答道：「請大爺們稍待，就來了！」

坐在窗口那青年忍不住皺著眉悄悄回頭向這邊望了一眼，他把手中半杯酒一口飲盡，又倒滿一杯，回過頭，仍然注視著街上的風景。

那滿臉鬍子的道：「說實話，咱們兄弟三人能混到今天這般地步，王大哥當年相助之德實是不能忘懷，咱們今年是該大大豪華一下，也省得人家說咱們崔家莊的兄弟小氣。」

那坐在窗口的青年一聽到「崔家莊」三個字，登時怔了一怔，然後用只有他自己聽得到的聲音道：「呵，原來是崔氏三兄，在江湖上老早就聽說過這三個寶貝的姓名，原來是這般德行。」

那身穿白衣的道：「江湖上最近風雲變幻，好些多年不見的成名人物，紛紛都重出武林，看到眼前就有一場腥風血雨，倒不如咱們三兄弟沒事打獵練武，做幾樁單幫生意，過得快快活活。」

那鷹鼻大漢道：「三弟，你常說過這種沒出息的話，難道你忘了當初咱們歸隱時……」

那滿臉鬍子的大漢比了一個手勢，噓了一聲，那鷹鼻漢子就沒有再說下去。

這時，酒保已經送酒送菜上來，只見各色大菜一會兒就擺滿了一桌，那鷹鼻漢子揭開酒罐來聞了一聞，大叫道：「好酒！」

說罷就拚命大吃大喝起來，坐在窗口那少年面對著窗外，似乎對身後一切大嚷大叫完全漠不關心，只是獨自飲著。

那三個大漢也真能吃，風捲殘雲地把一桌大菜吃得一乾二淨，酒也喝得半滴不存，那鷹鼻漢子喝得紅光滿面，嚷道：「過癮，過癮。」

那白衣漢子笑道：「你瞧二哥那副餓相。」

鷹鼻漢子叫道：「不能怪我吃相難看，實是咱們太久沒有吃好酒好菜了，百粵地方雖然蠻荒，但每程有些異珍奇味倒也蠻不壞，偏是咱們碰見了那瘟神，追得咱們好苦，半個多月日夜趕程每天吃些乾糧清水，真他媽的活受罪。」

那滿面鬍子的道：「咱們跑得雖然苦，不過話說回來，那個瘟神簡直厲害得有如神仙，那功夫……唉，實在形容不出來，反正見了他那麼一招一式，咱們這幾十年苦功就像是白練了一樣。」

他說得口沫橫飛，毫無顧忌，顯然也有個七八分醉意了。

那白衣漢子道：「不是咱們說沒出息的話，姓崔的兄弟在江湖上混了那麼多年，旁的不敢說，這一雙招子可是夠亮的了，我崔老三就還從來沒有見過這等功夫。」

那鷹鼻漢子道：「那瘟神頭腦好像有點不大管用，時常瘋瘋癲癲的，不過以他的功夫來說，我崔老二敢斷論一句，他一定是天下第一！」

滿面鬍子的崔老大接口道：「天下第一，沒問題，沒問題！」

望在那窗口的青年聽到他們的這一番對話，似乎暗中注意上了，他頭雖未轉過來，卻是一副側耳傾聽的模樣。

這時那崔老二又道：「依我看來，那瘟神多半是從西藏什麼地方來的。」

崔老三道：「何以見得？」

崔老二道：「試想中原武林裡的和尚，要以少林寺的爲最厲害了，可是那瘟神的招式哪有一絲像是少林寺的？除了少林寺，中原不可能出這麼一個人物來，而我聽說西藏喇嘛廟裡的和尚經常出些古古怪怪的厲害人物，是的……」

他還在滔滔不絕地繼續發表他的高論，那窗邊少年只聽到「和尚」兩句，立刻身軀爲之一抖，他的臉上現出似驚似愕的表情，然後暗暗冷笑一聲，思忖道：「哼哼，『哪有一絲像是少林寺的』？就憑你們這三塊料還看得出什麼少林不少林麼？」

崔老大摸了摸鬍子，打了一個響呃，一副酒醉飯飽的樣子，點頭道：「二弟說得有理，便是我也這般猜疑。」

那穿白衣的崔老三道：「聽他說的話瘋瘋癲癲，可不知他對大哥和二哥喝酒喝醉後，所說的話是真是假？」

崔老二道：「那天他雖然醉了，可是據我看，那話多半是真的，惟一令我想不通的……」

說到這時停住了。

崔老大道：「是什麼？」

崔老二道：「他說這次馬上回中原來，還要發動好幾個高手助他行事，一定要馬到成功……試想以他的武功，怎會還要找人相助行事才能成功？」

崔老大道：「不錯，天下還有誰能是他的敵手？」

崔老二道：「所以我覺得想不通，就是這一點，試想那姓白的小子能有多少道行？他這幾年來雖然在武林中似乎是轟轟烈烈，但這完全是因爲老輩高手紛紛歸隱，稍微出色一點的小輩立刻就被捧上天，像咱們弟兄是隱退了多年，那當然是沒話可說的了，但我崔老二可以斷定，那姓白的小子，多半是個浪得虛名的傢伙……」

坐在窗邊的那青年聽他說出這一番話來，臉上神色更是大大一震，但隨即也就若無其事地舉杯自酌，似乎漠不關心。

那崔老大道：「反正不管怎樣，那瘋和尚所說的如果是實，那姓白的小子大概就要遭殃了。」

其他兩人立刻表示同感，然後又藉著酒意胡亂吹了一會牛，最後崔老大站起身來道：「唉，酒醉飯飽，咱們該走了。」

他們三人旁若無人地走出出去，酒樓的掌櫃親自送到樓下。

那坐在窗口邊的青年這才轉身來，嘴角帶著一絲淡淡的冷笑，微微搖了搖頭，低聲道：「崔氏這三個招搖撞騙的寶貝，江湖上往往傳出笑柄，看來果然是名不虛傳。」

然後，他嘴角的笑意消失了，一種近乎冷酷的嚴肅籠罩在他的臉上，他輕嘆了一聲，喃喃自語道：「白鐵軍呵，你的身價愈來愈高了。」

他把一小錠銀子「啪」地擲在桌上，也不要找錢，便大踏步地走下樓去。

他走出擁擠的大門，向前面一直走過去。

不多時，出了城門，只見一條官道筆直地向前伸展，似乎通向無上的遙遠，他拍了拍衣裳，輕聲對自己說：「這一路上，我可得加倍小心了。」

天色已晚，他走在崎嶇的山路上，身形快得有如一縷輕煙，忽然，他的腳步慢了下來，因為他看見二十丈外的路當中立著一個人。

他在黑夜中雖然看不清楚那人的面目，但是他立刻機警地回頭向後一望，果然如他所料，他的身後二十丈外也站著一個人。

他暗自苦笑了一下，忖道：「崔氏三個寶貝酒後胡言無意提醒警告了我，但是警告有什麼用？到哪裡總要碰上的。」

他放慢了腳步，緩緩向前走，一面打量四面的情形，只見兩邊都是陡如削壁的山石，高達百丈以上，只有當中這崎嶇的小道。倒像是大山中一道深深的裂縫。

他心中暗暗地想道：「想來當年楊老幫主夜出星星峽，那形勢大概就如眼前這般了。」

他前行不及五丈，前面那人已開口大喝道：「姓白的小子，今天你還逃得了麼？」

他一聽這聲音，心中立刻往下一沉，雖然他早已知道，但是當他確定了是這人的時候，仍然不由自主地心底裡一寒。

他暗暗叫道：「是的，果然又是這個武功絕高的瘋老和尚。」

於是他停下步來，下意識地向後看了一看，只聞得後面那人沉聲喝道：「白鐵軍，你不要存什麼指望了。」

白鐵軍一聽到這聲音，心中又是一沉，他喃喃地對自己道：「完了！是魏定國！」

他飛快地把當前形勢在腦海中打了兩個轉兒，結果是除了以死一拚，別無他途。

於是他仍然用緩慢的步伐向前走去，漸漸地，離前面那人只有七八丈遠了，他可以清晰地看清楚，那穿著不倫不類的老和尚，正用一種難以形容的邪毒笑臉對著自己，他心中忖道：「現在至少證實了這瘋和尚和北魏的關係……」

他的思緒還待繼續推想下去，但是眼前的情況不容許他繼續多想，於是他衝著那和尚哈哈一笑道：「大師南遊百粵樂乎？」

那老和尚驚愕地一怔，脫口道：「小子消息倒靈通，你怎麼知道的？」

白鐵軍笑：「只有你們算計白某，白某不能算計你們麼？哈哈，你們今日要在這裡取白某的性命，白某何嘗不是早已知之？咱們倒要瞧瞧今天是誰中了誰的計！」

那老和尚武功雖高，頭腦有時確實有點渾噩，他傻愣愣地問道：「中你什麼計？」

白鐵軍不理他，只是自顧自地盤算道：「錢百鋒、左白秋、天玄道長、神劍卓大江，再加上區區在下湊個數，嗯，大概將就也就夠了……」

那和尚聽得有些心驚，不禁呆住了。

只聽得那北魏大喝一聲：「不要聽這小子胡扯！」

白鐵軍已經把握住這一剎那，忽地騰空躍起，身在空中，雙掌一連發出五掌，只聽得五聲刺耳的空氣迴旋之聲連珠而發，白鐵軍掌勢一偏，無聲無消地發出第六掌，力道之怪，令人咋舌。

魏定國身在遠處，見到白鐵軍一起身這般聲勢，不禁暗叫一聲：「糟了！」同時他心中閃電般掠過一個又驚又駭的念頭：「白鐵軍到了這種程度，武學造詣居然仍舊一日千里，除非有神仙之力助他。今日若是被他逃脫了，這輩子只怕再沒有擊斃他的機會！」

北魏一面想著，一面如一支飛箭一般趕了上去。

這時，那怪和尚從傻呆呆中猛然驚醒，他一清醒過來，腦筋立刻就變得清楚異常，他一看白鐵軍的來勢，立刻知道要糟，只見他一咬牙，竟然迎著白鐵軍的來勢也是騰空而起，在空中依著白鐵軍的掌勢，同樣連發六掌！

高手過掌之際，一線先機足以影響到百招之後的結果，老和尚在先機盡失的情形下，以身阻敵，等於跳在空中，連挨白鐵軍六記殺手，然而這老和尚的武功之高委實不可思議，在這種情形，他被白鐵軍打得衝勢全消，反而倒向後飄，然而在這後飄之勢中，他居然把白鐵軍五記重掌一一化爲烏有，直到第六掌，才聽到他悶哼了一聲，顯然是吃了虧。

呼的一聲，兩人落了下來，二人一進一退，然而老和尚依然站在白鐵軍的前面，白鐵軍想突襲衝出的計劃完全吹了。

在這一剎那間，白鐵軍對這老和尚簡直服得五體投地了，他怔怔然望著老和尚，忘了身處危境。

魏定國鬆了一口氣，他大叫道：「好招！」

白鐵軍忖道：「現在我該如何？」

北魏呵呵冷笑，向前逼近。

白鐵軍氣納全身，腦中卻依然在問著自己：「我該怎麼辦？」

他雙目的餘光注視著北魏的行動，只要北魏一有動作，他將立刻拚力搶攻，只見北魏猛然一跨步，忽然伸掌一拍一收，他那一拍竟是絲毫不帶力道，一收之間，一股陰柔無比的力道才一併發出。

白鐵軍方一發勁，只覺對方先前那無力的一拍在這時候忽然也發出力道來，一陰一陽相輔之下，力道實在可怕。

白鐵軍駭然色變，北魏這等掌法簡直是聞所未聞，不可思議，殊不知這正是魏定國的得意之作，喚作「落日趕月」，白鐵軍一招之中就平白失了先機，不禁大急。

但他畢竟是身經百戰的大高手，只在這剎那之間，忽然整個身軀橫倒下去，雙掌同時發掌，竟然也是一陰一陽，迎著北魏那兩股力道奮力一震。

同時他單足斜飛而起，看看踢向後方，正好襲向立在他身後的老和尚，足尖所指，恰是老和尚氣海死穴，分毫不差。

他這一招同時自救傷人，漂亮之極，魏定國忍不住大喝一聲：「好招！」

說時遲，那時快，魏定國的掌力下撤，招式已變，同時間裡，那怪和尚大喝一聲，也是一掌擊到。

白鐵軍一聽掌風，便知道這兩人竟然聯手以二對一，那就是說今日的局面，對方是不擇手段要把自己斃了，他心中一橫，反倒把一切付之度外，只是聽風接掌，一換身形，竟然又是連攻兩人！

白鐵軍在生死一線之中被逼著一連施出三招妙絕天下的奇招，這三招絕非天下任何宗派所能包含，只因這是白鐵軍臨時創出來的，錯非把他放在這死亡邊緣上挨打，白鐵軍便是再練一百年也不可能會想出這種妙招。

然而魏定國和那怪和尚功力委實太過高強，只不過十招一過，白鐵軍已處於完全挨打的局面，而且一招險似一招，眼看三五招之內便要斃命。

白鐵軍忽然大喝一聲：「看掌！」

他一舉右掌，魏定國冷笑道：「又要施大擒龍手麼？看老夫來宰了你！」

他伸手直撞白鐵軍肘脈，白鐵軍忽然掌式一軟，軟綿綿地向上一翻，魏定國只覺一股奇大的力道，帶著一種熱浪直彈上來，他不禁駭然倒退半步。

老和尚也是一呆，白鐵軍自己也是一呆，因爲他自己也不知道怎麼搞的，他的大擒龍手本來已是蓄勢即發，卻不知道怎麼忽然變成了軟綿綿的一翻，在他來說，根本沒有經過思考，只是極其順手自然的一翻，想不到力道竟是出奇之大，連白鐵軍自己也大出意料。

那老和尚冷笑一聲道：「再試我一招！」

他橫裡一掌切過來，白鐵軍方始一動，北魏一掌如開山巨斧一般劈將下來，白鐵軍左掌一記大擒龍掌迎向北魏，右掌依然像方才那樣一拍一彈，但是那一股奇異的力道卻並未能發出。

只聽得轟然一震，夾著一聲悶哼，白鐵軍陡然倒退了五步，身體貼在石崖上。

他胸中一陣血氣翻騰，他知道自己已受了嚴重的內傷，但是此刻他心中一點也沒有考慮到內傷，他心中只是思索著一個問題！

「爲什麼方才那種古怪的力道發不出來了？那種古怪的力道究竟是怎麼一回事？」

他回憶著方才那一招的情景，但卻想不出關鍵在什麼地方。

直到魏定國的掌力再度如排山倒海一般打到，他才驟然驚醒，揮掌相迎。

這時他背脊抵住山石，退無可退，只有硬拚一途可循，莫說他此時身已負傷，就是完全沒有受，他也難敵北魏那驚天動地的神掌，但是奇怪的是，一陣狂飆過後，白鐵軍居然又輕易地擋過了這一招。

原因是在這緊急關頭，白鐵軍信手一揮，那奇怪的力道又應手而發了出來。

這一回，白鐵軍似乎悟出了一些什麼，只感到急切之間，他胸中的真氣在隨掌即發的一刹那間，忽然不由自主地向下猛然一沉，接著便有一股驚人的力道一彈而出。

白鐵軍全部的思維在忽然之間陷入一種近乎迷糊的混沌態中，他完全忘記了面前還有兩個死敵，腦海中盤旋著的只是胸中那一口古怪的真氣，他苦思著，苦想著……

那瘋和尚一聲刺耳的奸笑，呼的一掌拍到，白鐵軍猛然在地上一滾，已是不及，只聽得他一聲大叫，左臂已中了一掌。

老和尚呵呵大笑，也上前追擊，大聲道：「小子小子你完了，你中了老衲百足毒掌，哈哈。」

白鐵軍駭然一驚，只覺中掌之處有如被沸水所燙，而且一路延伸上來，他雙目盡赤，瞪著那老和尚說不話來。

老和尚嘻嘻笑道：「你不要大眼瞪小眼，方才你不是說我老人家到百粵去了一趟麼？不，老衲到那裡去覺得這百足毒掌蠻有意思的，就偷學了這套功夫，哈哈，今天還是第一次正式使用，小子你是發利市了，哈哈……」

白鐵軍知道中了百足毒掌，那怪毒一個時辰之內攻心，天下再無解藥，他低頭望了望中掌的左臂，那難忍的刺痛已伸延至肩下，他胸中一片空白，只是喃喃地對自己道：「完了……」

他抬起頭來，正好碰上魏定國的目光，只見他滿面奸笑地立在十步之外，白鐵軍的胸中忽然升起一股無比的勇氣，在忽然之間，整個人彷彿要爆炸了一般，只見他伸出右手飛快地在左肩左胸上連點五下，接著揮出右掌，呼的一掌切在左肩下。

他右掌切下，肉掌竟如一柄百煉利刃，整條左臂竟如被刀砍一般斷落地上，尤其驚人的是居然沒有流出一滴血來！

這一下，魏定國和那老和尚全都驚震得呆住了，過了好半晌，方才齊聲脫口叫道：「好漢子！」

白鐵軍揮掌切斷了左臂，心中忽然被一種豪氣充塞得滿滿，他輕輕一揮右臂，反手向上一揚，對準老和尚就是一掌擊來。

老和尚冷笑一聲，揮掌相迎，白鐵軍大擒龍手陡發一股巨大的力道，隨著他掌心外吐，就在這時，魏定國一掌拍向他的左肩。

白鐵軍左邊沒有了手臂，只得一咬牙，把掌力向橫一拉，就在這時，他胸中彷彿有著一股真力忽然倒逆而流，白鐵軍大驚失色，他知道這是自己硬挪真氣引起走火入魔的徵象，他要想收氣內含，已是不及——

說時遲那時快，只聽得嗚的一聲怪響，白鐵軍右掌一橫之力發出一股奇大無比的怪異力道，魏定國一接之下，整個人驚得倒退了十步之遙。

白鐵軍呆了一呆，隨即腦中如電光閃過一般陡然一亮，他心中狂跳著，默默暗呼著：「我悟了，我悟了！」

他把胸中真氣一轉，只覺全身百骸充滿了無與倫比的力量，這時候，他忘了左臂斷處的奇痛，也忘了自己已成了殘廢，他昂然挺起胸膛，只覺得平生中沒有比此刻的實力更雄厚的時候。

於是他緩緩舉起僅存的單臂，豪氣干雲地向著對面兩個百世罕見的大高手挑戰：「來吧！」

魏定國和那瘋和尚不敢相信自己的眼睛，然而那卻是事實——白鐵軍揚起一隻獨臂，威風凜凜地挑戰著，他的臉上洋溢著一片驚人的勇氣和信心，像是君臨天下，又像是統帥三軍，魏定國在心底裡不禁暗暗戰慄了一下。

白鐵軍再次低聲地道：「來吧！」

魏定國凝視著白鐵軍，冷冷地道：「你是向誰挑戰？」

白鐵軍的嘴角微微牽動了一個微笑，他的聲音中沒有一點衝動，只是平靜地道：「你們兩個！」

儘管他說得那麼平靜，然而一種不可一世的氣概自然而然地表現在他的臉上，普天之下再沒第二個人敢向對面的這兩人同時挑戰！

魏定國忽然仰首狂笑起來，他的笑聲像是有形之物，震得四周空氣一陣激盪，白鐵軍只是靜靜地等著，等到他笑完。

魏定國道：「白鐵軍，你不愧為是條好漢！」

白鐵軍淡淡一笑道：「你是要放我過去，還是決一死戰？」

魏定國長笑一聲，大叫一聲：「好！」

他忽一晃身，身形有如長空電擊，刷的一下子已經欺入白鐵軍三尺之內，只見他左掌連晃五下，卻是沒有發出一拳，直到身形暴退之時，才忽然發出一記暴風般的掌力。

白鐵軍獨臂一揮，巧妙無比地削出一掌，同時身形有如游魚一般向側面進，反而到了魏定國的身側。

白鐵軍這一手漂亮之極，完全是小巧擒打的招術，只是在他的運用之下，銜接之間已入化境，魏定國長吸一口真氣，反手如剪，一連發出五掌。

白鐵軍一連擋了四掌，第五掌卻是身體一側，藉著沒有左臂之便，閃而不接，卻趁機還攻了一掌。

魏定國面色一沉道：「白鐵軍你還真乖巧，那麼快就學會了利用獨臂的好處。」

白鐵軍一聲不響，一連攻出十掌，招招全是妙絕天下的殺著，他單掌運用之下，竟然絲毫不見遜色，強如魏定國，在他那虎虎掌勢下，竟然也退了五步。

白鐵軍絲毫不敢放鬆，一連又攻出十掌，魏定國竟然又退了五步，於是，威名震天的北魏，在白鐵軍獨臂之下連退了十步。

驀然，魏定國大喝一聲，雙掌一分一合，白鐵軍一看他的神態，便知道北魏的獨到內家神掌要用上了，他單掌橫裡一抹，突地止步——

說時遲，那時快，魏定國雙掌一翻，嗚然一聲怪響，一股奇異的內力如排山倒海一般推了過來，白鐵軍單掌一迎，忽地一伸一縮，那一種古怪的力道應掌而生，轟然一震之下，竟然和魏定國平分秋色，不分上下。

魏定國驚得停止了動作。

那瘋和尚忽然道：「這小子這種掌力古怪極了，讓我再試試！」

白鐵軍冷笑一聲道：「再施你的毒掌吧，白某不怕！」

瘋和尚好像沒有聽見他說什麼一樣，低著頭沉思，忽然舉手就是一掌，直取白鐵軍中宮。

白鐵軍側身一讓，揮掌還擊，三掌之後，瘋和尚忽然大喝一聲：「給我倒下！」

只聽得一個霹靂巨震應聲而起，直震得四周山動石搖，一股霸道得無以復加的力道在白鐵軍身前炸了開來。

魏定國大喝一聲：「般禪掌！」

白鐵軍單掌一吞一吐，那奇異的力道再次發出，只聽得轟然暴響，白鐵軍昂然挺立，雙足分毫未動！

瘋和尚忽然之間又陷入一種沉思之中，魏定國也驚駭地立在那裡一動不動，峽道中霎時靜了下來。

過了一會，瘋和尚忽然道：「姓白的！」

白鐵軍道：「有何見教？」

瘋和尚道：「當氣沉丹田時，如果忽然換氣發掌，真氣倒竄而上，應該如何？」

白鐵軍一怔，脫口道：「收掌納氣，別無他法。」

這是武學中最基本的道理，那瘋和尚在這緊張之際，竟問出這麼一個問題來，白鐵軍不禁大惑不解。

那老和尚卻道：「是如此麼？」

白鐵軍：「不是如此麼？」

那和尚道：「你方才便不是如此。」

白鐵軍怔了一怔，然後開始回憶起方才那一連串施出古怪掌力的情形，他忽然又驚又喜地叫道：「不錯，不錯，我方才就不是如此！」

老和尚道：「那麼你究竟是如何？」

白鐵軍想了一想道：「我真氣倒竄之時，便吸口氣往上一行，便把真氣重新引入正途，歸納丹田……」

老和尚喃喃道：「看他情形也的確是如此，但這就奇了，怎麼他不但不走火入魔，反而發出那奇強的內力？這簡直太不通了……」

白鐵軍被他這一提醒，像是忽然想通了武學上一個大道理，但是又像是陷入一種模糊的迷惑中，他幾乎忘了身在危險之中，開始胡思亂想起來。

直到魏定國一聲暴吼，一掌擊了過來，白鐵軍才猛然驚起，反手揮掌相迎。

北魏是何等功力，每一招的招式精妙之處，都足以令天下任何高手爲之嘆服，而那掌下力之威猛更是不可思議，白鐵軍雖然功力深厚，若非藉著突然之間悟出的奇怪掌力，要想和他硬接硬架，仍是相去甚遠。

所幸那瘋和尚此時不知又在搞什麼名堂，呆呆立在一邊低頭苦思，根本不管這邊的拚鬥，白鐵軍才能勉力應付。

白鐵軍心中暗忖著：「若不趁這機會拚命一衝，再也沒有希望了。」

他忽然之間施出那古怪的掌力，一連主動對著北魏發出七掌，只見他一掌強似一掌，威力大得不可解釋，到了第七掌上，簡直挾著一種沛然無敵的威勢一擊而出，魏定國驚得臉上變了神色，不由自主地側身相讓。

白鐵軍暗暗對自己說：「就看這一下了！」

他忽然轉過身來，對著瘋和尚猛衝過去——

魏定國大叫一聲：「留神！」

然而那瘋和尚卻像是完全沒聽到，像是完全忘了自己在做什麼事，白鐵軍對著他衝過來，他就側身讓白鐵軍衝了過去。

魏定國大喝一聲：「攔住他！」

瘋和尚道：「攔住他？」他這才想起自己做了什麼傻事，連忙反身就追，對著白鐵軍的背後遙發一擊，大喝道：「倒下！」

白鐵軍感到背上千斤重力壓體，但他知道只要自己一回身應戰，那便一切都完了，於是他一咬牙，把平生功力聚集在背上，硬接了那一掌！

白鐵軍只覺得全身如同被震散了一般，一口鮮血哇的吐了出來，他猛吸一口氣，奮力一縱，身形卻是更快了！

瘋和尚及魏定國如同閃電般追了上，白鐵軍覺得血氣翻騰，他知道像這樣疾奔，不出五十丈自己便會體力不支而被追上，然而此時除了拚命疾奔，實在沒有第二條路。

就在這時，他忽然發現了左邊山壁上有一個僅能容人的山洞，他再也考慮不了那麼多，腳下拚命加勁，直奔向那個小洞。

他衝入洞中，立刻撲倒在地上，全身感到虛脫得就要暈倒，但是他僅存一線清明告訴他自己，此刻若是昏了過去，那麼從斷臂苦鬥到奔入此洞的一切努力都成了白費，他不住地在暗中對自己吆喝著：「白鐵軍，撐下去！白鐵軍，你要撐下去！」

他伸出舌頭來舔了舔嘴旁的臉頰，鹹鹹熱熱的，分不出是血是汗，但是從那一絲鹹和熱當中，他感覺出生命的滋味，他像是抓到了一根救命的繩索，緊抓著地上的泥土，然後緩緩地站了起來，這時，洞外已傳來了人聲。

白鐵軍調勻了呼吸，然後大聲道：「魏定國，白鐵軍還沒有死哩。」

洞外魏定國冷笑了一聲道：「那只是遲早的問題。」

白鐵軍道：「你有種進來試試。」他心中暗忖道：「這洞口狹僅容人，他若進來，我當頭給他一掌，他連還手的機會都沒有，只要給他吃一次苦頭，大概暫時我是安全的了！」

他悄悄地爬到洞邊，雙目凝視著洞口，然而洞口外卻是沒有動靜。

白鐵軍叫道：「魏定國，沒有種進來麼？」

魏定國冷笑道：「老夫就進來，看你又能如何？」

白鐵軍等待著，內力蓄集掌上，魏定國在洞外先發了一擊，一股狂飆直撲入洞，白鐵軍全身俯臥在地上凹處，果然，藉著那一掌之威，魏定國鑽了進來。

白鐵軍大喝一聲：「出去！」

他猛一吐掌，魏定國無可還手，只得悶哼一聲，退了出去。

白鐵軍笑一聲道：「有誰不服氣的就進來試試吧。」

魏定國在洞外道：「咱們耗上了，倒看看誰熬得久些。」

白鐵軍故作輕鬆，哈哈大笑道：「折騰了一整晚，白某可要好好歇歇了，有勞兩位守門。」

那瘋和尚怪叫道：「等會兒拿住了你，叫你碎屍萬段。」

白鐵軍猛吸一口真氣，全身運行了一周，精力恢復了不少，他默默想道：「我那奇異的內力究竟是由何而發的？」

他把真氣下降丹田，突然朝相反的方向一沉，一種血脈倒竄的感覺方起，他立刻又把真氣妙巧地引回正途，只覺得全身充滿著不可思議的力量。

他喃喃道：「現在我完全可以隨心所欲地控制這神奇的內力了。」

他呼出了一口氣，把當前的形勢打量了一下，外面一片安靜，似乎沒有了動靜，他立刻恍然，暗道：「很簡單，他們一定是在準備用火攻了。」

他的頭腦變得出奇的冷靜，默默地盤算：「這個洞顯然是個死洞，若是他們用起火攻，我除了往外衝實沒有第二條路，問題只是衝出去以後又如何？」

他在洞裡踱了兩步，腦中不斷地自問：「衝出去以後，又該怎麼辦？」

他想起方才血戰的情形，搖了搖頭道：「要想硬往前衝是不可能的了。」

於是他想到向高處跑。

「對，我何不向兩邊峭壁上試試？」

才想到這裡，忽然一股濃煙湧入洞來，他吃了一驚，暗道：「果然用火攻了。」

他望了望那湧進來的濃煙，決心暫時不管它，趁這最後的關頭仔細考慮一下。

他默算著：「那兩邊的峭壁最矮處都在三十丈以上，我若能有良好立足之點，借力連縱，也許七次能夠躍上壁頂，問題是我目下的體力能不能支持連作七次拚命式的縱躍，還有下面的強敵是否給我如此的機會？」

這時濃煙愈來愈多，白鐵軍再無考慮的機會，他猛可大喝一聲，呼的一下衝了出去，獨臂左右各發一掌，勢如猛虎，但是等他站定了身形，立刻發現瘋和尚與魏定國早已一前一後把自已夾在中間。

他暗自盤算道：「這瘋和尚的腦筋很不管用，我還是從他這邊下手的好。」

他猛然一轉身，對準瘋和尚衝去，人未到，掌先發，瘋和尚大喝一聲，掌出如風，後面的魏定國也緊跟著合圍上來。

白鐵軍掌力才發又收，身形卻筆直拔起，如一顆流星般足足衝起五丈有餘，他發掌時已出十成內力，收掌起身竟然不露絲毫痕跡，魏定國和瘋和尚這等蓋世高手，也不禁在心裡暗暗的讚嘆。

白鐵軍在這生死關頭，再次發揮出不可思議的潛力，他上衝之勢才盡，在那陡峭如壁的山巖上略一借足，氣都未換地又拔起四丈餘。

魏定國和瘋和尚也如兩隻大鳥一般追撲上來，白鐵軍方才縱起，魏定國已落在他前一處時落足的地方。

白鐵軍開聲換氣，三度拔起，高度仍達四丈。

魏定國騰起大喝道：「你往哪裡跑？」

白鐵軍一口氣連縱五次，離地達二十三丈，距離崖頂不過七八丈之遙，然而這時候他已無力再縱，全身血脈猛然倒竄，他頭暈目眩，竟然差一點立足不穩，掉落下去。

這時魏定國如風趕至，舉掌拍去，大喝道：「下去！」

白鐵軍心中一片空白，再也無能爲力，然而就在這時，那瘋和尚也趕到左邊，也是一聲大喝，舉掌向著白鐵軍拍到！

白鐵軍只感左右兩股強大無比的力道同時襲到，他在半昏迷的狀態中忽然閃過一線靈光，只見他忽然雙目暴睜，獨臂如旋風一般一陣狂舞，只聽得轟然一震，兩股舉世無匹的掌力竟然碰在一起，而白鐵軍卻藉著那一震之力如一顆彈丸般飛彈而起。

在白鐵軍伸出獨臂一陣狂舞之時，魏定國忽然想到一事，他在心中暗暗大叫道：「糟了！楊陸的『迴風舞柳』！」

天下武學只有楊陸的迴風舞柳能把兩種相對的力道化為自己的助力，魏定國想到這一點，已經來不及了——

只見白鐵軍如彈丸一般彈起，足足彈起八丈有餘，翻落到懸崖之外！

若不是瘋和尚趕上來硬補一掌，白鐵軍是無論如何必死無疑的了，然而到了最後的一霎那，白鐵軍忽然藉著這天賜的良機，用一招舉世無雙的迴風舞柳，獨臂闖出了世上最高的兩大高手的圍攻！

請續看《俠骨關》(五)

上官鼎武俠經典復刻版15

俠骨關（四）星峽傳說

作者：上官鼎
發行人：陳曉林
出版所：風雲時代出版股份有限公司
地址：10576台北市民生東路五段178號7樓之3
電話：(02) 2756-0949
傳真：(02) 2765-3799
執行主編：劉宇青
美術設計：吳宗潔
業務總監：張瑋鳳

出版日期：2023年9月 新版一刷
ISBN：978-626-7303-58-0
風雲書網：http://www.eastbooks.com.tw
官方部落格：http://eastbooks.pixnet.net/blog
Facebook：http://www.facebook.com/h7560949
E-mail：h7560949@ms15.hinet.net
劃撥帳號：12043291
戶名：風雲時代出版股份有限公司

風雲發行所：33373桃園市龜山區公西村2鄰復興街304巷96號
電話：(03) 318-1378
傳真：(03) 318-1378
法律顧問：永然法律事務所 李永然律師
北辰著作權事務所 蕭雄淋律師

行政院新聞局局版台業字第3595號 營利事業統一編號22759935

定價：320元

國家圖書館出版品預行編目資料

俠骨關 / 上官鼎著. -- 二版. -- 臺北市：風雲時代出版股份有限公司, 2023.05 冊； 公分

上官鼎武俠經典復刻版
ISBN 978-626-7303-55-9 (第1冊：平裝). --
ISBN 978-626-7303-56-6 (第2冊：平裝). --
ISBN 978-626-7303-57-3 (第3冊：平裝). --
ISBN 978-626-7303-58-0 (第4冊：平裝). --
ISBN 978-626-7303-59-7 (第5冊：平裝). --

863.57　　112003685